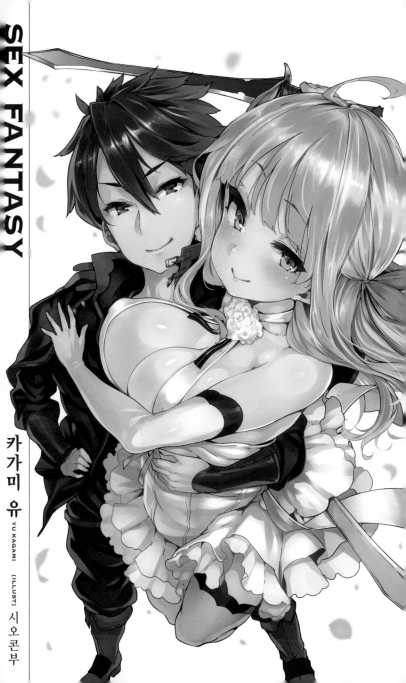

CONTENTS

알리샤

멸망 직전에 놓인
왕국의 공주.
고지식하지만 순진하다.

린

떠들썩한 여성 닌자.
남들의 시선을 받으면
흥분하는 성적 취향을 가지고 있다.

「린은 남의 시선을 받으면
흥분하는 몹쓸 여자애거든!」

|강제국의 황녀.
사신감과 색기가
넘치는 미소녀.

라크시알

엘프의 마의(魔衣) 공주.
천리안으로 다른 사람을
엿보는 취미를 가지고 있다.

「난 내가 갖고 싶은 건

「누구는 뭐 엿보고 싶어서 엿본 줄 아느냐!

이건 어디까지나 정찰이다!」

시드

여행자.
그 머릿속에는 미소녀를
공략하는 것밖에 없다.

「있잖아요. 저랑 잠자리를 같이 해서
저를 한번 굴복시켜 보세요.」

「나한테 사랑과 성욕은 같은 말이라고.」

S E X

F A N T A S Y

카가미 유

Yu Kagami

Heroless time is over.
I dare to ask you.
"Still do you have the Fang to bite?"

NIGHT NOVEL

표지 · 본문 일러스트
시오콘부

프롤로그

쩔그렁, 하고 메마른 소리를 내며 검이 땅바닥에 떨어졌다.

좁고 어두컴컴한 뒷골목 안쪽, 두 여기사가 막다른 벽에 몸을 기대고 있었다.

"크으…… 어, 어째서 이런 일이……."

"우, 우리는 긍지 높은 기사…… 주인님께 우리의 검을 바치는 자……."

두 사람 모두 아직 스무 살도 채 되지 않은 젊은 여성이었다.

아름답고 가지런한 얼굴에, 갑옷 위로도 알 수 있을 만큼 풍만한 가슴과 잘록한 허리.

두 여기사는 얼굴을 빨갛게 물들인 채 자기들 앞에 선 남자를 쳐다보았다.

"신경 쓸 거 없어. 마음이 바라는 대로 받아들이면 돼."

남자는 두 사람이 몸에 걸친 갑옷을 능숙한 솜씨로 벗겨 나갔다.

금속 갑옷이 소리를 내며 바닥에 떨어지고, 얇은 속옷으로 감싸인 커다란 가슴이 그 모습을 드러냈다.

"핫, 아앗…… 이, 이런 건……."

"가, 가슴…… 만지지 마…… 아앗, 아아아……."

남자는 양손을 뻗어 여기사들의 가슴을 부드럽게 주물렀다.

가볍게 두세 번 주물렀을 뿐인데 속옷 밑에 있는 유두가 단단하게 뾰족 솟아올랐다.

"아아아…… 네, 네놈은 대체 정체가 뭐냐……?"

여기사는 자신의 가슴을 주무르고 있는 남자를 날카로운 시선으로 노려보았다.

"누구랄 것도 없어. 그냥 나에게 몸을 맡기기만 하면 돼."

"마, 말도 안 돼…… 아아앙!"

남자는 여기사의 스커트를 젖히고 그 청초한 흰색 속옷 위에서 그녀의 가장 민감한 부분을 어루만졌다.

다른 손으로는 나머지 여기사의 가슴을 계속 주물렀다.

"하앗, 앗, 서, 서 있을 수가 없어…… 아아앙."

"아, 아앙…… 어, 어째서 이런 짓을……!"

바닥에 주저앉은 여기사들이 젖은 눈으로 남자를 올려다보았다.

" '사랑' 이야. 나는 사랑을 전하고 싶을 뿐이거든. 몸을 맞대는 건 사랑을 전하기 위해서지. 사랑만 있으면 검 같은 건 필요 없어. 세상도 평화로워지게 돼."

"무, 무슨 소릴……?"

"게다가——기분 좋아질 수도 있고 말이야. 좋은 점밖에 없지."

남자는 부드럽게 웃음 짓더니—— 그녀들 앞에서 몸을 굽혔다.

그러고는 여기사 중 한 사람을 끌어안고서 그 입술에 자신의
입술을 천천히 가져다 댔다——.

1 사랑을 위하여

메가레이시아 대륙은 전란의 대지다.

수백 년 동안, 전국 각지에서 전쟁의 불길은 꺼질 줄을 몰랐다. 언제나 다툼이 이어졌다.

현재, 가장 커다란 불씨가 붙은 곳이 대륙의 남방 지역이었다.

최근 몇 년 동안 주변 국가들을 정복, 합병하여 급속도로 판도를 확대해 온 마스디니아 제국.

마스디니아의 군사력은 남방 지역에서 커다란 위협으로 대두되었다.

마스디니아와 인접한 포크스 왕국은 한때 남방의 패자를 자랑하던 대국이었지만, 현재 그 힘은 쇠퇴해져 있었다.

하지만 쇠퇴했어도 포크스 왕국은 아직 남방에 광대한 영토를 차지하고 있었고, 대두되는 마스디니아의 기세를 꺾기 위해 국왕이 직접 군을 이끌고 출진했다.

양군은 양국 사이에 위치한 대평원 지대에서 충돌하게 되었다.

포크스군의 신속한 움직임에 마스디니아는 미처 대응하지 못했고, 선수를 빼앗기고 말았다.

포크스군 2만에 비해 마스디니아군은 1만2천.

마스디니아는 머릿수에서 밀렸기 때문에 진형도 포크스군에 포위되는 형태가 되었고, 압도적으로 불리한 상황에 처하고 말았다.

하지만——.

"에잇, 뭘 하는가! 놈을 막아라! 상대는—— 고작 한 사람이란 말이다!"

포크스군 장군의 비명과도 같은 외침이 전장에 울려 퍼졌다.

대평원에서의 전투는 갑작스럽게 시작되었다.

천 명에 불과한 마스디니아의 별동대가 포크스 국왕의 본진을 급습했다.

그 선두에서 말을 탄 채 달려 나가고 있는 자는 온몸을 갑주로 무장한 한 소녀였다.

그녀는 말 위에서 검을 휘두르며, 마치 조약돌을 발로 차 날려 버리는 것처럼 적병을 차례차례 쓰러뜨려 나갔다.

소녀는 적군 그 자체를 가르는 것처럼 돌진해 나갔다——.

"쏴라! 놈이 '마의(魔衣)공주'라 할지라도 우리의 병기라면 충분히 대적할 수 있다!"

포크스 국왕의 본진을 방위하는 장군 앞에 세 개의 거대한 크로스보우가 놓여 있었다.

활시위에 팽팽하게 당겨진 화살은 하늘을 찌를 듯한 거대수(巨大樹)를 가공해서 만든 것이었다.

수백 명이 달라붙어 운반한 그 화살은 폭발 마법으로 발사

시키는데, 그것은 쇠로 만들어진 두터운 성문조차 깨부술 수 있다.

원래 마스디니아 제국의 성문을 박살내기 위해 준비한 것이었지만——.

그것이 단 한 명의 적장을 향해 내쏘아졌다. 바람을 휘감고 무시무시한 굉음을 내면서 똑바로 날아갔다.

거대한 세 개의 화살은 돌진해 오는 기마 소녀에게 빗나가지 않고 명중하여——.

"오오오오오오오오오오오오오오!"

포크스군 장병들 사이에서 환호성이 터져 나왔다.

화살이 꽂히자, 마치 폭발이라도 난 것처럼 땅바닥에서 흙먼지가 솟아올랐다.

기마 소녀는 물론 마스디니아 별동대 그 자체가 괴멸했을—— 터였지만.

"이, 이럴 수가……?!"

갑자기 흙먼지가 개였다. 그곳에는—— 소녀가 손에 검을 쥔 채 대담한 웃음을 짓고 있었다.

소녀는 물론, 그 뒤에 대기하고 있는 마스디니아 병사들도 멀쩡했다.

포크스군이 보유한 비장의 병기였던 세 개의 거대한 화살은 별동대에게 아무런 손해도 끼치지 못했다.

"전군, 진격! 포크스 왕을 죽여라!"

소녀가 검을 드높이 치켜든 채 늠름한 목소리로 명령을 내렸다.

소녀는 또다시 말을 타고 달려 나갔고, 마스디니아 병사들도 그 뒤를 따랐다.

  그리고 소녀가 이끈 부대는 포크스 왕을 죽이고 적군을 패주시켰다.

  이 전투가 끝난 뒤에 대국 포크스는 마스디니아에게 종속되었다.

  이로써 마스디니아는 남방 지역의 대부분을 정복했다. 남은 나라들은 그저 제국의 창끝이 자신들에게 향할 날이 조금이라도 늦춰지길 바랄 뿐이었다——.

  나는 인간쓰레기다.

  그렇게 생각했더니 인생이 무척 편해졌다.

  매사에 깊게 생각할 필요가 없어졌고, 귀찮은 판단을 내려야 하는 상황에서도 고민할 필요가 없어졌다.

  그것이 시드 네키스가 사는 방식이었다.

  하늘빛 머리는 남들이 보기에 흉하지는 않을 만큼 단정하게 정돈했고, 검은색을 바탕으로 한 셔츠와 바지를 입었다.

  체격은 날씬했고 키는 나름 컸다.

  연령은 스무 살 전후로 보일 것이다.

  얼굴 생김새는 남의 눈에 띌 정도는 아니었지만, 말끔하게 생긴—— 듯싶었다.

적어도 겉모습은 쓰레기로 보이지 않는다.

겉모습을 단정하게 정돈한 건 쓰레기로서 살아가기에 유리한 점도 있기 때문이다. 그래서 일단은 그렇게 하고 다닐 뿐이었다.

자신의 용모야 어찌 되든 상관없지만, 이익이 있다면 최소한의 노력 정도는 한다.

지금 내가 있는, 너무나도 '변두리' 라는 말이 잘 들어맞는 술집에서는 어울리지 않았지만 말이다.

주위에 있는 손님들 대부분은 조잡한 갑옷을 걸친 모험가나 용병들이다.

소위 말하는 '떠돌이' 들로, 용모도 복장도 투박했다.

모험가나 용병이라고는 하지만, 하는 일은 도적과 다름없는 놈들일 테지.

그들과 비교했을 때 겉모습은 내가 좀 더 반듯할 터.

나는 그런 생각을 하면서 카운터 가장자리에 앉아 목제 술잔에 든 맥주를 쭉 들이켰다.

"아, 한 잔 더 줘. 그리고 훈제 고기와 치즈 모듬도 추가해서."

"…………뭐어?"

근처를 지나가던 여점원이 찌릿 째려보았다.

그야말로 쓰레기를 쳐다보는 듯한 눈이었다. 뜨끔했다.

"어차피 오늘도 외상으로 먹을 거면서…… 어떻게 저렇게 뻔뻔하게 주문할 수 있는지 모르겠다니깐."

"신용이 재산이라는 말을 오늘도 실감해."

"당신한테 신용은 무슨! 한 번이라도 외상을 갚고 그런 소릴 해!"

여점원이 탕, 하고 카운터를 두드렸다.

그녀는 회색을 띤 긴 머리카락을 뒤에서 묶었고, 동글동글하고 커다란 눈을 가졌다. 제법 귀엽게 생겼지만 화내면 무척이나 무서웠다.

"내가 이 가게에 온 지 반 년이 지났지만, 여태껏 시드가 돈을 지불한 모습은 단 한 번도 못 봤거든!"

"나도 보여 준 적이 없지. 괜찮아. 이 거리에서 도망칠 예정은 없으니까."

"지불할 예정도 없잖아. 당신, 이제 슬슬 출입금지 조치할 거야."

여점원——루는, 손에 들고 있던 쟁반으로 내 머리를 탁탁 두드렸다.

태도가 무척이나 불량한 점원이었다.

나 말고도 악질적인 손님은 많다. 하지만 루는 나한테만 묘하게 엄했고 언제나 야단을 쳤다.

뭐, 야단맞을 짓을 했다는 자각은 있지만 말이다.

"돈이 없으면, 제가 한턱낼까요?"

"……응? 당신, 누구야?"

나는 옆으로 고개를 돌렸다. 옆자리에 한 여자가 앉아 있었다.

후드를 뒤집어쓰고 낙낙한 로브를 입은 탓에 겉모습도 나이도 확실하게 알 수 없었다.

"하지만 당신도 그냥 얻어먹는 건 내키지 않을 테죠? 그렇다면——."

"아니, 아닌데? 공짜 밥과 공짜 술은 언제든 환영이라고. 루, 람과 스테이크도 추가!"

"………………."

후드 차림의 여자는 그만 말문이 막혔다. 그러던 차에 루가 끼어들었다.

"미안해, 손님. 이 남자는 이쪽 근방에서도 알아주는 인간 말종이거든."

"……대충 알 것 같네요. 하지만 괜찮아요. 추가 주문한 것까지 모두 제가 지불할게요."

"참 별난 사람도 다 있네. 뭐, 요금을 받을 수 있다면야 난 아무 불만 없지만."

믿을 수 없다는 표정을 지으며 루가 고개를 돌렸다.

"뭐, 맛있게 먹어. 우리 가게는 뭐니 뭐니 해도 요리는 맛있고, 점원은 귀엽고, 가격은 모두 시세대로 받고, 점원은 귀엽다고 소문이 자자한 곳이거든. 계산하기 전까지는 결코 얼굴에서 웃음이 떠나지 않지!"

"…………요금은 확실하게 지불할게요."

후드 차림의 여자가 재차 그렇게 말하자, 루는 기분 좋다는 표정을 지으며 자리를 떠났다.

"이야, 통 한번 큰 누님이시군. 당신은 주문 안 해?"

"그 전에 하던 얘기를 계속하죠. 당신은, 이 나라에 대해 어떻게 생각하나요?"

"뜬금없네. 왕국에서 나온 조사관이라도 돼? 술집에서 정보를 수집하는 건 흔하지만, 그렇게 솔직하게 묻는 건 드문데 말이지."

"됐으니까 묻는 말에 대답해 주세요! 마실 게 부족하다면 술을 추가로 주문해도 되니까요!"

"흐음……."

나는 한 차례 고개를 갸웃거리고 나서 생각을 정리했다.

"이 나라는 이미 끝장났겠지."

"…………읏!"

내 생각이 그렇게 이상한 것도 아니다.

이 거리는 메가레이시아 대륙 남단에 위치한 소국, 아티나 왕국의 변두리에 있다.

아티나 왕국은 300년 이상의 긴 역사를 가졌으며, 영토는 좁지만 정강한 병사를 바탕으로 확고한 독립을 유지하고 있다.

하지만 그것도 옛날이야기에 지나지 않았다.

현재, 아티나 왕국은 서쪽에 펼쳐진 삼림지대를 지배하는 엘프 부족연합국과는 험악한 관계에 있다.

북쪽에는 강대한 군사력을 바탕으로 급속도로 영토를 확대하고 있는 마스디니아 제국이 있다.

"멸망은 시간문제고, 엘프나 마스디니아 중 어느 쪽에게 먼저 멸망당할지가 관건이겠지."

"그, 그건……."

특히나 마스디니아 제국의 확장은 멈출 줄을 몰랐다. 아티나 정도의 소국은 제국의 침략을 막아낼 수 없다.

엘프 연합도 마스디니아에게 대항하고자, 아티나를 차지하여 전력을 흡수하기 위해 서두르고 있다고 들었다.

"이 거리에서 도망친 놈도 많으니까 말이지. 용병 놈들마저 도망치는 판국인데 어디 제대로 싸움이나 벌일 수 있겠어? 뭐, 그런 놈들은 이 나라가 멸망당한 뒤에 잿더미 속을 파헤치며 좀 도둑질이나 하겠지만 말이야."

"미리 말해 두겠는데, 난 도망 안 갈 거거든? 외상을 일렁뚱땅 넘기려고 해 봤자 소용없어."

"……쳇."

지나가던 루가 못을 박았다.

봉급쟁이 점원 주제에 돈 문제는 무척이나 깐깐했다.

"하, 하지만…… 아티나에도 마의공주가 있어요!"

"마의공주라…… ."

나는 무심코 웃었다.

약 200년 전, 세계를 멸망 직전까지 몰아넣었던 마신들——.

기적적으로 연합을 구성한 왕국들에 의해 토벌되어 모든 마신들은 멸하고 말았지만, 그들은 사라지지 않았다.

마의공주.

마신이 변화한 옷—— ^{시 엘}마의를 걸친 소녀들.

이유는 알 수 없지만, 마의는 10대 소녀들 앞에 갑자기 나타나 그녀들을 소유자로 인정하고 마신의 힘을 부여해 주었다.

마신의 힘은 일개 군단에 필적하는 강대한 힘이다.

마의공주들은 번개처럼 홀로 전장을 누비면서, 수백 수천에 달하는 군대를 검 한 번 휘둘러 쓸어버릴 수 있고 강고한 요새마저도 박살낼 수 있다.

마신들이 마의로 모습을 바꾸었음에도 세계를 멸망 직전까지 몰아넣었던 그 힘은 쇠퇴하지 않았다.

이 세계에는 52개의 마의가 존재한다고 한다.

마의에게 선택받아 마신의 힘을 얻은 소녀들 다수는 저마다 어느 나라에 소속되어 세계 각지에서 싸움을 벌이고 있다.

마의공주들의 목적은 단 하나—— 이 세계에서 전란을 끝내는 것.

마신들에 의해 멸망 직전까지 몰렸던 세계는 그 뒤에도 혼란이 이어졌고, 전쟁의 불길은 꺼질 줄을 몰랐다.

가령 마의공주가 뜻을 이루지 못하고 도중에 쓰러져도, 마의는 다음 소녀를 선택한다.

선택받은 새로운 마의공주는 자신의 몸을 스스로 싸움터에 내던진다.

이 혼란한 세계에서 모든 싸움을 종식시키기 위해.

마신들이 쓰러진 지 200년, 마의공주가 선택되고, 쓰러지고, 또다시 선택되었다——.

그것이 줄곧 반복되어 왔다.

전쟁의 불길을 진화시키기 위한 다른 방법이 있을지도 모른다.

아니, 찾아보면 틀림없이 있을 것이다.

하지만, 마신들은 오직 싸우기 위한 존재.

싸움 이외의 방법으로는 세계를 바꿀 수 없었다.

그것은 그 힘을 이어받은 마의공주들 또한 마찬가지――.

강대한 힘을 떨치며, 전쟁의 불길을 더욱 강렬한 전쟁의 불길로 덧씌웠다.

무언가가 부추기는 것처럼 마의공주들은 전란을 종식시키기 위해 싸움을 계속하고 있다.

"아티나의 마의공주는 진짜 공주님이지. 국왕의 단 하나밖에 없는 딸."

아티나 왕국의 제1왕녀 알리샤 공주.

올해로 성인이 되는 공주님은 굉장한 미소녀로, 1년 전쯤에 마의의 선택을 받았다고 한다.

마의 '공주' 라 불리고는 있지만 그 중에서 실제 왕족 출신자는 적었다.

마의공주의 대부분은 기사나 모험가 출신이라고 한다.

진짜 왕녀 출신이 마의공주가 된 알리샤 공주는 희귀한 존재였다.

알리샤 공주가 마의에 선택받았을 때와 비슷한 시기에 국왕이

병으로 쓰러져, 그녀는 부왕의 대리까지 맡게 되었다.

　하지만 왕녀가 마의공주가 되었다 한들, 할 수 있는 일에는 한계가 있다.

　"마의공주이자 공주님이니까 직접 군대를 지휘할 수도 있지만—— 그건 뭐, '천희(天姬)'도 마찬가지니까 말이지."

　"천희—— 마스디니아의 엘소피아 공주……."

　후드 차림의 여자가 주먹을 꽉 움켜쥐었다.

　이 나라 사람치고 엘소피아 공주에게 좋은 인상을 가진 자는 아마도 없을 테지.

　보다시피, 아티나를 멸망시키고자 하는 적국의 실질적인 지도자니까 말이다.

　마스디니아 황제는 건재했지만, 지금은 그 딸인 엘소피아 공주가 실권을 쥐고 있다.

　제6황녀인 엘소피아 공주는 황위계승권이 11위에 불과했지만, 1년 전에 찬탈에 가까운 형태로 황제의 권한을 빼앗았다고 한다.

　약 3년 전, 당시 미성년이었던 엘소피아 공주는 제국으로 침공해 온 대국 포크스 왕을 자기 손으로 직접 죽였다.

　그만한 공적을 세우고, 최근 2년 동안에 더욱 힘을 키운 엘소피아 공주를 막을 수 있는 자는 아무도 없었다.

　엘소피아 공주 또한 마의공주고, 알리샤 공주와 마찬가지로 굉장한 미소녀라고 한다.

　명석한 두뇌의 소유자이며, 개인으로서의 전투능력은 물론이

거니와 군 지휘능력 또한 뛰어났다.

오늘날 제국에서는 그런 그녀를 군신처럼, 여신처럼 떠받들었고―― 하늘조차 지배한다는 의미를 담아, '천희' 라는 별명을 붙였다고 한다.

"뭐, 그 천희 님께서 군대를 조금이라도 늦게 보내 달라고 빌 수밖에 없지만 말이지. 그렇지만, 엘프 연합에도――."

"으아앙…………."

"…………?!"

나는 깜짝 놀랐다.

갑자기 후드 차림의 여자가 눈물을 뚝뚝 흘리기 시작했던 것이다.

"아, 울렸네, 울렸어. 당신이 쓰레기란 건 알지만 설마 여자까지 울릴 줄이야. 이쯤 되면 그냥 구제불능이네."

루가 불쾌한 표정을 지으며 옆을 지나쳐 갔다.

"그, 그런 건 저도 잘 알아요……. 하지만, 어쩔 수 없잖아요. 아티나가 강했던 건 옛날이야기니까……."

로브 차림의 여자가 훌쩍훌쩍 울면서 중얼거렸다.

"어, 이거 내가 잘못한 건가……?"

"그래요, 시드 네키스! 당신이 잘못한 거라고요!"

"당신, 정서불안이야?!"

우는가 싶더니 갑자기 화를 냈다.

"……가만, 내 이름을 아는 거야?"

"이 일대에서 모르는 사람은 없어요. 아무리 쓰―― 어려운 사람이 많은 이 거리에서도, 무일푼으로 아침부터 밤까지 매일매일 술집에서 술주정하는 사람도 드무니까 말이에요."

뭐라 반박할 수 없는 의견이었다.

하긴, 그 말마따나 나는 본명을 감추지 않았고, 이 거리에서는 나쁜 의미로 '유명인사'였다.

하지만——.

"뭐, 그야 이름 정도는 알겠지. 무일푼으로 매일매일 술집에서 술주정하는 나를 요 최근에 줄곧 질리지도 않고 뜨거운 시선으로 쳐다보고 있었으니까 말이지."

"…………윽!"

후드 차림의 여자가 이번에는 깜짝 놀라 몸을 굳혔다.

"다, 당신, 그걸 알면서도……?"

"홋. 내가 빚쟁이들한테 쫓겨 다닌 게 하루 이틀이 아니거든. 이래 봬도 다른 사람 시선에는 민감하다고."

"지금 그걸 자랑이라고 하는 건가요! 어, 어쨌거나 그건 됐어요. 그 말대로 저는 당신을 쫓고 있었어요. 매일 관찰했죠."

"대담하군. 나도 참 한가한 놈이긴 하지만, 역시 이 세상에는 뛰는 놈 위에 나는 놈이 있는 법이란 말이지."

"정말이지 당신이란 사람은! 아침부터 밤까지 빨빨거리기나 하고! 어떻게 된 게 차분함이라고는 눈곱만큼도 없네요! 술집에서 지켜보고 있으면 금세 모습을 감추고, 겨우 찾았나 싶으면 또 다른 술집에 있고! 평소에 생각이란 건 하고 사나요?!"

"말이 좀 심하네."

어쨌거나 이 여자는 정말로 나를 철저하게 감시했던 모양이다.

눈치는 챘었지만, 그 정도로 지켜보고 있을 줄은 몰랐다. 살짝 의외였다.

"하지만, 이미 들켰다면 단도직입적으로 말할게요! 시드 네키스! 잠시 저랑 시간 좀 내 줘야겠어요! 자리를 다른 데로 옮기죠!"

후드 차림의 여자가 품 안에서 꺼낸 은화 몇 닢을 카운터에다 힘껏 내리쳤다.

"감사합니다!"

루가 재빨리 그 은화를 낚아채듯 빼앗았다.

후드 차림의 여자가 마음을 바꾸기 전에 회수하고 싶었던 걸 테지. 참으로 상인정신에 투철한 점원이었다.

"그래, 자리를 옮기는 건 나도 찬성이야. 하지만—— 서두르는 게 좋겠어."

"깍?"

나는 후드 차림의 여자의 손을 핵 낚아채 가게 밖으로 뛰쳐나갔다.

루가 "아, 이거 좀 많은데! 뭐, 상관없겠지. 외상에 이자 붙은 거라고 생각하지 뭐!"라고 외치는 게 들렸지만 나는 뒤돌아보지 않았다.

어차피 내 돈도 아니니까.

가게를 나와 달리기를 잠시——.

나는 후드 차림의 여자를 데리고 주택가로 들어갔다.

이 근처는 귀족이나 일부 유복한 상인이 사는 구역이다.

물론 그들은 이미 옛날 옛적에 도망쳤고, 빈집을 기웃거리는 좀도둑들도 이미 제 할 일을 끝내고 뿔뿔이 흩어진 뒤였다.

인기척은 조금도 없었고, 소리 하나 나지 않았다.

나는 주변에 아무도 없음을 확인하고 나서 탁 트인 곳에서 발걸음을 멈추었다.

"뭐, 뭔가요. 갑작스럽게! 이렇게나 인적이 드문 곳까지 데리고 와서 대체 무엇을——."

"갑작스러운 건 피차일반이잖아?"

나는 그렇게 말하고서 여자가 뒤집어쓰고 있던 후드를 홱 젖혔다.

"잠깐, 또 갑작스럽게……!"

"……흐음."

후드 안에서 드러난 얼굴은—— 한눈에 봐도 너무나 아름다웠다.

금색의 긴 머리카락을 뒤에서 묶었다. 커다란 눈동자는 하늘색이었다. 콧날은 날씬했고, 얇은 입술에는 살짝 연지를 발랐다.

"좋아! 귀여워!"

"뭐가 '좋다'는 건가요?!"

"그게 말이지, 소문으로는 들었지만 정말로 귀여운걸?"

나는 허물없이 여자—— 아니, 소녀의 어깨를 탁탁 두드렸다.

"천희에 필적하는 미모라는 건 사실이었군 그래, 알리샤 공주."

"웃……………………?!"

소녀가 깜짝 놀랐다는 표정을 지으며 시선을 돌렸다. 그러고는 안절부절못하며 주변을 두리번거리기 시작했다.

뭐랄까, 정서불안에다 거동이 수상한 소녀였다.

"아아, 귀찮으니까 부정하지 않아도 돼. 네가 나를 보고 있었던 것처럼 나도 널 보고 있었으니까 말이지. 후드만으로는 얼굴을 다 가릴 수 없거든. 조심하는 게 좋을 거야."

"뭣, 뭐뭐뭐뭐뭐…… 다, 당신, 거기까지 알고서……!"

"소국이긴 하지만 어쨌든 공주님이잖아? 사람들 앞에서 자기 모습도 보이곤 했으니까 얼굴 정도야 간단히 알아낼 수 있지. 게다가 무엇보다도——."

나는 고개를 쑥 내민 채 소녀를 말똥말똥 바라보았다.

"이렇게나 귀여운 아이가 이 나라에 둘이나 있다고 생각하기는 어렵거든."

"아, 아까부터 대체 무슨 소릴…… 계속 귀엽다 그러는데, 지금 절 놀리는 건가요?!"

"내가 태어난 고향에서는 칭찬으로 그런 말을 하는데……."

"이 나라에서도 칭찬으로 그런 말을 해요! 어라…… 그러면 아무 문제없나?"

"…………"

어쩌면 이 공주는 살짝 모자란 녀석일지도 모른다.

"아아아, 진짜. 그런 얘기는 이제 그만 됐어요! 그래요. 그 말대로 저는 왕국의 제1왕녀이자 왕권 대리집행자인 알리샤 예요!"

"이런 곳에서 그렇게 거창하게 자기소개를 해 봤자 무슨 소용인가 싶은데 말이지."

"당신이 데리고 온 거잖아요! 저도 적당한 자리에서 소개할 생각이었단 말이에요! 순서를 어기지 말라고요!"

"엉뚱한 곳에다 화풀이를 하네."

나는 어이없다는 눈빛으로 공주를 바라보았다.

"당신이 그 시드 네키스가 틀림없죠? 인간쓰레기지만 틀림없이 그 시드 네키스가 맞죠? 아침부터 밤까지 술이나 마시며 여러 가게에서 술값을 떼먹는 쓰레기라도, 그 시드 네키스가 맞죠?"

"그렇게 내 이름을 되풀이해서 부르니까 좀 멋쩍은데……."

"쓰레기라고 부르는 건 신경 안 쓰여요?! 하아, 어쨌든 그것 보다──."

알리샤가 갑자기 고개를 돌리더니 오른손을 뻗었다.

그러고는 어디에선가 날아온 화살을 맨손으로 붙잡았다.

"오옷, 굉장해! 멋지잖아!"

"그, 그 정도까지는……. 아니, 지금 태평하게 그런 소리나 할 때가 아니잖아요! 이 화살은 당신을 노리고 쏜 거라고요!"

붙잡은 화살을 내던진 알리샤가 나를 잡아끌며 달리기 시작했다.

"누굴 노렸는가 싶었는데 나였단 말이지. 그럼 괜찮은 거 아니겠어?"

"괜찮긴 뭐가 괜찮아요! 아니, 그걸 알고 있었다면 얼른 말하란 말이에요!"

애초에 나는 누군가로부터 보내져 오는 적의를 탐지했기에 알리샤를 가게 밖으로 데리고 나온 것이었다.

그 좁아터진 술집에서 포위라도 당했다간 도망칠 방도가 없으니까 말이다.

"당신이 죽으면 곤란하단 말이에요!"

"뭐, 다른 사람을 난처하게 만드는 데 있어서만큼은 나를 능가할 사람은 없지만."

"그런 것 같네요! 저도 마침 난처한 참이었으니까요!"

이 공주님은 음성이 큰데다, 남들 위에 선 입장이라 그런지 목소리도 쩌렁쩌렁 잘 울렸다. 이는 자기 위치를 알려주는 꼴이나 다름없었다.

"어쨌거나 지금은 도망쳐요! 일단은 당신의 안전을——."

"그럴 수는 없습니다, 전하!"

"…………읏!"

두 사람의 앞길을 가로막듯이—— 다수의 실루엣이 나타났다.

모두 검과 갑옷으로 무장한 묘령의 여성들이었다. 갑옷은 상반신에만 걸쳤고, 그 밑에는 무릎까지 내려오는 스커트를 입었다.

"근위기사대……! 어째서 당신들이……!"

"조금 전에는 실례가 많았습니다, 전하. 하오나, 저희가 진심이란 걸 알아 주셨으면 합니다!"

근위기사대의 선두에 선 갈색 머리의 여성이 날카로운 눈빛으로 쳐다보았다.

"으음, 이 사람은 귀엽다기보다는 미인이라는 느낌이군. 가져가고 싶어……."

"말도 안 되는 소리 하지 마세요, 시드 네키스! 그녀는 근위기사대 대장, 에리스라고요. 이 나라에서도 1, 2위를 다투는 검사란 말이에요!"

"아직 미숙한 몸입니다만…… 과분한 말씀에 몸 둘 바를 모르겠습니다, 전하."

에리스라 불린 미녀가―― 검을 힘차게 빼 들었다.

"이 남자가 바로―― 전하께서 찾으시던 남자로군요. 과거, 마신들을 멸한 이름 없는 영웅의 피를 이어받은 자――."

"……확인할 필요는 없어요. 에리스, 이미 당신도 확신하고 있죠?"

"외람되오나, 저희 근위기사대는 전하와 한 몸. 전하께서 아시는 건 저희 또한 알고 있어야만 합니다."

"왠지 진지한 얘기를 시작한 거 같은데, 내가 뭐라 말참견 할 수도 없으니까 잠깐 한잔하고 와도 될까?"

"말도 안 되는 소리 하지 마라! 시드 네키스, 네놈을 포박하겠다! 저항하겠다면, 베겠다!"

에리스가 살기와 검끝을 내 쪽으로 돌렸다.

"아까는 화살을 쏘더니 이번에는 포박이라. 이 여기사님은 참 웃기는 짓을 하고 있군 그래."

"닥쳐라. 방금 그건 위협용으로 쏜 것이다. 우리도 전하 앞에서 피를 보이고 싶지는 않다. 얌전히 굴어라!"

"난 나쁜 짓은 하지도 않았는데……."

"잘도 그런 소리를……. 당신, 외상을 떼먹었다고 항의가 몇 차례나 들어왔다고요……."

그건 처음 듣는 소리였다. 아니, 아마 관리에게 통보는 받았을 테지만 그냥 잊어 먹은 걸 테지.

"뭐, 포박이고 뭐고 난 몰라. 기사님들의 명령이든 외상이든 항의든 뭐든 말이야!"

"마지막 두 개는 무시하면 안 되죠!"

역시 왕가의 사람다웠다. 법은 중요한 모양이다.

"으으, 도무지 얘기가 진행이 안 되는군! 전하, 죄송합니다만 지금은 우격다짐으로 행동하겠습니다. 시드 네키스, 저항하지 않는 게 좋을 거다!"

에리스가 검을 겨눈 채 내 코앞까지 거리를 좁혔다.

"저항이고 나발이고, 솔직하게 말해서 난 약하거든. 이 근처에 사는 어린애들이랑 맞붙어도 질 자신이 있다고!"

"뭘 자랑스럽다는 듯이 얘기하는 거야! 그렇다면 얌전히 있어라. 저항하지 않으면 다치지 않을 것이다."

"에리스, 당신도 잠깐만 기다려 봐요! 그래요. 당신이 말한 대로 이 사람은—— 과거, 마신을 멸한 분의 피를 이어받은 자! 우리나라의 희망이 될 사람이—— 맞나요?"

"그 부분은 당당하게 얘기했어야지, 공주님!"

나도 모르게 그만 지적하고 말았다.

희망이니 뭐니, 그런 거창한 이야기는 아무래도 좋았다. 하지만 노골적으로 의심받는 건 좀.

"제, 제 말 좀 들어 주세요, 에리스. 당신도 알고 있을 테지만—— 52마신을 멸한 건 단 한 명의 남자. 세계를 멸망 직전까지 몰아넣었던 마신들을 한 명의 남자가 쓰러뜨린 거란 말이예요."

그렇다. 세계 각지에서 날뛰었던 마신들은 단 한 명의 남자에게 패했다.

정확하게 말하자면, 수백에 달하는 마신들을 통솔하는 52체의 '마신장(魔神將)'을 멸한 남자가 있었다.

그리고, 통솔자를 잃은 마신들은 각국의 연합군에 의해 토벌되어 멸하게 되었다——.

마신장들은 모두 예외 없이 아름다운 여자의 모습이었다고 한다.

남자는 마신장들과 싸우지 않았으며, 검도 마법도 일절 사용하지 않았다—— 고 전해진다.

"마신은 사람을 멸하는 데 그 존재의의가 있었다고 해요. 하지만, 마신장들은 그 남자를 사랑했어요."

"……사람을 사랑하는 건 마신의 금기. 금기를 범한 마신들은 그 존재가 소멸되었고, 신기하게도 의복으로 모습을 바꾸었다―― 전하, 그건 어디까지가 진실인지 알 수 없는 동화에 지나지 않습니다."

"하지만―― 마의는 존재해요!"

알리샤 공주가 자신이 입고 있던 로브를 갑자기 벗어 던졌다.

그리고 그와 동시에 알리샤의 온몸에서 돌풍이 불어닥쳤다. 서 있기조차 힘들 만큼의 압력이 느껴졌다.

땅이 파헤쳐졌고, 주변의 집들이 격렬하게 진동했다. 벽에 커다란 균열이 생기더니 이내 무너져 내리기 시작했다.

마치 천재지변이라도 일어난 것 같은――.

무기를 휘두르지도, 마법을 사용하지도 않았다. 그럼에도 단지 그 자리에 있는 것만으로 하나의 병기가 된다.

그것이, 마신장의 힘을 이어받은 자, 마의공주――.

사실인지 거짓인지는 알 수 없지만, 마스디니아의 천희는 공성병기를 직격으로 맞았음에도 견뎌 냈다고 한다. 어쩌면 그 얘기도 사실일지 모른다.

"이건 생각 이상으로………… 잠깐, 어라?"

순간적으로 눈을 감았다가 다시 눈을 뜨자――.

"뭐야, 그거! 야하잖아!"

"야, 야하다고?!"

알리샤가 어처구니없다는 표정을 지었다. 아니, 울상을 짓고 있는 것처럼 보이기도 했다.

알리샤가 로브 밑에 입고 있던 건――.

순백의 드레스였다. 그것은 옷감이 반짝이는 듯한 신기한 소재로 만들어져 있었다.

게다가——.

"오오오오오, 가슴은 거의 반이나 보이고, 스커트는 완전 짧아서 허벅지도 다 보이잖아!"

"그걸 구체적으로 해설할 필요는 없어요!"

하지만 실제로 그런 복장이었다.

알리샤의 가슴은 믿을 수 없을 정도로 컸다. 무슨 어린아이 머리만 했다.

가슴 부분의 옷 면적이 작았기에 가슴은 물론 그 정점에 있는 부분이 보일락 말락 했다.

쇄골과 어깨가 고스란히 드러난 데다가 등도 훤히 들여다보였다.

드레스 길이는 무시무시할 정도로 짧았고, 눈이 부실 만큼 하얀 허벅지도 완전히 드러났다.

"게다가 팬티도 하얗고……!"

"패…… 소, 속옷은 상관없잖아요! 잠깐, 지금 어딜 들추는 거예요?!"

나는 자기도 모르게 알리샤에게 다가가 그 스커트를 젖혔다.

속옷은 장식이 거의 없었지만 비싸 보였고, 당연하다는 듯이 흰색이었다.

"공주님, 얼굴은 앳되고 귀여운데 몸은 이렇게나 농익었다니, 이게 대체 어떻게 된 거야!"

"어떻게 되긴 뭐가요! 그리고, 스커트에서 손 좀 떼요!"

"이, 이 자식! 전하께 이 무슨 무례란 말이냐! 에잇, 마신을 멸했건 말았건 상관없다! 죽여라, 죽여!"

얼굴을 시뻘겋게 물들이고 격노한 에리스가 검을 휘두르라고 부하들에게 명령을 내렸다.

스무 명 안팎의 부하들이 일제히 달려 나가더니 내 주변을 둘러쌌다.

전원이 검을 뽑아 들고 나를 겨누었다.

"그, 그만해요! 그는 마신을 쓰러뜨린 남자의 힘을 이어받은 자——마신의 힘을 이어받은 마의공주에게, 천희에게 대항할 수 있는 유일한 사람이란 말이에요!"

"상관없습니다! 전하, 저희는 이런 수상한 남자에게 의지해서는 안 됩니다! 지금 전하께서는 과중한 책임을 짊어지신 나머지 잠시 시야가 흐려졌을 뿐입니다! 폐하께서는 전하께 충언을 드리는 것도 저희의 사명이라 명하셨습니다!"

"이야, 그거 힘들겠어."

알리샤 공주와 그 근위기사대 사이에는 심각한 견해 차이가 있는 것 같았다.

어느 쪽이 맞는가를 따지자면, 에리스의 생각이 올바르다고 할 수 있을 테지.

"벌이라면 나중에 얼마든 달게 받겠습니다! 하오나, 다른 사람들 위에 서신 분께서 동화에나 의지하시고, 이토록이나 수상한 남자의 힘에 기대시는 건 잘못되었다고 생각합니다!"

"하지만 지금 저희에겐 남은 수가 없단 말이에요! 기사인 당신이라면 우리나라의 전력이 마스디니아나 엘프 연합과 얼마나 차이가 나는지는 잘 알고 있을 테죠! 무력으로 겨루는 건——."

"그럼에도 싸우는 것이 기사의 본분입니다! 저희 기사는 전하의 명령이라면 기꺼이 사지로 뛰어들 수 있습니다! 책임은 내가 지겠다! 얼른 그 남자를 죽여라!"

"그, 그만——."

알리샤의 비통한 외침이 터져 나왔다.

오히려 지금 당장에라도 검에 맞아 죽을 것 같은 내가 그렇게 외치고 싶은 심정이었다. 하지만 외치지는 않았다.

"다들 이제 됐어. 무대는 막을 내렸으니까 말이야."

내 말과 동시에——.

"아니?!"

에리스가 놀라움을 담아 소리쳤다.

나를 둘러싼 스무 명 안팎의 여기사들이 일제히 검을 내던지더니——.

"네, 시드 님……."

멍한 표정을 지으며 황홀한 목소리로 내 이름을 불렀다. 그 중 몇 명은 나에게 바짝 다가붙듯이 안겼다.

"이, 이이이이이이이이이게 어떻게 된 건가요?!"

"진정해, 공주님. 그냥 하렘일 뿐이라고."

"대체 그게 무슨 소리예요! 아니, 설마 이게 그—— 외법(外法)?!"

알리샤는 놀라움 반 어이없음 반 섞인 얼굴로, 나와 나에게 엉겨 붙은 여기사들을 물끄러미 쳐다보았다.

"마, 마신을 멸한 이름 없는 영웅은 '외법'이라 불리는 기이한 술법을 사용했다고 들었어요. 외법은, 연애감정을 가지지 않은 마신조차 사랑에 빠지게 할 수 있다고……."

"사랑에 빠지니 어쩌니 하니까 이거 쑥스러운걸? 공주님, 한창 꿈 많을 시절이겠지만 말은 좀 가려서 하는 게 좋을 거야."

"시, 시끄러워요! 이, 이게 어떻게 된 일인지 설명이나 해 주세요! 설명을 요구하겠어요! 여기에 우리나라의 운명이 걸려있단 말이에요!"

역시 이 공주님은 일반 상식이 결여된 게 아닐까 싶었다.

나는 참수형을 받아도 이상하지 않을 무례한 생각을 하면서 입을 열었다.

"그렇게 어려운 얘기가 아니야. 공주님은 나를 보고 있었지. 그리고 그 공주님은 근위기사들에게 감시되고 있었고 말이야. 그래서 그 기사들을—— 나도 눈여겨보고 있었지."

"네 이놈…… 우리가 있었다는 걸 이미 알고 있었단 말이냐……?!"

"그래, 기사 나리. 역시 다들 근위기사대에 뽑힐 만큼 우수했지만 말이야."

나는 그런 소리를 하면서 나에게 안겨든 여기사들의 허리를 끌어안고 엉덩이를 어루만졌다.

"공주님이 감시하는 거야 그렇다 쳐도, 너희 같은 미인들이 집단으로 움직이면 아무래도 눈에 띄거든. 두세 명씩 나뉘어서 감시하고 있었지? 그 정도 인원수에다 아직 미숙한 젊은 여기사 정도라면—— 내 눈을 보여 주는 것만으로도 매료시킬 수 있지."

"…………윽!"

내 눈이 괴이하게 빛나자, 알리샤와 에리스가 한순간 움찔했다.

공주와 근위기사대 대장은 얼굴을 발갛게 물들이고서 거친 숨을 내쉬었다.

" '마성환혹(魔性幻惑)'—— 시선으로 유혹하는 것쯤이야 얼굴이 조금만 반반한 남자라도 할 수 있지. 하지만 내 '마성환혹'은 마신 같은 괴물조차 매료시킬 수 있어. 뭐, 공주님이나 대장 나리처럼 강인한 의지를 가진 여자애는 시선만으로 매료시킬 수 없지만 말이야."

나는 히쭉 웃으며——.

"대장 나리는 실력이 좋은 모양이지만, 과연 자기 부하 스무 명을 상대로 이길 수 있을까?"

양쪽에 있던 여기사들을 더욱 강하게 끌어안자, 두 사람은 내 뺨에다 입을 맞추었다.

"이, 이런 쓰레기 같은 자식…… 남의 부하로 하렘을 만들지 마라!"

"아니, 하렘은 아직 미완성이라고. 왜냐하면…… 여기에 미인이 한 사람 더 있으니까 말이지. 다른 애들한테는 미안하지만 대장 나리를 빼면 아무래도 섭하거든."

"누, 누가 네놈의 하렘 따위에! 전하, 보시는 대로입니다! 이런 발칙한 남자에게 우리나라의 운명을 맡길 수는——."

"하아…… 생각했던 것 이상으로 쓰레기인 모양이네요……. 고상한 척하는 귀족이나, 고지식하기만 한 기사들과는 다르네요……. 아아아아아……."

"저, 전하……?"

어안이 벙벙해진 에리스가 멍한 표정을 지은 주인을 응시했다.

알리샤 공주는 얼굴을 새빨갛게 물들인 채 여기사들에게 시중들게 한 나를—— 부럽다는 듯이 쳐다보았다.

아무래도—— 내 노림수는 단단히 적중한 모양이다.

근위기사대 대장과—— 특히나, 알리샤 공주는 마성환혹만으로 매료시킬 수 없다는 건 명백했다.

나는 부지런히 움직이면서, 두세 명씩 짝을 지어 움직이는 여기사들을 마성환혹으로 차례차례 매료시켜 왔다.

여기사들로부터 근위대가 행동하는 이유를 알아냈기에, 머지않아 알리샤와 에리스가 대립하리라는 것을 그리 어렵지 않게 예상할 수 있었다.

여기사들한테는 그때가 올 때까지 에리스를 따르는 척하라고 했다.

그리고 최고의 타이밍에 스무 명의 여기사들이 이미 자신의 수중에 떨어졌음을 밝혔다.

게다가 알리샤는 최근 며칠 동안의 감시를 통해 거리에서의 내 덜떨어진 모습을 질릴 만큼 눈으로 보아 왔다.

알리샤는 이렇게 생각할 것이다. 이 남자는 답 없는 쓰레기라고 말이다.

그러면 된다. 그러면 된다!

외법이란——미녀, 미소녀들을 공략하기 위한 기술을 말한다.

나는 여자들의 모습을 보기만 해도 그녀들을 공략하기 위해 무엇을 하면 되는지, 또 어떤 선택지를 고르면 좋을지 알 수 있다.

뭐, 그 구조는 조금 복잡하기는 하지만 일단 그건 차치하고.

알리샤를 한눈에 보았을 때, 나는 그녀를 공략할 수 있는 길을 보았다.

이 나라에서 가장 높은 신분이자 마의공주인 알리샤는 남자 취향이 독특했다.

왕궁에서는 볼 수 없는—— 아니, 이 거리에서도 좀처럼 찾아보기 힘든, 구제불능의 쓰레기 같은 남자가 취향이었다.

그리고 그 상대가 보다 쓰레기면 쓰레기일수록 더욱 마음에 들어 했다. 한마디 덧붙여 보자면, 흥분하게 된다는 의미에서는 나보다 훨씬 더 질이 나빴다.

지금 알리샤 공주가 한껏 흥분해 있다는 건 명백했다.

하지만 한 나라의 공주가 이렇게 쉽게 매료되어서야 쓰겠는가.

"뭐, 됐어. 일단은 대장 나리, 당신도 내 하렘에 들어와."

"그게 무슨 말이냐?! 이래 봬도 난 귀족 출신이다! 은근슬쩍 네놈 소유물로 삼지 마라!"

그녀는 격앙했다. 이래서 귀족이란 것들은 성가시단 말이지.

"으음, 그야 나이가 스무 살이나 되었는데도 처녀라는 건 부끄러울 테지만……."

"그런 소린 하지 않았다! 어째서 내 나이를── 아니, 그보다도, 고지식하고 융통성 없다는 이유로 남을 처녀라고 단정 짓지 마라!"

"아니, 그건 당신의 부하가 가르쳐 준 건데. 우리 대장은 미인이지만 처녀라고 말이지."

"이, 이 녀석들이…… 대체 누구냐?! 그런 얘길 본인 몰래 함부로 발설하는 게 사람이 할 짓이냐?! 지금 그게 가장 열 받아!"

에리스는 사람조차 죽일 것 같은 눈빛으로 아직도 내 옆에서 시중드는 부하들을 노려보았다.

물론 부하들 중에서 대답하는 사람은 없었다. 그저 고개만 돌릴 뿐이었다.

여기사들은 내 지배하에 있었지만, 그럼에도 대장을 두려워하는 건 여전한 모양이었다.

"괜찮아. 처녀라고 부끄러워할 건 없으니까. 오히려 나는 기쁘다고! 나라를 위해서라면 기꺼이 자기 몸을 바칠 수 있고 자기 주인조차 거스를 수 있는 긍지 높은 여기사…… 나쁘지 않아!"

"나쁘지 않긴 뭐가 나쁘지 않단 말이냐! 네놈의 그 성욕은 너무 노골적이다!"

"아니, 잠깐잠깐. 그걸 성욕이라고 치부하는 건 너무 성급한 판단 아니야?"

나는 여유만만하게 말하며 고개를 저었다.

"이건──'사랑'. 그래, 사랑이야. 나는 여자애들에게 사랑을 나눠 주는 걸 삶의 보람으로 여긴다고."

"나한테 말 좀 가리면서 하라고 해 놓고선, 그보다 더 부끄러운 소릴 저렇게나 뻔뻔하게……."

알리샤가 중얼거리며 불만을 표출했지만 나는 개의치 않았다.

"사랑은 무슨 놈의 사랑이냐. 지금 네놈이 말하고 있는 건 성욕이다. 성욕! 스무 명이나 되는 여자에게 시중을 들게 하면서 잘도 그런 소릴 지껄이는구나!"

"사랑과 성욕은 비슷한 것 같으면서도 달라. 다만── 분간하기 어려울 만큼 비슷하긴 하지."

"말도 안 되는 헛소리를 늘어놓고 있구나! 그저 자신의 성욕을 정당화하고만 있을 뿐이잖은가!"

"남자는 자신의 성욕을 정당화하는 데 일생을 보내고 있다고 해도 과언이 아니라고? 결혼도 그걸 위한 수단이고 말이지."

"대체 네놈의 인생은 과거에 무슨 일이 있었던 거냐?! 도대체 뭘 어떻게 살아야 그렇게나 삐뚤어질 수가 있는 거지?!"

"하아아…… 정말로 인간쓰레기, 짐승, 답이 없는 생물이로군요……."

알리샤가 또다시 등줄기를 움찔움찔 떨었다.

에리스로서는 나의 이 뜨거운 연설이 마음에 들지 않은 듯했지만, 쓰레기 같은 남자를 엄청 좋아하는 공주님한테는 아무래도 심금을 울린 모양이었다.

"에리스, 이제 그만 됐어요. 당신 덕분에—— 이 사람의 능력도 확인할 수 있었으니까요."

"저, 전하…….."

그 말은 즉, 자신의 명령에 거역했던 기사대장을 문책하지 않겠다는 것으로도 보였다.

내 곁에서 시중을 들던 여기사들도 안심한 표정을 지었다.

"하지만, 하나만 더—— 확인하고 싶은 게 있어요. 이게 훨씬 더, 중요해요. 괜찮을까요, 시드 공……?"

어째선지 알리샤는 귀까지 새빨갛게 물들인 채 몸을 꼼지락거렸다.

"상관없긴 한데, '공'은 됐어. 시드, 그냥 그렇게 부르면 돼."

"그, 그럼 시드……. 단 둘이서 얘기 좀 해요."

나와 알리샤는 근처에 있는 저택을 빌리기로 했다.

어차피 아무도 살지 않으니 불만을 표할 사람은 아무도 없을 테지.

저택 주변은 에리스를 비롯한 근위기사들이 지키고 섰으며, 만일을 대비해서 사람도 물렸다.

도적 때문에 방 안은 어질러진 상태였다. 어느 방이고 발 디딜 틈조차 없을 만큼 물건들이 널브러져 있었으며, 가재도구는 대부분이 털린 뒤였다.

　현재 우리는 침실로 보이는 비교적 멀쩡한 방 안에 있었다.

　아무래도 침대는 들고 나가기 무거웠던 모양인지 도둑맞지는 않았다. 하지만 움직인 자국이 남아 있는 걸로 보았을 때, 이 저택에 침입했던 도적들은 대단히 탐욕적인 모양이었다.

　"처참하네요……. 이대로 가다가는 왕도마저 이렇게 되는 것도 시간문제일 거예요……."

　"나는 이런 좀도둑 같은 짓은 하지 않는다고. 어차피 여자애도 안 남아 있을 테니까 말이야."

　"그런 문제가 아니잖아요!"

　"혹시 하인으로 일하던 귀여운 메이드가 남아 있지 않을까? 되도록이면 주인의 손길이 닿지 않았으면서도 음란한 메이드가 좋은데……."

　"그 쓰레기 같은 망상을 당당하게 입 밖으로 내지 말았으면 하는데요……?"

　알리샤가 싸늘한 눈초리로 노려보았다.

　"이제는 내가 쓰레기란 건 잘 알았겠지. 이제 와서 겨우 그런 걸로 화낼 것까지는 없잖아?"

　"……그러네요. 쓰레기인 편이 저로서는 더 고마울 따름이니까요. 당신을 이용해 먹어도 양심의 가책이 느껴지진 않겠죠."

　"아까부터 생각했던 건데, 공주님치고는 말투가 너무 직설적인 거 아니야?"

"어마마마께서 서민 출신 기사이시기에, 옛날에 친정에서 자란 적도 있었거든요."

그렇군, 나는 납득했다.

이런 거리 속에 직접 숨어든 것도 그렇고, 그 공주님답지 않은 행동도 이해할 수 있었다.

"그래서, 말하고 싶은 게 뭐지? 아, 미리 못 박아 두겠는데, 근위기사들은 돌려주지 않을 거라고!"

"진심으로 하렘을 만들 작정인가요?! 왕녀 직속 여기사가 남성과 사귀는 건 엄격히 금지되어 있단 말이에요!"

왕녀의 측근인 근위기사에게 수상한 자가 접근하는 걸 막기 위함일 테지.

뭐, 수상하다고 말할 것 같으면 나만큼 수상한 사람도 드물 테지만.

"여기사도 물건은 아니니까 간단히 돌려줄 수도 없잖아."

"이상한 기술을 써서 간단히 자기 소유물로 만들어 놓고선 잘도 그런 소릴 하네요……. 아니, 제가 하고자 하는 얘기는 그게 아니에요. 근위기사대에 관한 얘기는 나중에 하도록 하죠."

알리샤는 근처에 있던 의자를 끌어와 앉았다. 역시 누가 왕녀 아니랄까 봐 그 동작조차 꽤나 우아했다.

"당신이 정말로 '이름 없는 영웅'의 피를 이어받은 자인지 아닌지…… 그게 문제가 아니에요. 그 피를 이어받은 자에 관한 소문은 대륙 곳곳에 퍼져 있으니까 말이에요. 하지만, 충실한 여기사들의 마음을 그토록 간단히 사로잡았던 그 기술은, 외법이 아니고서는 설명이 안 돼요."

"뭐, 그건 내가 긍정하든 부정하든 상관없을 테지."

자신의 정체가 무엇인가, 에 관한 증명은 어렵다.

특히 나 같은 떠돌이 인생은 태어난 곳이나 성장한 곳을 증명할 방도가 없다.

외법을 익힌 과정은 다른 사람에게 가르쳐 줘 봤자 아무런 의미도 없다.

"애당초—— 시드는 왜 아티나에 온 건가요?"

알리샤는 눈만 위로 올려 뜬 채 나를 보면서 고개를 갸우뚱거렸다.

"이미 알 거라고 생각하는데—— 내 행동의 원천은 성욕이야."

"아니, 사랑은 어디로?!"

"나한테 사랑과 성욕은 같은 말이라고."

"그런 터무니없는 말을 당당하게 입 밖으로 내는군요……."

서민 생활을 알고 있어도 공주님한테는 이해하기 힘든 가치관인 모양이었다.

"그래서 나는 항상 사랑을 갈구하며 대륙을 떠돌고 있지."

"이제 와서 정정해 봤자 엄청 늦은 것처럼 느껴지네요……. 당신의 소문이 곳곳에서 자자했던 이유는 알겠지만……."

알리샤 공주는 어이없어 하면서도 내 쓰레기 같은 모습에 또다시 흥분한 듯했다. 뺨이 발갛게 물들었다.

늦은 건 이 공주님도 마찬가지라는 생각이 들었다.

"마스디니아의 천희에 관한 소문은 대륙 전체에 퍼져 있지. 요즘 세상에 보기 드문 미소녀란 말도 있고 말이야. 그 정도라면 꼭 좀 만나러 가서 사랑을 쏟아붓고 싶어질 만도 하지 않겠어?"

"이쯤 되니 제 안에서 사랑이라는 말의 정의가 변하는 것 같네요."

내가 쏟아붓고 싶은 건 좀 더 구체적인 무언가지만, 그건 굳이 입 밖으로 표현하지 않았다.

"그리고 마스디니아 옆에는 엘프 숲이 있지. 엘프는 대륙 곳곳에 있지만, 좀처럼 만나기는 힘드니까 말이야. 하지만 숲에는 엘프들이 산더미처럼 있겠지?"

"네, 그 산더미처럼 있는 엘프들도 우리나라를 노리고 있지만 말이에요."

엘프는 요정에 가깝다고도 일컬어지는 종족.

모두가 마법을 잘 다루는 데다, 태어나면서부터 활쏘기의 달인이라고 한다.

결코 호전적인 종족은 아니다. 하지만 적으로 돌리면 그만큼 성가신 무리도 없을 것이다.

"뭐, 엘프의 목적이 뭔지는 내 알 바 아니지. 하지만 엘프는 모두 예외 없이 외모가 아름답다고 하잖아? 마스디니아의 천희에다 엘프 미녀들…… 그럼 죽기 전에 한 번은 찾아가 보고 싶어지는 거 아니겠어?"

"하지만, 당신이 있는 곳은 아티나예요. 천희도 엘프도 여기엔 없어요."

"어쩔 수 없어. 마스디니아의 황궁도 엘프 숲도 경계가 삼엄한 모양이니까."

"그건…… 그럴 거예요. 그 천희가 백성들한테도 빈번하게 모습을 드러낸다고는 하지만, 그렇다고 이쪽에서 다가가는 건 어려울 테죠. 게다가 당신한텐 무예의 소양이 있을 것 같지도 않고요."

"그래, 그거 때문에 곤란하던 참이었지……. 하지만 마스디니아에서 소문을 들었어. 아티나의 공주님도 천희에 뒤지지 않을 만큼 엄청난 미소녀라고 말이야."

"하아…… 그런가요."

알리샤는 복잡한 표정을 지어 보였다.

적국 사람들에게 자신의 미모를 칭찬받아 봤자 그다지 기쁘지 않은 모양이다.

"뭐, 솔직히 말하자면 소국의 아티나 공주님이라면 경계도 느슨할 것 같았거든. 그리고 덤으로 정조 관념도 느슨한데다 처녀였으면 좋겠다고 싶었지."

"최악이네요! 이 사람은 정말, 최악이네요!"

알리샤가 의자에서 벌떡 일어나 나에게 손가락질하더니 호통을 쳤다.

"다만, 아티나에 들어와서 보니까 나를 끈질기게 따라다니던 놈들이 있더라고. 그래서 이 거리에 머무르면서 상황을 지켜보던 차에 그 공주님처럼 생긴 애가 나타나니까 아무리 나라도 놀랄 수밖에 없었지."

"저도 당신을 봤을 땐 정말 놀랐어요. 찾고 있던 상대가 이 나라에 나타났으니까 말이에요. 하지만 설마 그런 최악의 이유 때문에 입국했으리라고는 꿈에도 몰랐지만요!"

"뭐, 내가 얘기할 수 있는 건 이 정도뿐이야."

나는 창가까지 걸어가 거기에 몸을 기댔다.

아티나는 문화 수준이 높다. 타국에서는 보기 힘든 유리창도 이 나라에서는 흔히 볼 수 있다.

그 유리창에 비친 알리샤는 아직도 화가 풀리지 않은 모양인지 그 예쁜 눈을 날카롭게 좁히고 있었다.

"나는 너를 만날 목적만으로 이 아티나에 왔어. 단지 그 뿐이야. ……이런, 비가 내리기 시작했군."

나는 창문 바깥으로 눈을 돌렸다.

순식간에 굵은 빗줄기가 내리기 시작하더니 번개까지 치기 시작했다.

"그렇다면, 저도 얘길 끝내도록 하겠어요."

알리샤가 성큼성큼 걸어왔다.

"…………윽!"

그러고는 그대로 까치발을 들어 올리며 나와 입술을 맞추었다.

살짝 차갑고, 부드러운 감촉이 내 입술을 통해 전해져 오더니 ──.

"…………웃, 크읏, 저…… 저지르고 말았어요……! 어떻게 이런 일이!"

"아니, 굳이 따지자면 '어떻게 이런 일이' 라는 말은 오히려 내가 해야 할 것 같은데?"

아무리 나라도 깜짝 놀랐다.

한 나라의 공주님이 떠돌이에 지나지 않은 남자에게 자신의 입술을 허락할 줄이야.

쓰레기 같은 남자를 좋아하는 마음이 그토록 강렬했던 걸까?

"하, 하지만! 왕가에 속한 사람의 몸은 머리부터 발끝까지 자신의 것이 아닌, 나라를 위해서, 백성을 위해서 존재해요! 제 첫 입맞춤도 나라를 구하기 위해서라면 언제든 바칠 각오가 되어 있어요!"

"그럼, 두 번째 입맞춤도 받아 볼까."

"…………읏!"

나는 공주의 가늘고 잘록한 허리를 끌어안은 채 입술을 꾹 눌렀다.

그런 다음 그녀의 머리도 끌어안자, 뒤에서 묶었던 금색 머리가 풀어지며 사르르 흘러내렸다.

"으읏?! 으읍, 읍, 으으응……!"

알리샤는 몸을 단단히 경직시키면서 미약하게나마 저항해 보였다.

나는 이에 아랑곳 않은 채 입맞춤을 계속하면서 공주의 부드러운 입술을 맛보았다.

"으응, 으읍…… 으읏, 으응…… 하아……."

입술을 떼자, 알리샤가 눈물 젖은 눈으로 쳐다보았다.

"가, 갑자기 이게 무슨 짓인가요?!"

"아니, 그건 알리샤도 마찬가지잖아."

"큭, 입술을 훔친 걸로도 모자라 제 이름을 함부로! 당신이 이렇게나 무례한 짐승이었을 줄은 몰랐네요!"

"나야 뭐 딱히 아티나 국민도 아닌데…… 널 떠받들어야 할 이유는 하나도 없는 거 아니야?"

"그건, 그렇네요……. 뭐라 할 말이 없어요."

역시 이 공주님은 머리 회전이 다소 둔했다.

"아, 아니, 아뇨! 입맞춤 정도야 한 번을 하든 두 번을 하든, 몇 번을 하든 상관없어요! 그보다도, 저에게는 확인해야 할 게 있어요!"

"너, 아무래도 정서불안인 거 같은데 말이지."

머리가 나쁜 게 아니라 감정이 너무 솔직한 걸지도 모른다.

오히려 그 편이 더 질이 나쁜 것처럼 보이기도 하지만 말이다.

"이름 없는 영웅은 마신장들을 사랑에 빠뜨리게 하여 지배하고 종속시켜, 몸도 마음도 유린했었다고 전해지고 있어요. 당신이 마의공주를 매료시키는 것만으로는 의미가 없어요. 그녀들이 속한 나라를 쳐부숴야만 해요!"

"……미안하지만, 내가 마스디니아나 엘프랑 싸워야 할 이유는 딱히 없거든."

"당신더러 마스디니아군이나 엘프군과 싸우라고 하지는 않겠어요. 하지만 당신이 천희와 엘프의 마의공주를 노린다면——

저희, 아티나가 이를 지원할게요."

"뭣이……!"

아티나가── 알리샤 공주가 그렇게까지 해 주겠다고 나올 줄은 예상조차 하지 못했다.

분명 나에게는 외법이 있다. 하지만 강국의 공주나, 인간을 싫어한다고 하는 엘프들을 상대하게 된다면 아티나의 지원은 필요할지도 모른다.

"나, 나쁜 얘기는 아닐 텐데요. 그, 그리고…… 아직 할 얘기가 더 있어요!"

"어? 또 있다고?"

"저, 저도 아무 의미 없이 입맞춤을 한 게 아니란 말이에요! 제가 아까 확인할 게 있다고 했었잖아요!"

"난 아무 의미 없이 입맞춤 할 수 있는데……."

"당신이야 그렇겠죠!"

"그래서, 확인하고 싶은 게 뭔데……?"

왠지 모르게 알 것 같았다. 그럼에도 나는 일단 물어보았다.

"당신이── 마의공주를 물리칠 수 있는지, 확인해야만 해요. 마찬가지로 같은 마의공주인, 제 몸으로 말이에요……!"

"……그래서? 뭘 어쩌겠다는 거지?"

"아, 알면서 일부러 물어보고 있네요……. 다, 당신과 잠자리를 같이 하여……, 당신이 이름 없는 영웅이 마신장에게 그랬던 것처럼…… 마의공주를, 저를 굴복시켜 보였으면 싶어서──."

"굴복이라고? 그건, 그러니까?"

"으윽……아, 알면서 일부러 물어보는 거 맞죠?! 그, 그건 그러니까, 당신의 손으로 저를——."

나는 살짝 의외였다.

이 공주님은 기가 세긴 했지만, 남자한테는 조금도 익숙하지 않은 것처럼 보였다.

그런 그녀가 이렇게까지 대담하게 나올 줄이야…….

"그건 그러니까, 널 내 마음대로 해도 된다는 말이야? 좌지우지해도 된다, 이 말이지?"

"대체 뭘 말인가요?! 아, 아니…… 그래, 그 말이 맞아요. 좌지우지하든 뭘 하든 마음대로 해도 상관없어요!"

비록 내가 한 말이지만 좌지우지라니, 영문을 알 수 없었다.

공주의 각오에 다시금 놀랐다.

반쯤 자포자기한 것처럼 보였지만, 진심이라는 점은 틀림없는 듯했다.

"사, 상관없어요. 마신장들이 이름 없는 영웅을 사랑했던 것처럼…… 마의공주도, 저도, 이름 없는 영웅의 피를 이어받은 당신을…… 아무래도 갈구하게 되고 말아요……. 저는, 제 자신이 갈구하는 상대가 당신이라는 걸, 알 수 있어요……."

"…………."

마신장의 힘이 깃들었다고 하는 마의——.

마의공주들은 마신들과 마찬가지로 자신의 몸을 전장에 내던지고, 또한 마찬가지로 한 남자를 사랑하게 된다는 말인가…….

"그러니, 마음대로 해도…… 아니, 마음대로 해 줬으면 싶어요……!"

"……그런가."

공주가 마의에 영향을 받고 있다 한들 상관없었다.

하지만 이 공주는── '이름 없는 영웅의 자손' 이 아닌, '나' 를 갈구해 주었으면 싶었다.

어떻게 해야 공주의 마음을 사로잡을 수 있을 것인가── 뭐, 방법은 하나밖에 없을 테지.

"…………."

나는 다시 공주의 얼굴을 지그시 쳐다보면서 마른침을 꿀꺽 삼켰다.

여자를 극도로 좋아하는 나도 공주를 안는 건 이번이 처음이었다.

아니, 그렇게 되게끔 지금까지 일을 진행시켜 왔지만 말이다.

"뭐, 뭔가요. 절 애태울 생각인가요……?"

알리샤가 젖은 눈으로 나를 올려다보았다.

이 공주님은 생각했던 것 이상으로 귀엽고 요염해서 압도되는 무언가가 느껴졌다.

나는 고개를 살며시 저었다.

안 되지, 안 돼. 아무리 상대가 공주님이라도 그렇지, 내가 위축되면 어쩌잔 말인가.

다시 마음을 가다듬고──.

"그럼, 실례할게."

"꺄앗?!"

나는 알리샤의 몸을 안아 올리고 침대 위에다 눕혔다.

음란할 정도로 천 면적이 작은 드레스의 가슴 부위가 출렁거렸다.

"자, 잠깐. 갑자기 그렇게……!"

"굴복시켜 달라고 해서 그렇게 해 줬을 뿐이야. 괜찮아, 괜찮아."

"뭐가 괜찮단 말이에요?! 한 나라의 공주를 어떻게 한 치의 망설임도 없이 깔아 눕힐 수 있는 건가요?!"

"응? 역시 싫어? 난 억지로 하는 건 별로 내키지 않아서 말이지."

이렇게 기세에 몸을 내맡기지 않으면 나답지 않게 망설일 것만 같았다.

그럼에도, 하고 싶어서 참을 수가 없었다.

"그럼에도, 하고 싶어서 참을 수가 없거든."

"갑자기 그게 무슨 소린가요?!"

이런, 무심코 본심이 입 밖으로 새어 나오고 말았다.

나의 내부에는 아직 망설이고 있는 소년의 순진함 같은 게 남아 있었다.

그리고 그와 동시에, 욕망을 억누를 수 없는 쓰레기 같은 남자의 본성도 표출되고 말았다.

"아니, 신경 쓰지 않아도 돼. 그래서…… 싫어?"

이런 확인을 하는 건, 나의 내부에 있는 소년의 부분이다.

"그, 그렇지는 않아요…… 나라와 백성을 지키기 위해서라면 제 몸을 아끼지 않을 거예요!"

"나도 귀여운 여자애를 위해서라면 사랑을 아낄 생각은 없어!"

"대체 이게 무슨 사랑이란 말인가요?!"

그다지 좋은 분위기라고는 할 수 없었지만, 굳이 신경 쓰지 않기로 했다.

결국 소년은 쓰레기 같은 남자에게 너무나도 간단히 패배하고 말았다. 애당초 지금까지 소년이 이겼던 경우는 없었지만.

나는 침대에 드러누운 알리샤를 위에서 덮치는 듯한 자세를 취했다.

안녕, 소년이었던 날의 나 자신이여.

어디에 내 놓든 남부끄러운 쓰레기 같은 남자는 이 야한 미소녀를 품에 안지 않고서는 견딜 수 없었다.

"음, 역시 귀엽단 말이지. 이만한 미소녀는 어쩌면 이번이 처음일지도 몰라. 마의공주는 다들 귀엽다고 하던데, 알리샤는 흠 잡을 데가 없어! 합격!"

"하, 합격……?! 도, 도대체 당신은 뭐가 그리 잘났나요. ……으으읍!"

나는 또다시 강제로 입술을 맞추고 알리샤의 말을 막았다.

분위기야 어쨌든 상관없지만, 다소 강하게 나가는 편이 좋을 테지.

또다시 소년이 고개를 내밀지도 모르니까 말이다.

그렇게 되면── 헛수고가 된다.

상황을 이렇게까지 만드는 데 나름의 수고가 들었다.

아까 공주에게 설명했듯이, 일부러 대륙 남단에 위치한 이 나라까지 찾아와 근위기사들을 매료시키는 등, 시간이 걸리는 준비가 필요했다.

알리샤가 쓰레기 같은 남자 취향인 건 행운이었다.

연기할 필요는 거의 없었다. 나 자신의 본래 모습을 보여주는 것만으로도 그녀의 관심을 끄는 데 성공했으니까 말이다.

남은 건 기회를 봐서 알리샤와 접촉하기만 될 뿐.

알리샤와 서로 이해가 일치한 것도 운이 좋았다.

뭐, 나도 알리샤의 목적이 뭔지는 어느 정도 예상했지만 말이다…….

멸망 직전에 놓인 이 나라의 공주가 나를 눈여겨보는 건 당연하다면 당연했다.

게다가, 나는 이 일대에 있는 모든 저택들은 침실 말고는 이용할 수 없게끔 미리 손을 써 놓았다. 처음부터 알리샤를 데리고 들어올 예정이었기 때문이다.

나야 장소 같은 건 어디든 상관없지만, 공주님이라면 침대 위에서 하는 행위를 희망할 테지.

장소를 바꾸고 싶다는 등, 그런 소릴 듣는 것도 성가시고 말이다.

여자애를 공략하기 위해서는 이런 사소한 기술이 의외로 중요하다.

그리고 그 사소한 기술 또한 외법의 기술 중 하나다.

"웃, 으응…… 으응, 으으응…… 혀, 혀가……."

알리샤의 입 안으로 혀를 집어넣고 휘젓자, 그녀는 얼굴을 새빨갛게 물들인 채 고개를 돌리고 말했다.

"저, 저기…… 시드, 당신이 막무가내라는 건 이미 완전히 알고 있었지만……."

"나한테 불만이 제법 있다는 것도 알겠어."

"하, 하지만…… 그, 그…… 조금은 부드럽게 해 주면…… 저, 저는…… 이, 이번이 처음이라서 말이에요……."

"그건 잘 알고 있어. 방금 전에 키스가 처음이니 어쩌니 했으니까 말이지."

나는 공주의 부드러운 뺨을 스윽 어루만졌다.

"키스는 한 적 없지만 처녀가 아니라는 소린 하지 마. 키스는 금지라든지, 결벽증 걸린 창부라든지, 그런 소리도 안 돼."

"뭣…… 다, 당신, 너무 무례한 거 아닌가요?!"

알리샤가 도끼눈을 뜨고 노려보았다.

그러면서도 어깨를 떠는 건 분노해서가 아닌── 흥분해서 그런 것처럼 보이기도 했다.

내 쓰레기 같은 언동 하나하나가 그녀를 흥분시키고 있는 모양이다.

정말로 괜찮은 걸까, 이 공주님은.

"뭐, 어떤 의미에서는 지금부터 엄청나게 무례한 짓을 할 거니까 그 정도는 일일이 신경 쓰지 마."

"후아앙?!"

나는 손을 뻗어 공주의 풍만한 가슴을 손으로 떠받치듯이 주물렀다.

역시 엄청나게 컸다! 게다가 위를 보고 드러누워 있는데도 가슴이 옆으로 처지지도 않았다. 탄력이 있고 훌륭했다.

"역시 공주님이군. 발육 상태가 아주 좋아! 참으로 폭력적인 가슴이야!"

"폭력적?! 당신, 아까부터 조금씩 이상한 소리를…… 아앗?!"

"우오오오오……."

나는 자기도 모르게 신음했다.

일단은 부드럽게 할 생각이었지만, 그만 충동적으로 나가고 말았다.

반쯤 드러난 가슴 부위 천을 잡아떼어 두 언덕을 노출시켰다.

출렁, 하고 터져 나올 기세로 두 개의 커다란 가슴이 튀어나왔다.

"아아아아아……."

알리샤가 얼굴을 새빨갛게 물들인 채 고개를 돌렸다.

"마, 마의를 이렇게나 손쉽게 벗겨 낼 줄이야……. 보통은 만지지도 못할 텐데 말이에요……!"

"공주님이건 여신님이건 간에, 거기에 미소녀의 옷이 있다면 벗기는 법이지! 그것 또한 마찬가지로 외법의 힘이라고! 마신을 굴복시킬 수 있는 힘이니까 옷 벗기는 것쯤이야 간단하지!"

나는 고스란히 드러난 가슴을 손으로 직접 주무르기 시작했다. 손바닥에 달라붙는 듯한 매끄러운 감촉과, 손을 되미는 탄력.

크기도 그렇고 감촉도 그렇고, 이만한 가슴은 이 세상에서 좀처럼 찾아보기 힘들다!

"앗, 으응, 잠깐…… 너무 그렇게…… 아앙!"

내가 가슴을 주무를 때마다 알리샤가 몸을 비틀었다.

"아니, 이건 정말 엄청난 가슴이라고. 아마 천희한테도 뒤지지 않을걸?"

"그, 그런 걸로 이겨 봤자 하나도 안 기쁘다고요! 앗, 아앙…… 가, 가슴은 이제 됐죠?!"

"으음, 좀 더 맛봐야 될 것 같은데."

"맛보긴 뭘 맛본단 말이에요?!"

나는 대답 대신 알리샤의 가슴 언저리에 얼굴을 댄 채 그 가슴을 혀로 핥았다.

그러고 나서 혀끝으로 분홍색 유두를 찌르고 입 안에 머금었다.

"히앗?! 거, 거긴…… 아앙, 빨면 안…… 돼요!"

안 된다고 말해 봤자 멈출 수 있을 리 만무했다.

소리를 내면서 유두를 빨고, 다른 한쪽 가슴을 손으로 난폭하게 마구 주물렀다.

알리샤 공주의 유두에서는 신기하게도 달콤한 맛이 났다. 가슴을 주무르면 주무를수록 당도가 높아지는 것 같은 느낌조차 들었다.

"그만, 아앙, 아웅, 안 돼요……. 아앙, 그렇게 빨면…… 아아
아앗!"

한층 더 세게 유두를 빨자, 알리샤의 몸이 움찔거리며 튀었다.

"앗, 아앙, 아아아아아…… 뭔가요, 이건…… 이런 거, 처
음…….."

알리샤는 손으로 침대 시트를 힘껏 움켜쥔 채 몸을 움찔움찔
떨었다.

가슴을 주무르고 유두를 빨기만 했을 뿐인데도 공주님은 가벼
운 절정에 달한 모양이었다. 매우 민감한 몸인 듯했다.

나는 유두를 혀로 굴리고 이로 가볍게 물면서, 그 풍만한 가슴
전체를 입 안에 담을 기세로 격렬하게 빨아올린 뒤——.

"가슴이 크기도 크지만 대단히 민감한 모양이야……."

"그, 그 소릴 굳이 해야 하나요?! 저, 저는 그저, 당신이 마
의공주를 굴복시킬 수 있는지를 확인하고 싶을 뿐, 이라고
요……! 그런 쓸데없는 소리는 굳이……!"

"이렇게 말해야 마음이 한결 편해진다고. 공주님, 지금 많이
긴장한 것 같은데?"

"그, 그건……."

알리샤는 차마 부정하지 못하고 입을 다물었다.

뭐, 나는 그저 가볍게 공주님을 놀리고 싶을 뿐이지만.

"그럼, 조금만 더 긴장된 몸을 풀어 볼까?"

"꺄앗?!"

나는 알리샤의 양 무릎을 벌리고 스커트 안으로 파고들어가 사타구니에 얼굴을 댔다.

"자, 잠깐…… 아무리 그래도 그렇지, 거기는……!"

물론, 알리샤는 항의했지만 나는 신경 쓰지 않았다.

수수하면서도 자수가 들어간 레이스 팬티에 손을 대고, 그것을 천천히 아래로 내렸다.

"자, 잠깐 기다려요…… 그, 그건……!"

"아니, 못 기다리겠는데? 애당초 나는 네 팬티를 벗기기 위한 목적 하나만으로 이 나라에 온 거라 봐도 무방하다고."

"최악이네요! 알고는 있었지만, 이 사람 진짜 최악이네요!"

"새삼스럽게 이제 와서 뭘. 자, 다리 조금만 들어 올려 봐."

속옷을 벗겨 내자, 그 부분은—— 이미 흠뻑 젖은 상태였다.

아니, 이쯤 되면 젖었다고 할 만한 수준이 아니었다. 공주의 음부에서 믿기 힘들 만큼 많은 양의 애액이 흘러나오고 있었다.

"우와, 여기 완전 홍수가 났는데 그래…….."

"그, 그러니까 그걸 일일이 설명하지 말라고요……! 저, 저는, 이런 건 처음이라서…… 어, 어째서 이런 일이?!"

"아니, 그걸 나한테 물어 봤자 소용없지. 그렇군. 내가 가슴을 핥아 준 게 기분 좋았다, 이거지?"

"기, 기분 좋지는…… 앗, 이봐요……!"

나는 알리샤의 음부에 얼굴을 묻고 애액을 홀짝이듯이 핥기 시작했다.

그 음렬에서 꿀물이 끊임없이 넘쳐 나왔다.

나는 음렬을 따라 핥아 올라가다가, 입술을 딱 댄 채 빨아올렸다.

"앗, 아응, 안 돼, 그런 데는…… 하, 핥으면…… 아앙, 아, 아, 아아앙, 아아아아……!"

물고 늘어질 기세로 음부를 핥아 주자, 알리샤는 달콤한 신음 소리를 내며 몸을 비틀었다.

공주의 새하얀 허벅지를 타고 흐른 애액이 침대 시트로 떨어졌다.

"더, 더는 안 돼……. 이런 거, 전…… 아아아아……."

알리샤 공주는 이미 흐물흐물 녹아내린 것 같았다.

전희치고는 살짝 부족한 감이 있지만, 그렇다고 아직 소녀에 불과한 공주님을 괴롭혀 봤자 재미없을 테지.

"그럼, 이제 슬슬…… 공주님의 처녀를 접수해 보도록 할까."

"그, 그러니까 그걸 일일이 말로 하지…… 절 괴롭히는 게 목적인가요?!"

"내 목적은 귀여운 아이랑 섹스하는 것뿐이야! 뭐, 괴롭힘 당하는 걸 즐기는 아이한테는 그렇게 할 때도 있지만 말이지."

"즈, 즐긴 적은……!"

알리샤가 도끼눈을 뜬 채 노려보았다. 하지만 그 모습은 귀여워서 조금도 무섭지 않았다.

나는 공주가 사랑스럽게 여겨졌다. 가볍게 입맞춤을 한 뒤에
──.

바지 앞섶을 열고 내 물건을 꺼냈다.

"히아악……!"

그것은 이미 한계까지 단단해진 상태였다. 알리샤 공주가 자그맣게 비명을 질렀다.

"그, 그런 게…… 제, 제…… 안쪽에……?"

"괜찮아, 괜찮아. 이 정도로 흠뻑 젖었다면 어떻게든 들어가니까 말이야."

나는 불안해하는 공주의 뺨을 어루만져 주고 나서, 그녀를 위에서 덮치는 듯한 자세—— 정상위 체위로 천천히 삽입해 나갔다.

"큭…… 아, 아아아아…… 아파……!"

공주의 내부를 억지로 밀어젖히는 느낌으로 내 물건을 밀어넣어 나갔다. 그리고 곧바로 저항에 부딪쳤다. 무언가를 잡아찢는 듯한 감촉과 함께, 안쪽을 향해 단번에——.

"아아아아앙……!"

알리샤가 눈물을 흘리면서 자그맣게 소리를 내질렀다——. 그리고 약간의 시간차를 두고, 억지로 밀어젖혀진 음렬에서 빨간색 피가 흘러 떨어졌다.

공주가 순결을 잃은 증거——.

"아무리 나라도 공주님의 처녀를 접수한 건 이번이 처음이란 말이지……."

"그, 그래서 당신이 아까 처녀가 어쩌고 저쩌고…… 하, 하지만 이건 별일 아니에요."

"그렇지만 한 나라의 공주가 처녀를 상실했는데도 괜찮은 거야? 그, 시집갈 때라든가 말이야."

"이, 이제 와서 시집가는 얘길 하나요……? 사, 상관없어요. 지금 이 자리에서…… 당신의 힘을 확인해 놓지 않으면…… 이 나라에도, 저에게도 미래 같은 건 없으니까 말이에요."

그건, 분명 그랬다.

이대로 아티나가 제국이나 엘프에 의해 멸망하게 되면 알리샤에게 미래는 없다.

최악의 경우엔 처형당할 수도 있다. 운이 좋아 봤자 적의 황족이나 유력 귀족에게 노리개로 바쳐질 뿐이다.

특히나, 제국은 자신들이 멸망시킨 적국에 인정사정없다고 한다.

"그, 그러니까…… 계속 해 주세요……. 전 아직 굴복한 게 아니니까요……."

"…………그럼, 그렇게 할게."

나는 알리샤의 양 손목을 쥐고 허리를 움직이기 시작했다.

역시나 그녀의 내부는 빡빡하고 좁아서 좀처럼 안쪽으로 밀어 넣을 수가 없었다.

나는 침대에서 삐걱거리는 소리가 날 정도로 허리를 흔들며 알리샤 공주의 내부에다 탐욕스럽게 박아 댔다.

"아앙, 아, 아앙, 아웅, 아, 들어오고 있어, 아웅, 내, 안쪽에!"

아직도 많이 아픈 모양인지 알리샤는 여전히 눈에 눈물을 머금은 상태였다.

그럼에도 저항하지 않고 가만히 나에게 박히고만 있었다. 내 허리가 움직일 때마다 알리샤의 몸이 흔들렸고, 그 커다란 가슴은 튀어 오르듯 출렁였다.

"아, 아앙, 흐아아아…… 어, 뭐, 뭐죠……?"

나는 알리샤의 등에 팔을 두르고 그녀의 몸을 일으켜 세웠다. 대면좌위 자세를 취한 채 공주의 그 가냘픈 몸을 끌어안으면서 또다시 허리를 움직이기 시작했다.

"아앙, 아, 아, 아웃…… 이, 이렇게 몸을 맞대고 있으니까…… 부, 부끄러워요……."

아니, 서로 성기를 맞댄 지가 언젠데. 이상한 부분에서 부끄러움을 느끼는 공주님이었다.

알리샤의 풍만한 가슴이 내 몸을 압박했다. 커다란 가슴의 감촉이 참을 수 없을 만큼 자극적이었다.

나는 그녀의 가느다란 허리를 끌어안고서 한층 더 몸을 밀착시켰다.

"아앗, 하, 아웃, 아아아앙…… 시드, 저는…… 아응, 이, 입에서 계속 소리가…… 이러다 근위기사대한테 들리겠어요……. 그, 그러니까……."

나는 공주가 무엇을 말하고 싶어 하는지 곧바로 이해했다.

입술을 겹쳐, 알리샤의 입에서 새어 나오는 소리를 죽였다.

뭐, 내 입장에서 볼 때는 공주가 키스해 달라고 조르는 걸로 밖에 보이지 않았지만 말이다.

알리샤의 커다란 눈망울은 아직도 눈물을 머금고 있었지만 —— 거기에는 미처 숨길 수 없는 쾌감이 깃들어 있었다. 눈이 녹아내리고 있었다.

내 허리 움직임에 맞춰 알리샤도 허리를 흔들었다.

불과 조금 전까지만 해도 소녀의 모습이었는데, 지금은 도저히 소녀의 모습이라고 생각할 수 없는 음란한 움직임을 보이고 있었다. 서로의 점막이 마찰을 일으키고, 내 물건의 끝부분이 가장 안쪽까지 손쉽게 들어갔다.

"시드, 저…… 저는, 더는…… 더는 안…… 안 돼요……!"

"그, 그래…… 나도 마찬가지야……!"

나도 한계에 달하기 일보직전이었다. 공주의 질 내부는 좁았는데, 그것이 내 물건을 아플 정도로 힘껏 조여 댔다. 썩 그렇게 심한 정도는 아니었지만, 어쨌든 그리 오래 버틸 수는 없었다.

나는 허리를 빠르게 움직이면서 조금이라도 더 오랫동안 알리샤의 질 안쪽을 맛보고자 했지만——.

"앗, 아앙, 아아아아아아아아아아아아아앙!"

알리샤의 질 안쪽에서 대량의 애액이 넘쳐 나왔다. 조금 전보다 한층 더 커다랗고 애절한 신음 소리가 터져 나옴과 동시에 나 또한 한계를 맞이했다.

그 자세 그대로 대량의 정액을 공주님의 가장 안쪽에다 쏟아부었다.

"아, 아아…… 이럴 수가…… 제 안에다…… 사, 사정을…… 안, 되는데……."

그렇게 말하면서도 알리샤는 나에게 안겨 붙은 채 떨어질 생각을 안 했다.

오히려 정액을 마지막 한 방울까지 쥐어짜 내려는 것처럼 보이기도 했다.

나는, 사정을 마치고서——.

"그럼, 마무리도 좀 부탁해 볼까?"

"흐에……? 마, 마무리라뇨……?"

알리샤가 고개를 갸우뚱거렸다. 나는 그녀가 보는 앞에서 내 물건을 빼낸 뒤, 그녀의 머리를 붙잡아 내 사타구니에다 댔다.

"뭐, 뭔가요……? 어, 이거……?"

"깔끔하게 해 주는 것까지가 섹스라고. 검으로 사람을 베면 피를 닦은 뒤에야 검집에 넣곤 하잖아?"

"그, 그것도 그렇네요……. 이, 이렇게 하면 될까요……?"

말도 안 되는 소리에도 알리샤는 의문 하나 느끼지 않은 것 같았다.

알리샤는 망설이면서도 내 사타구니에 고개를 대고 아직 단단한 상태의 그것을 입에 머금었다. 그러고는 아래로 떨어지는 약간의 정액과, 애액으로 젖은 몸통 부분을 머뭇머뭇 빨기 시작했다.

"으응, 으음, 으으응…… 웃, 으응……."

얼굴을 새빨갛게 물들이면서도 알리샤는 찔꺽찔꺽 소리를 내며 내 물건을 입에다 물고 빨아올렸다.

도저히 이제 막 처녀를 상실한 소녀라고 생각할 수 없는 대담

한 움직임이었다.

일반적이라면 이렇게까지 하지 않았을 테지만, 물론 그런 상식을 가르쳐 줄 생각은 없었다.

"으읏, 후아아…… 까, 깔끔해졌어요……. 이러면 되나요……?"

내가 고개를 끄덕이자—— 알리샤는 퍼뜩 뜨끔한 표정을 지었다.

공주님의 스커트는 완전히 위로 말려 올라간 상태였고, 고스란히 노출된 음부에서는 희멀건 액체가 거품을 내며 넘쳐 나왔다.

"죄, 죄송해요. 아, 뭔가 닦을 만한 게——."

어째선지 알리샤가 사과하더니, 나에게 엉덩이를 보인 채 침대 옆 테이블 위에 놓여 있던 헝겊 쪽으로 손을 뻗었다.

공주의 새하얀 엉덩이를 보았더니—— 또다시 흥분되기 시작했다.

사실, 자타공인 호색한인 나는—— 아티나에 들어온 이후로 아직 그 누구하고도 몸을 맞댄 적이 없었다.

여기사들의 경우에는 매료만 시켰을 뿐이지 잠자리를 함께 하지는 않았다.

술집 여자애치고는 엄청 귀여운 편에 속하는 루에게도 흥미가 동하기는 했지만 아직 손을 대지는 않았다.

그러니까, 지금 현재 제법 쌓인 상태였다. ——게다가 상대가 처녀라서 다소나마 자제했기에 아직 만족하지도 못했다.

"……앗, 자, 잠깐……. 지, 지금 뭐 하나요……?"

"미안, 이 정도로는 부족해. 뭐, 이게 다 공주님의 몸이 너무 음란해서 그런 거거든."

"무, 무슨 소릴 하는 건가요! 저, 저는 음란한 게……!"

나는 아랑곳 않고 알리샤의 엉덩이를 붙잡은 채 단번에 내 물건을 박아 넣었다. 그것은 이미 또다시 단단해진 상태였다.

"자, 잠깐만요! 두, 두 번이나 할 건가요?!"

"회수를 일일이 헤아려 봤자 소용없어. 일단은, 사흘 밤낮으로 계속 할 거니까 말이야."

"사흘 밤낮?! 아, 아무리 그래도 그건…… 아아앙, 아, 아아앙!"

나는 허리를 흔들기 시작하면서 알리샤의 질 안쪽을 격렬하게 맛보았다. 그녀의 질 내부는 또다시 흠뻑 젖어 있었기에 별 어렵지 않게 넣었다 뺄 수 있었다.

"아아앙, 아, 아, 저, 저도 그렇게 한가한 몸이 아니란 말이에요! 일단은 왕녀라서, 알현이나 서류 결재, 회의도 해야 한단 말이에요!"

"그럼 나도 왕궁으로 가서—— 회의 정도라면 섹스랑 같이 할 수 있지 않을까?"

"그랬다간 다들 절 미친 사람 취급할 걸요?! 당신은 그 자리에서 참수될 거고요!"

우리는 격렬하게 몸을 섞으면서 실없는 대화를 이어 나갔다. 알리샤는 이제 거의 아픔을 느끼지 않는 듯했다.

알리샤가 몸을 비틀며 그 커다란 가슴을 격렬하게 흔드는 모습이 눈에 들어왔다. 참으로 음란한 몸매였다. 그 모습을 눈으로 보고 있는 것만으로도 내 물건이 뜨겁게 달아올랐다.

"————, 예요."

"응? 뭐라 말 했어?"

"리, 리샤…… 리샤예요. 알리샤는 왕녀로서의 이름이고——제 진짜 이름은, 리샤라고 해요…….."

"……그런가."

　고귀한 자를 이름으로 부르는 건 무례한 짓이라고 하며——왕족이나 고귀한 혈통에는 숨겨진 진명(眞名)이 있다고 한다.

　그걸 가르쳐 주는 것이야말로—— 굴복의 증거.

　만약 아티나가 멸망하게 된다면, 알리샤는 그 이름을 천희나 엘프에게 알려야만 할 테지.

　하지만 그렇게 되기 전에 내가 진명을 알게 되었다.

　지금 나에게 박히고 있는 소녀는 자신의 모든 것을 바칠 자세가 된 것이다.

　지금의 공주는 이름 없는 영웅의 자손이 아닌, 틀림없이 '나'를 갈구하고 있다——.

"좋았어, 알리샤. 내가 너의 모든 걸 받아 갈게. 그 대신에——네가 소중하게 여기고 있는 걸, 내가 모두 지켜 줄게!"

"서, 성교하면서 그런 소릴 들으니까 하나도 안 기뻐요!"

"그럼, 사흘 뒤에 다시 말해 줄게."

"정말로 사흘 밤낮 동안 할 작정인가요?!"

물론 정말로 그럴 작정이었다. 아무래도 리샤는 아직 나를 완전히 다 이해하지 못한 모양이었다.

　나는 질 안쪽으로 한층 더 힘껏 내 물건을 박아 넣으면서 공주님의 몸을 마음껏 맛보았다.

2 사랑은 종족을 초월한다

엘프 부족연합——.

대륙 남서부에 펼쳐진 삼림지대에는 엘프를 비롯하여 '요정족'이라 불리는 종족들이 다수 살고 있다.

엘프에게는 몇 개의 부족이 존재하며, 언어나 문화, 생활양식 등이 저마다 달랐다. 뭐, 다른 종족 입장에서 보자면 그 차이를 구별하기 힘들 만큼 대동소이하지만 말이다.

삼림지대—— 흔히 '요정의 숲'이라 불리는 그 지역은 엘프 각 부족들의 대표자들로 구성된 평의회가 통치하고 있다.

대부분의 나라가 군주제인 대륙에서는 몹시 보기 드문 형태 였다.

회의는 무엇을 논하건 간에 신중하게 진행되었기에, 의제에 결론을 내는 데까지 오랜 시간이 걸릴 때가 많았다.

하지만 엘프는 인간보다 몇 배나 되는 수명을 가지고 있기에 아무리 시간을 소비해도 별다른 문제는 없었다.

그렇지만—— 지금은 그 엘프들에게도 신중함보다는 신속한 결단이 요구되었다.

이웃국가인 마스디니아 제국은 급속도로 팽창을 거듭하여 이미 삼림지대 일부를 침범한 상태였다.

　마찬가지로 이웃국가인 아티나 왕국 또한 새로운 지도자가 된 왕녀를 중심으로 움직임을 보이기 시작했다.

　마스디니아에게 대항하기 위해 아티나와 동맹을 맺는 방법도 고려할 수 있을 것이다.

　하지만—— 그것은 어디까지나 인간의 사고방식에 불과했다. 엘프에게는 인간과 손을 잡는다는 것 자체가 고려할 가치조차 없는 생각이었다.

　엘프라는 종족은 기본적으로 인간을 깔보고 있다.

　용모, 신체능력, 마법력, 그리고 수명—— 등등, 여러 면에서 엘프는 인간보다 뛰어났으며, 그들 입장에서 보자면 인간은 하등종족에 지나지 않았다.

　긍지 높은 엘프들에게 있어 인간과의 동맹은 수치이기도 했다.

　적어도 인간과 대등한 동맹을 맺는다는 생각 자체를 하지 않을 것이다.

　종족으로서 우월한 엘프들의 유일한 결점은 그들이 소수 종족이라는 점일 테지.

　광대한 영토와 그에 비례한 인구를 바탕으로 강대한 군사력을 보유한 마스디니아에 대항하기란 아무리 엘프라 하더라도 힘들었다.

　그렇기에, 엘프들이 선택한 전략은——.

아티나 왕국의 수도는 나라 이름과 같은 이름으로 불렸다.

때문에 흔히 '왕도' 라 불리는 경우가 많았다.

왕도는 규모가 그렇게 크지 않았지만, 청결한 느낌의 아름다운 거리가 펼쳐져 있었다.

그 중심에 위치한 거대한 건물이 바로 왕과 그 일족들이 사는 곳이자, 정치의 중심이기도 한 왕궁이었다.

지금은 주변 상황이 악화되어, 정치가나 관료, 군인들이 밤낮을 가리지 않고 분주하게 돌아다니고 있었다.

왕궁 내에 위치한 회의실에는 정치가와 군인들이 매일 같이 격론을 주고받았다. 하지만 그럼에도 이렇다 할 결론은 나오지 않았다.

──이래서 높으신 분들은 안 된단 말이지.

그 회의실 구석에서 회의를 듣고 있던 나는 줄곧 어이가 없었다.

물론, 될 수 있는 한 평정을 가장하고는 있었다.

회의실 가장 안쪽에 앉아 있는 사람은 알리샤 공주였다.

공주님은 중신들과 장군들이 주고받는 회의를 가만히 듣고 있었다.

나는 그 공주님의 직속 서기관이라는 직함을 받아, 회의실 말석 중에서도 말석에 해당하는 자리에 앉을 수 있도록 허락받았다──는 것으로 되어 있다.

내가 서기관이라니. 글조차 제대로 못 쓰는데 말이다.

어이가 없긴 했지만, 리샤 곁에 있기 위해서는 필요한 조치였기에 기꺼이 그 직함을 받기로 했다.

하아, 이딴 회의는 얼른 끝내고 리샤랑 섹스하고 싶다…….

회의 내용에는 아무런 관심도 없었기에, 지금 드는 생각이라곤 그것밖에 없었다.

내 거주지는 리샤가 사는 후궁의 방들 중 하나였다. ──하지만, 실제로는 리샤의 침실에 틀어박힌 상태였다.

물론 공주님의 침실은 경호병이나 하인이라 할지라도 허가 없이는 함부로 들어올 수 없었기에, 내가 리샤랑 무슨 짓을 하든 그 누구도 알 수 없었다.

처음으로 리샤랑 섹스한 날 이후로 우리는 하루도 빠짐없이 실컷 하는 중이었다.

아니, 그게 말이지. 내 능력으로 마의공주를 굴복시킬 수 있다는 건 확인했지만, 그렇다고 그 상태가 언제까지 지속될지는 알 수 없는 거 아니겠어?

그렇기에 굴복된 상태를 유지하기 위해서라도 리샤와의 섹스는 무척이나 중대하다는 것이다, 이 말이죠.

아아, 얼른 밤이 왔으면 좋겠다……. 오늘밤에도 세 발, 네 발 정도는 사정하고 싶다고.

"이제 그만 됐어요!"

갑자기 테이블을 탕 치는 소리가 울려 퍼졌다.

떡갈나무로 만들어진 두터운 테이블에 균열이 깊고 넓게 퍼져나갔다.

도저히 인간의 힘으로 박살 낼 수 있을 만한 게 아니었다. ──

물론, 테이블을 쪼갠 사람은 리샤였다.

"엘프의 위협이 코앞까지 닥쳤어요! 그들은 아티나를 멸망시키고 병사를 흡수한 뒤, 백성들조차 전쟁터로 내몰 테지요! 지금은 이런 탁상공론이나 할 때가 아니란 말이에요!"

리샤가 자리에서 일어나 늠름한 목소리로 외쳤다.

참고로 공주님은 마의^{시 엘}를 입고 있었지만, 아무래도 그건 천 면적이 작아서 그런지 그 위에 코트를 걸쳐 입은 상태였다.

뭐, 다른 남자에게 리샤의 맨몸을 보여 주기는 싫었기에 나로서도 이러는 게 바람직했다.

"하, 하오나, 전하. 엘프들의 침공을 막는 데 필요한 병사도 무기도 식량도, 현재 턱없이 부족한 실정입니다. 설령 엘프를 막는다 한들, 마스디니아와 싸울 수 있을 만한 여력이 없다면 결국에는——."

"분명 마스디니아에 대한 대비는 필요해요. 하지만 그 전에 엘프에 의해 멸망하게 된다면 아무런 의미도 없을 테죠. 모든 것이 부족한 상황이라는 건 저도 알지만, 그럼에도 최선을 다하는 게 바로 저희들의 사명이에요!"

그렇고말고. 리샤의 말이 옳다.

마스디니아도 엘프도 항복하면 받아 주기야 할 것이다. 하지만 놈들에게 항복한다는 것은 사실상 노예가 되겠다는 거나 다름없다.

싸우지도 않았는데 나라를 통째로 바친다는 건, 이 대륙에서도 전례가 없는 일이다.

뭐, 나라면 살아남을 수 있어서 다행이라고 생각하겠지만 말이다.

"나, 알리샤가 폐하를 대신하여 모든 명령을 내리겠어요! 아티나 왕국은 결코 포기하지 않고 마지막까지 있는 힘을 다해 싸울 거예요!"

중신과 장군들이 일제히 자리에서 일어나 공손한 태도로 공주님에게 동의를 표했다.

왕국의 대리인이자, 아직은 소녀티를 못 벗은 여성.

그럼에도 알리샤 공주는 그들을 거느리는 지도자로서 확고한 지위를 구축한 모양이었다.

역시 나의 리샤, 그렇게 나와야지.

그렇기에, 나도 리샤랑 함께 하고 싶다는 마음이 들었다……!

"하아……."

그리고 그날 밤. 리샤의 침실.

리샤가 침대 위에 풀썩 드러눕자, 고스란히 드러난 그 가슴이 출렁였다.

"오늘은 정말 힘들었어요……. 회의에다 작전 입안, 지시를 내려야 할 곳도 한 두 곳이 아니었고. 게다가, 당신과 이렇게나 격렬하게 몸을 맞대니까 몸이 남아나질 않네요……."

"그런 것치고는 스스로 허리를 잘만 흔들던데?"

나 또한 리샤와 나란히 드러누워 웃어 보였다.

"그, 그렇지는…… 다, 당신이 몇 번이고 몇 번이고 해 대니까, 저도 모르게 그만…… 아아, 이제 됐어요!"

리샤가 고개를 홱 돌렸다.

밤이 되어 후궁에 돌아오고 나서부터 곧바로 섹스에 돌입했다.

예정보다 더 많이, 입에다 한 발, 질 안에다 다섯 발 정도 사정하고 말았다.

아아, 리샤의 저 음란한 몸은 조금도 질리지가 않았다.

"그건 그렇고……."

"응? 두세 번 정도 더 하려고?"

"그게 아니에요! 그게 아니라── 엘프에 관한 거예요."

리샤가 침대 위에서 벌떡 일어났다.

"현재 아티나의 적은 엘프예요. 그들은 인간과는 비교도 안 될 만큼 수가 적은 종족. 여간해서는 아이를 가지지 않는 자들이죠."

"그럼, 걔네들은 대체 인생을 무슨 낙으로 사는 거야……?"

"진지한 표정으로 그런 생각 좀 하지 마세요! 인간도 아이 만들기만을 낙으로 사는 사람은 극히 일부라고요!"

"그거 충격적인 사실이로군. 하지만, 그렇게 되면──."

"네, 엘프는 사랑도 성교도 하지 않는 종족. 당신의 외법이 조금도 통하지 않을 가능성이 있어요──."

리샤의 목소리에서 긴박감이 느껴졌다.

지금 알몸이 아니었더라면 좀 더 긴박감이 느껴졌을 테지만.

그건 그렇고—— 아무래도 내 다음 시련은 이 순진한 공주님보다는 호락호락하지 않을 것 같았다.

"누가 순진한 공주님이라는 건가요?!"

아차, 나도 모르게 그만 입 밖으로 나온 모양이다. 리샤가 또다시 노려보았다.

"미안해. 리샤의 그 순진함은 어디까지나 나한테만 한정된 얘기니까 말이지."

"그, 그렇지는…… 않아, 요…….."

알리샤의 기세가 급속도로 약해졌다.

그 순진함뿐 아니라, 이렇게 곧장 굴복하는 모습 또한 귀여웠다.

"리샤."

"아웅……."

나도 침대에서 일어나 공주님의 그 가냘픈 몸을 껴안았다.

엘프를 상대로 한 전략도 중요하지만, 나에게는 그 이상으로 리샤가 훨씬 중요했다.

나는 리샤와 키스를 나누고 그 탱탱한 엉덩이를 어루만졌다.

우리는 몇 번을 지내도 질리지가 않는 밤으로 또다시 돌입해 나갔다.

엘프 부족연합이라는 명칭은 아티나를 비롯한 주변국가들이 편의상 붙인 것이다.

요정의 숲에 사는 엘프들이 자신들이 사는 거리나 마을에 명칭을 붙이는 경우는 있다. 하지만 나라 이름에는 별 관심 없는 것 같았다.

　애당초 나라라고 하는 개념 자체가 없는 듯했다.

　인간이 엘프 부족연합이라 부르는 나라는 어디까지나 엘프들의 거리나 마을의 집합체에 지나지 않았다. 숲에 사는 아인들은 그렇게 몇 백 년—— 몇 천 년이나 된 역사를 이어 왔다.

　엘프들에게 나라라는 개념은 없지만, 인간 측은 그렇지 않았다.

　국경선을 명확하게 긋고 타국의 침략을 감시하고 있다.

　"엘프가 침입해 들어온 게 닷새 전이란 말이죠?"

　"그렇습니다, 전하. 척후 부대였기에 곧바로 퇴각했습니다만——."

　리샤의 의문에 답한 사람은 근위기사대 대장 에리스였다.

　이곳은 아티나 왕국의 서부. 국경 수비대가 주둔하고 있는 요새의 어느 방이었다.

　엘프가 침입했다는 보고를 받고, 리샤와 그 근위기사들이 급히 달려와 요새 수비부대와 합류한 참이었다.

　리샤의 명령으로 한 발 먼저 출발했던 에리스가 정보를 수집해 왔고, 리샤는 이제 막 그 정보를 들은 참이었다.

　공주와 근위기사대 대장 앞에는 커다란 책상이 놓여 있었고, 거기에는 지도가 펼쳐져 있었다.

　요새 주변에는 수많은 메모가 기입되어 있었다. 아티나와 엘프, 양쪽이 활발하게 움직이고 있다는 걸 알 수 있었다.

"엘프의 침입이라. 혹시 엘프의 미소녀를 포획하지는 않았고?"

"당신은 좀 가만히 있어요!"

물론 나도 따라왔다.

싸움에 아무런 도움도 안 되는 건 확실하지만 말이다.

"그래, 알았어. 우리 공주님은 참 쌀쌀맞단 말이지."

나는 까불거리는 태도로 어깨를 움츠렸다.

에리스가 지금 당장에라도 검을 뽑으려고 했지만 나는 신경 쓰지 않았다.

현재 방 안에는 나와 리샤, 에리스 세 사람밖에 없었다.

서기관이라는 입장은 일종의 비서에 해당했기에, 이렇게 공주님 곁에 있어도 남들이 이상하게 여기지 않는 점이 다행이었다.

"호오…… 경치 한번 좋군."

나는 창밖으로 눈을 돌렸다.

창문 밖으로 아티나 최대의 호수를 자랑하는 트리포니아 호수가 눈에 들어왔다. 요새는 그 호수 부근에 세워져 있었다.

호수 너머에는 산들이 늘어서 있었고, 그 산들을 넘어 가면 요정의 숲이 나온다.

"이거 놀랍네요, 시드. 당신한테도 경치를 즐기는 감성이 있었나 보네요."

"경치라기보다는, 엎어지면 코 닿을 만한 곳에 미소녀들로 가득한 낙원이 있을 거라 생각했더니……."

"역시나 그랬던 거네요!"

리샤가 눈을 부릅뜨며 노려보았다.

"바보 같은 소리 좀 그만 하세요, 시드. 그 낙원은 적의 본거지라고요. 엘프들도 국경 근처에 병사 정도는 배치해 놓고 있어요. 가까이 다가갔다간 즉각 화살 세례를 받고 말 거예요."

"저로서는 이 녀석이 화살에 맞아 죽는 편이 더 바람직하다는 생각이 듭니다만……."

리샤가 나를 노려보았고, 에리스가 어이없다는 듯이 한숨을 내쉬었다.

"대장 나리는 좀 더 공주님을 보고 배웠으면 싶은데 말이지. 여자애는 알리샤만큼 순진해야 귀여운 법이라고?"

"그러니까, 저한테 순진하다는 소리 좀 하지 마세요! 전 몸가짐이 단정한 공주란 말이에요!"

리샤가 온 힘을 다해 항의했기에 에리스는 잠자코만 있었다.

참고로, 나는 단 둘만 있는 경우가 아니라면 리샤를 진명으로 부르지 않았다.

설령 상대가 근위기사대 대장이라 한들, 왕족의 진명을 함부로 가르쳐 줄 순 없는 노릇이니까 말이다.

"……그건 그렇고, 여기까지 와서 드는 생각이긴 한데, 왕도를 비워도 괜찮겠어? 마스디니아가 언제 쳐들어올지 알 수 없잖아."

"그건 확실히 우려스럽지만, 지금 당장 눈앞에 닥친 위협은 엘프예요. 여기서 엘프들을 막아 내지 못하면 왕도가 함락되는 것도 시간문제가 될 테니까 말이에요."

"듣고 보니 상황이 굉장히 긴박하군."

알고는 있었지만, 현재 아티나의 운명은 바람 앞의 등불이나 다름없었다.

단 하나의 잘못으로 인해 멸망까지 일직선이다. 최고지도자인 리샤가 국경까지 직접 행차한 게 그 '잘못'이 될 가능성도 매우 크지만 말이다.

"어쨌거나, 천희는 최근 반 년 동안 잠잠했어요. 이유는 확실하게 알 수 없지만, 아무리 마스디니아 정도의 대국이라 한들 계속 군을 움직일 수도 없을 테죠."

"그건 그래. 군대라는 건 소비만 하는 집단이니까."

군대는 그저 존재하기만 해도 돈과 식량을 한없이 소비한다.

그러니 아무리 강력한 군대를 보유하고 있다 한들, 그리 간단히 움직일 수는 없다.

"천희도 알리샤랑 마찬가지 나이라고 했던가? 시간은 아직 많으니까 굳이 서둘러 침공할 필요도 없겠지. 특히나 아티나의 경우는 가만히 내버려 두기만 해도 상관없어. 자신들에게 역습을 가해 올 가능성은 거의 없으니까 말이지."

"…………의외로 잘 알고 있네요, 시드."

리샤가 매우 불쾌하다는 표정을 지었다.

즉, 아티나는 언제라도 멸망시킬 수 있으니까 뒷전이다, 그런 얘기다.

하지만 천희의 판단 하나 때문에 사태가 급변하게 될 가능성
도 충분히 있다.

여러모로 봤을 때 아티나의 상황은 절망적이었다.

"어쨌거나, 이대로 가만히 있을 수만도 없어요. 엘프는 이미
움직이기 시작했으니까요."

리샤의 아름다운 얼굴에 땀이 흘렀다.

엘프가 단순히 침입하기만 한 거라면 과거에도 이와 같은 사
례가 몇 번이고 있었다 한다. 하지만 이번에는——.

"설마 마의공주가 직접 나설 줄이야……! 엘프의 마의공주가
국경을 넘은 건 이번이 처음이에요!"

"처음이란 말이지. 과연 엘프의 마의공주는 처녀일까?"

"아무래도 당신은 그냥 가만히 있는 게 좋겠네요! 저는 지금
진지하단 말이에요!"

리샤가 탕 하고 책상을 내리쳤다.

"엘프의 마의공주—— 이름은 '라크시알'이라고 합니다. 라크
시알은 닷새 전, 백주 대낮에 당당하게 국경을 넘어왔습니다."

에리스가 양피지 다발을 손에 쥔 채 설명을 시작했다.

"국경 너머의 숲에서 엘프들이 움직이고 있다는 것은 우리 군
도 이미 파악한 상태였습니다. 그래서 이백 기에 달하는 강행정
찰중대가 보내졌고—— 그 부대가 국경을 넘어온 단 한 명의 엘
프와 조우, 순식간에 괴멸되고 말았습니다. 얼마 안 되는 생존
자의 증언에 따르면, 그 엘프는 자기 스스로를 마의공주라 밝혔
다고 합니다."

"아무리 마의공주라 해도 그렇지, 정예 정찰부대가 한순간 에…… 어떻게 이런 일이!"

에리스의 설명을 들은 리샤가 어금니를 꽉 깨물었다.

경우에 따라서는 적국의 안쪽 깊숙한 곳까지 진입할 때도 있는 정찰부대는 분명 정예들로만 이루어져 있었을 테지.

"이백 기에 달하는 병사들은 거의 전원이 화살에 급소를 맞았다고 합니다."

"화살이라고? 그럼 그 엘프의 마의공주는 평소에 화살을 이백 개나 들고 다닌다는 건가?"

나는 의문을 느끼고 중간에 끼어들었다.

아무리 가벼운 화살이라고 해도 이백 개나 되면 부피가 커지는 데다, 무게도 제법 나간다. 체격이 우락부락한 여성은 그다지 내 취향이 아닌데.

"……화살 하나로 여러 명을 한꺼번에 꿰뚫을 수 있을 만큼 솜씨가 대단했다고 한다. 더군다나 그런 상태에서 급소까지 노릴 줄이야. 아무래도 엘프의 마의공주가 지닌 능력은 상상을 초월한 모양이다."

"이쯤 되면 거의 신기에 가깝군. 한꺼번에 관통한다라. 나도 엘프 미소녀를 관통하고 싶어……."

"이놈! 엉뚱한 소리 하지 마라! 난 그런 얘길 하려는 게 아니다! 우리 군의 장병들이 죽었단 말이다!"

에리스가 검 자루에 손을 댄 채 노려보았다.

"하지만 기사잖아? 싸우다 죽는 것도 이미 각오했을 거고. 엘프의 마의공주도 자기 목숨을 걸고서 싸우고 있을 테니까 말이야."

"……군인도 아닌 주제에 뭘 아는 척 하느냐……."

"나도 목숨을 걸고서 사랑을 전하고 있거든! 군인에게 공감할 수 있는 점이 많고말고! 덕분에 에리스의 부하들도 나를 잘 따르게 됐고 말이지!"

"네놈은 그저 이상한 요술을 썼을 뿐이잖은가! 역시, 네놈과는 이 자리에서 결판을——."

"에리스! 그런 건 됐어요! 그보다는 엘프를 어떻게 대처해야 할지가 중요해요!"

"시, 실례했습니다, 전하……."

에리스가 검에서 손을 떼고 고개를 한 번 숙였다.

이 근위대장은 독단적인 행동도 마다하지 않을 사람이지만 공주님 앞에서는 찍소리도 못했다.

"이백 기를 혼자서 괴멸시킬 수 있는 마의공주가 국경을 넘어온 거라고요. 지금은 물러갔다고는 하나, 또 언제 침입해 들어올지 알 수 없어요. 더 늦기 전에 어떻게든 대책을——."

"예전부터 생각했던 건데, 그걸 굳이 알리샤가 생각해야 하는 거야?"

"네? 제가 생각하지 않으면, 누가 하나요?"

리샤가 어안이 벙벙한 표정을 지었다.

"생각하는 게 가신들이 할 일이고, 그걸 결정하는 게 왕의 역할이잖아? 직접 요새까지 행차한 건 그렇다 치더라도, 너 혼자서만 생각하게 되면 가신들이 할 일이 없어지지 않겠어?"

"……왜 저는 왕족의 역할에 대한 설교를 들어야 하는 걸까요?"

리샤는 불만스러워했지만 반론하지는 않았다.

"그러고 보니……."

리샤가 눈을 가늘게 좁히며 흘끔 노려보았다. 생각해 보니까 리샤는 언제나 날 노려보기만 했구나.

"……당신에 관해서는 여러모로 조사해 봤지만, 과거 이력은 거의 찾을 수 없었어요. 설마, 어느 나라의 왕족인 건 아니겠죠?"

"내가 왕족이었다면 굳이 여행 같은 건 하지도 않았을 뿐더러 권력을 써서 미소녀들을 모았겠지."

"이렇게 설득력 넘치는 말은 태어나서 처음 들었네요……."

오오, 리샤가 웬일로 날 칭찬해 줄 줄이야. 기쁘군.

"난 여행자라서 공주님보다 세상 돌아가는 일을 잘 알고 있거든. 그보다는── 확실히 지금은 엘프에 관한 일이 먼저겠지."

"……그걸 알았으면 됐어요."

"엘프 미녀들이 대거 몰려오는 건 참으로 과분한 포상이 아닐 수 없겠는걸……!"

"몰려왔다가는 아티나가 멸망한다고요! 거 봐요. 역시 하나도 모르고 있잖아요!"

혼나기는 했지만, 리샤는 왠지 흥분한 것처럼 보였다.

쓰레기 같은 남자를 변함없이 좋아하는 것 같아서 안심이었다.

"게다가, 엘프한테도 남성이 있음은 물론이다. 여자도 아무렇지 않게 싸움터에 나서는 게 엘프지만, 공격해 들어오는 건 여자뿐만이 아니다."

"남자 따윈 필요 없어. 나 이외의 남자 따윈 죄다 죽어 버렸으면 좋겠는데 말이야……."

이번에는 에리스가 나를 한심하다는 눈길로 쳐다보았다.

내가 철이 덜 들어서 그런 게 아니다. 다른 어른들과는 달리 난 그저 내 속마음을 그대로 털어 놓았을 뿐이다.

"뭐, 됐어. 남자 따위야 무시하면 되지. 엘프는 다들 하나같이 외모가 아름답다면서? 그렇다는 말은, 물론 마의공주도 미소녀란 말일 테고. 과연 어떤 앨까?"

"엘프의 마의공주는 우리나라에서도 미처 정체를 파악하지 못했어요. 엘프는 장수하는 종족이고, 400년 정도는 산다고 하지만…… 백 살이든 사백 살이든 외관상으로는 거의 차이가 없고 10대부터 20대 사이의 젊은 외모를 유지하고 있다고 해요."

"흐음, 실제 연령이 어찌됐든 간에 외모만 어리고 귀여우면 돼."

"참 쓸데없이 긍정적이네요."

"정체를 파악하지 못했다는 말은, 외모상의 특징도 알아내지 못했단 말이야?"

"정찰대를 습격했을 당시에는 그저 자기 이름만 댔을 뿐, 모습은 드러내지 않았다고 한다. 병사들은 어디서 화살이 날아오는지도 몰랐다더군. 시력이 좋은 병사가 간신히 그림자처럼 보이는 걸 언뜻 본 게 전부라고 한다."

"그림자라……."

에리스의 답변에 나는 고개를 갸우뚱거렸다. 이쯤 되면 그 엘프가 정말 마의공주인지조차 미심쩍었다.

설령 진짜라고 한들, 외견을 알아내지 못한 건 유감이었다.

하지만 그건 또 그거대로 상상력을 자극해서 좋았다.

"그렇다면, 그 엘프의 마의공주가 처녀인지 아닌지가 최대의 관건이겠군……."

"……엘프는 좀처럼 번식을 하지 않으니까 그 가능성은 높지 않을까요?"

이번에는 리샤가 어이없다는 듯이 눈을 게슴츠레하게 뜨고서 노려보았다.

"오오, 그것도 그래! 희망이 생겼어!"

"네, 애당초 인간과는 달라서 출산 이외의 목적으로…… 그러니까, 성교는 하지 않는다고 해요. 마의공주가 회임했다면 싸우러 나오지도 않았을 테니, 아마도……."

"갑자기 의욕이 솟구치는데! 좋았어. 그 엘프쪽 마의공주를 잠깐 보고 올게!"

"우린 지금 무슨 물건 사러 나온 게 아니에요! 별 생각 없이 말하지 마세요!"

"……아닙니다, 전하. 어차피 숲의 상태는 살피고 와야 합니다. 어떻게든 제가 작전을 짜 보겠습니다."

"역시 에리스! 말이 통하네요!"

"네놈의 목숨 따위는 어찌 되든 상관없다. 얼른 가서 죽어라."

"아니…… 알리샤 공주를 울릴 수야 없지."

"갑자기 진지한 표정으로 그런 소리 하지 마라! 네놈이 죽은 것 가지고 전하께서——."

"…………."

에리스가 움직임을 우뚝 멈추었다. 공주님의 표정이 명백하게 흐려졌기 때문이다.

"앗, 아, 아뇨. 우리나라를 구하기 위해서는 시드의 힘이 꼭 필요한 것뿐이에요! 그 이상의 의미는 아무것도 없다고요?! 없단 말이에요!"

리샤가 허둥지둥 고개를 저었다. 하지만 그 얼굴은 이미 새빨개져 있었다.

……공주님은 나를 단순히 도구 취급하는 건 아닌 듯했다.

흐음, 농담이 아니라 정말로 죽으면 안 될 것 같았다.

달이 뜨지 않은 밤——.

요정의 숲은 쥐 죽은 듯이 고요했다.

엘프들이 사는 숲은 자연의 은총을 풍부하게 받아 동물들도 많이 서식한다고 한다.

위험한 동물이 아예 없지는 않지만, 엘프들에겐 그 동물들을 퇴치할 생각이 전혀 없어서 자연 그대로 살게 내버려 둔다나 어쨌다나.

"동물이 많은 것치고는 너무 조용해. 이거 자꾸만 좋지 않은 예감이 드는데.”

국경선을 코앞에 둔 나는 숲 바로 근처까지 접근했다.

아티나군이 사용했던 모양인지, 허름한 오두막이 있었기에 지금은 그곳에 몸을 숨긴 참이었다.

숲만큼은 아니지만 오두막 주변에는 나무들이 제법 밀집해 있었다. 덕분에 건물은 나무들 사이에 감추어져 있었다.

“뭐, 엘프가 국경을 넘어온다면 곧바로 발각당할 테지만 말이지.”

나를 가만히 내버려 두고 지나쳐 주면 더할 나위 없겠지만, 아마 그럴 가능성은 전혀 없을 테지.

참고로 주변에는 아무도 없었다.

에리스는 작전을 짜겠다고 말했다. 하지만 난 그녀에게 의지할 생각은 눈곱만큼도 없었다.

그래서 혼자 몰래 요새를 빠져나왔다.

뭐, 어차피 일반적인 방법으로는 엘프의 숲으로 침입할 수 없지만 말이다.

“자, 그럼 이제 어떻게 할까. 내가 언제나 쓰던 방법으로 가 볼까.”

물론 외법을 사용한 공략——밖에 없지만 말이다.

하지만 그렇다고는 해도, 어느 정도는 다가가야지만 외법을 쓸 수 있다. 엘프가 상대라면 가까이 다가가는 것조차 힘들 테지만.

“어느 나라의 공주님처럼, 상대방 쪽에서 먼저 나한테 다가와 주면 좋을 텐데."

하지만 그런 행운이 또 일어날 것 같지는 않았다.

"가까이 다가가는 것 정도라면 그리 어렵지 않아."

"그야 말은 쉽지. 상대는 엘프라고. 숲에 한 발짝이라도 내디뎠다간 화살 세례를 받고 벌집이 될 걸?"

외법으로 물리적인 공격을 막기란 어렵——.

"……잠깐, 누구야?!"

내가 재빨리 고개를 돌리자——.

"린이야."

검은색 머리카락을 머리 위쪽에서 묶은 자그마한 체구의 여자애가 옆에 있었다.

갈색 기모노 차림—— 동방의 민족이 착용하는 복장이었다.

옷 이음매 사이로 아담한 가슴 언덕이 자기주장을 하고 있었다.

기모노의 기장은 묘하게 짧았다. 하얀 허벅지가 제법 아슬아슬한 곳까지 엿보였다.

"린이라니…… 누구야? 우리 처음 만난 거 맞지?"

"린은 당신을 알고 있어, 시드 네키스 님. 공주님이 가진 비장의 패…… 라고 하는, 성욕의 화신과도 같은 사람이지?"

"초면에 다짜고짜 자기 할 말 다하네…… 뭐, 부정은 못 하겠지만."

나는 그녀의 모습을 다시 한 번 유심히 살펴보았다.

일단, 귀여웠다. 왠지 자그마한 동물 같다는 느낌이 들었다.

리샤처럼 단정한 용모와는 또 다른 느낌이었지만, 어쨌거나 흠잡을 데 없는 미소녀였다.

"들어온 지 얼마 되지는 않았지만, 그래도 일단은 근위기사대의 일원…… 당신의 말사── 감시계획에는 참여하지 않았어."

"지금, 말살이라 말하려고 한 거 맞지?"

내가 질문을 던지자, 린이라 이름을 댄 작은 동물은 고개를 홱 돌려 버렸다.

왠지 그렇지 않을까 의심하고는 있었지만, 역시 에리스 그 녀석은 나를 포획하려는 게 목적이 아니라 살해하려는 게 목적이로군. 그 여자 진짜…….

"어째서 근위기사대 사람이, 이런 곳에 있는 거지?"

내가 외법으로 매료시킨 여자애가 아니니 굳이 날 따라올 이유는 없을 텐데.

"공주님한테 예전부터 들었거든. 당신한테서 눈을 떼지 말라고. 가만히 놔두면 엘프 미소녀를 노리고 약삭빠르게 움직일 거라던데…….""

"역시 알리샤 전하야. 이젠 나를 아예 훤히 꿰뚫고 있군 그래."

내가 리샤나 에리스의 말대로 움직일 리가 없다는 건 이미 다 들통난 모양이다.

"뭐, 근위기사대에선 잘렸지만 말이지…… 후후후……."

"잘렸다고?! 왜?!"

"하아…… 머나먼 동쪽에서 이동하고 또 이동하여 아티나에도착한 뒤, 겨우 일정한 직업을 구했나 싶었는데 갑자기 해고당했어. 어떻게 생각해?"

"글쎄……."

이 녀석이랑 얘길 하고 있으니까 왠지 모르게 머리가 지끈거리네…….

"근위기사대가 아니면, 뭔데?"

"……린은, 이미 당신의 직속 부하가 되었어. 애당초 당신의 서기관이라는 신분은 엉터리지만. 그런데 그 직속이란 게 대체 뭐야? 노예?"

"내, 직속? 그건…… 노예구만!"

"왜 기뻐하는데! 제대로 된 사람이라면 노예를 가져선 안 되잖아!"

"응? 너 혹시 내가 제대로 된 사람처럼 보여?"

"……우와, 그걸 자기 입으로 얘기할 줄이야. 굉장해."

"뭐, 그래도 노예가 생겨 봤자 하나도 재미없지만 말이야. 뭐든 내가 시키는 대로 따르는 여자애는 별로거든."

나는 리샤처럼 솔직하게 대하지 못하거나, 에리스처럼 의외로 날 진심으로 죽이려고 하는 여자애가 취향이었다.

그런 여자애를 굴복시켜 잔뜩 섹스를 나누는 편이 더 즐겁지 않을까.

"뭐, 에리스랑은 아직 못 잤지만."

"왜 린 앞에서 느닷없이 상사 얘길 꺼내는 건데? 에리스 대장은…… 아직 마수에 걸려들지 않았구나. 아아, 왠지 모르게 마음이 놓여……."

"안심해. 난 근위기사대의 고참들과 함께 '에리스 대장의 처녀를 지키는 모임' 이라는 수상한 단체를 결성했으니까. 에리스는 한동안 처녀인 채로 두고 놀려 먹을까 싶은데."

"이 사람 진짜 최악이네. 그런 최악의 부하라니, 정말 최악이야."

"신경 쓰지 마. 원래 상사란 자들은 대체로 최악이거든. 너도 과거에 무슨 일이 있었으니까 멸망하기 직전의 이 나라에 온 거 아니야?"

에리스에 관한 건 반쯤 농담이라 쳐도(모임을 결성한 건 사실이지만.).

방금 린은 자신이 동쪽에서 이동해 왔다고 했다. 하지만 굳이 아티나에 정착할 이유는 없을 것이다.

보다시피, 내일 당장 멸망해도 이상하지 않을 나라니까 말이다.

"미안하지만, '닌자' 는 과거를 말하지 않는 법이거든."

"닌자……?"

"어둠 속에 숨어들어 어둠 속을 거니는 자……. 그 누구에게도 자신의 모습을 보이지 않고, 임무를 위해서라면 자기 목숨조차 기꺼이 내던질 수 있는 자…… 그게 바로 닌자지."

"내 앞에서 모습을 다 드러내 놓고 무슨 소리야."

"그야 윗사람이나 동료한테는 모습을 드러낼 수도 있지. 어둠 속을 거닌다고 하는 게 멋있기도 하고."

"……그렇군."

"하지만 왕궁 내에서는 완전히 모습을 감추고 있어. 후궁에 가 본 적도 있었는데…… 몰랐지?"

"……전혀 몰랐어. 소름 돋네."

에리스가 마음만 먹었다면 정말로 살해당했을지도 모르겠다.

아무리 나에게 외법이 있다고 한들, 등 뒤에서 찔리면 별 도리가 없으니까 말이다.

"숲은 엘프의 영역이지만…… 린이 있으면 괜찮아. 엘프의 눈길이 닿지 않는 곳을 누비면서 어디든 나아갈 수 있어."

"그거 아주 편리하겠네."

여자애를 정면에서 상대하지 않으면 외법은 무용지물이다.

몰래 다가가는 건 엄청 자신 있지만, 그게 엘프를 상대로 얼마나 통할지는 미지수다.

"즉, 네가 있으면 엘프의 마의공주한테 접근할 수 있단 말이지?"

"그럼. 린이 귀여운 엘프가 있는 곳으로 안내해 줄게. 그 뒤에는 당신의 그 외법으로 마의공주를 마음대로 하면——."

거기까지 말하다 말고, 어째선지 린이 우울한 표정을 지었다.

"뭐랄까, 왠지 나 자신이 창관의 호객꾼이 된 것 같은 느낌이 들어……."

"……뭐, 하는 일은 비슷하니까 말이야."

우울함에 빠지면 곤란하지만, 그래도 임무는 어떻게든 수행해 줄 테지.

마의공주에게 접근하기는 어려워 보였다. 하지만 린의 힘을 빌리면 어떻게든 될지도 모른다.

　"…………."

　문득, 나는 린을 지그시 쳐다보았다.

　으음, 엘프의 마의공주도 물론 신경 쓰이긴 하지만──.

　그 전에, 무척이나 신경 쓰이는 게 하나 있었다.

　크기가 그렇게 큰 건 아니지만 기모노 앞에서 반쯤 보이는 가슴과, 옷자락에서 늘씬하게 뻗어 나온 하얀 허벅지.

　머리를 올려 묶었기 때문에 고스란히 드러난 목덜미도 제법 요염한 게…….

　"아으응…………."

　"…………?"

　그런 음흉한 생각을 하고 있는데, 갑자기 린이 이상한 소리를 내면서 몸을 움찔거렸다.

　"린? 왜 그래?"

　"……신경 쓰지 마. 일단은 숲 속으로 들어가자. 잠입할 거라면 밤중에 하는 게 좋으니까."

　"그, 그래."

　숲으로 들어가자는 데 일단 이견은 없다.

　어차피 들어간다고 해서 곧바로 마의공주랑 맞닥뜨리지도 않을 테니까 말이다.

　하지만 그 장본인과 만나기 전에, 잠깐 해 보고 싶은 게 하나 생겼다.

"이쪽, 이쪽이야. 자세 좀 더 낮추고. 괜찮아. 풋내기에 불과한 당신이라도 지나갈 수 있을 만한 길을 골라 줄 테니까."

"…………."

닌자를 자칭하는 이 여자는 은근히 입버릇이 나빴다.

뭐, 누군가에게 험담을 듣는 건 이미 익숙했기에 별로 신경 쓰이지는 않았지만.

참고로 우리는 이미 엘프들이 사는 숲으로 들어와 있었다.

명백하게 국경을 넘어 적지로 들어온 것이다.

지금부터는 그 어떤 변명도 통하지 않는다. 뭐, 소문으로 듣던 엘프가 인간의 변명을 들어 줄 것 같지도 않지만 말이다.

겉보기에는 평범한 숲이었지만, 그 분위기는 명백하게 이상했다.

가뜩이나 밤중의 숲은 으스스한데 지금은 마치 요기가 느껴지는 듯했다.

마치 숲 그 자체가 이물질——인류를 부정하고 있는 것처럼 보이기도 했다.

"그러고 보니, 엘프는 어떤 마법을 쓰지?"

"앗. 몸을 숙여. 이제 이 수풀 속을 헤치고 나갈 거야."

린이 내 머리를 꾹 눌러 나를 바닥에 엎드리게끔 만들었다.

말이 수풀이지, 높이는 내 키 정도밖에 되지 않았다. 굳이 몸을 숙일 필요는 없을 것 같았지만, 지금은 전문가의 말을 따르는 게 좋을 테지.

"어디 보자…… 뭐였더라? 엘프의 마법? 으음, 린도 잘은 모르겠지만, 태워 버리거나 날려 버리거나, 얼려 버리는 식의 요란한 마법은 쓰지 않는 것 같아."

"전투할 때는 그다지 적합하지 않다는 말이야?"

"엘프는 불도 얼음도 좋아하지 않거든. 폭풍을 일으킬 수는 있다고 하는데, 아마 숲에서는 쓰지 않을 거야. 엘프는 숲을 파괴하는 행위를 가장 싫어하거든. 뭐, 상대가 군대라면 물불 가리지 않을 것 같긴 하지만……."

"이쪽은 겨우 두 명에 불과하니까 숲을 파괴하기보다는 활이나 검을 쓸지도 모르겠군."

"엘프는 다들 활쏘기의 달인인데다, 움직임이 날렵하니까 웬만한 사람보다 검도 훨씬 잘 다룰 거야. 아마 숲에 발을 들인 인간에게 희망은 없을걸?"

"너 진짜 아무렇지 않다는 듯이 얘기하네……."

지금 우리가 그 엘프 소굴에 들어왔다는 걸 잊은 걸까?

뭐, 막강한 위력을 자랑하는 마법이 날아오지 않는다는 건 좋은 소식이다. 막을 방도가 없으니까 말이다.

"괜찮아. 린에게 맡겨만 줘. 아티나는 정보 수집이 뛰어난 나라거든. 사람의 발길이 닿지 않은 엘프의 땅도 국경 주변이라면 지도가 있어. 린은 그걸 머릿속에 확실히 넣어 두었거든. 마의 공주가 국경 근처에 있다면 어디에 있을지도 감이 잡혀."

"그거 아주 믿음직스럽군."

사실 난 마땅히 짐작 가는 곳이 없었기에 그저 감사할 따름이었다.

어떻게든 엘프 여자애를 한 명 발견하여 마성환혹^(도미네이션)으로 공략.

그리고 그 애를 발판으로 마의공주에게 다가간다. ──음, 리샤에게 썼던 방법과 똑같군.

다른 방법은 없으리라고 생각했지만…… 린이 있다면 보다 쉽게 해 나갈 수 있을지도 모른다.

"…………."

다만, 그 전에.

내 앞을 기어서 지나가는 린을 지그시 쳐다보았다.

린이 입고 있는 기모노 옷자락은 짧아서, 엎드린 자세가 되니까 흰색 팬티가 고스란히 눈에 들어왔다.

리샤가 입고 있던 고급 속옷과는 달랐지만, 이 소박한 팬티도 제법 괜찮았다.

동그란 형태를 띤 엉덩이 형태도 예뻤으며, 탱탱한 게 부드러울 것 같았다.

으음, 엘프와 만나기 전에 좋은 경치와 맞닥뜨리고 말았군.

"아, 아으아으……."

"…………."

앞을 나아가던 린이 몸을 살짝 떨면서 이상한 소리를 냈다.

기분 탓인지, 스스로 엉덩이를 뒤로 쑥 내밀어 나에게 팬티를 보여 주려는 것 같았다.

"린, 다 좋긴 한데, 그렇게 소리를 내면 들키는 거 아닐까?"

"아, 알고 있어. 앗, 저 언덕 위로 올라가자. 지형을 한번 확인하고 싶거든. 괜찮아. 나무와 수풀이 있으니까 몸을 숨길 수 있어."

"……딱히 그런 걱정은 안 들어. 네가 하라는 대로 할게."

일단 팬티는 차치하기로 하자.

린의 뒤를 따라 주의 깊게 언덕을 올라갔다.

언덕에도 나무들이 밀집해 있어서 몸을 숨긴 채 나아가기 용이했다. 갑자기 엘프가 나타나더라도 곧바로 들키지는 않을 테지.

"좋았어. 시드 님은 여기서 한숨 돌려도 돼. 린은 다음 루트를 찾아 볼 테니까."

그렇게 말한 린이 언덕에 난 나무들 사이로 몸을 숨긴 채 눈 아래에 펼쳐진 숲을 지그시 바라보았다.

나도 어두운 곳에서 여자애에게 몰래 다가가기 위해 밤눈을 단련해 두었기에, 완전한 어둠에 휩싸인 숲도 어떻게든 눈으로 볼 수는 있었지만—— 길처럼 생긴 곳이 있는지는 전혀 알 수 없었다.

"그래 주면 나야 고맙지. 그럼, 기꺼이 받아들일게."

나에게 전투능력은 없지만, 여행 생활을 오래한 덕분에 체력만큼은 남들보다 자신 있었다.

하지만 그렇다고 해서 엘프의 마의공주와 만나기 전까지는 체력을 헛되이 낭비할 수도 없을 테지.

게다가…….

"엘프 순찰대는 보이지 않네…… 특히 국경 주변은 자주 돌아보고 있지만, 오늘밤은 여기에 없는 걸지도 몰라."

"흐음, 엘프는 성실한 녀석들인가 싶었는데, 일을 대충대충 하는 구석도 있는 건가."

나는 적당히 대답하면서 앉은 자세로 조금씩 린에게 다가갔다.

린은 내가 접근하는 걸 알아차리지 못한 채 눈을 가늘게 뜨고서 주위를 관찰하고 있었다.

자, 그럼 나는 또 나대로 다른 걸 보도록 할까.

"흐음……."

린은 커다란 나무줄기에 몸을 기댄 자세로 살짝 걸터앉아 있었다.

닌자라는 요란한 직업을 가진 것치고 앉은 모양새는 제법 여자애다웠다.

뭐, 일단은…….

기모노 옷자락을 위로 홀라당 젖혀 팬티를 감상해 보기로 했다.

으음, 뒤에서 보이는 팬티도 제법 괜찮았지만, 이렇게 앞에서 보니까 꽤나 소녀다운 인상이 느껴졌다.

순백의 팬티와 새하얀 허벅지도 아주 좋았다. 흰색과 흰색의 조합은 청초한 느낌을 주기 때문이다.

하지만 팬티는 아까도 보았었기에 신선함이 조금 떨어졌다.

그렇다면, 역시 이쪽인가.

"흐음, 흠흠."

나는 린의 기모노 앞섶을 당겨 그 가슴을 엿보았다.

우오오, 크기는 작지만 모양새가 좋은 가슴 아닌가! 유두는 놀라울 만큼 예쁜 분홍색이었다!

피부는 새하얗고, 크기는 작지만 부드러운 느낌이었다. 이 광경은 정말이지 참을 수가 없었다——!

실컷 주무르고 유두를 마음껏 빨고 싶어!

하지만——.

"저, 저기……?"

"아아, 신경 쓰지 말고 하던 정찰 계속 해."

린은 전방을 응시하면서 얼굴을 빨갛게 물들였다.

기모노 앞섶이 젖혀지니까 역시나 내 움직임을 알아차린 모양이다.

그건 그렇고, 이건 정말 훌륭한 가슴이었다.

리샤와 비교했을 때 크기와 형태 모두 뒤지지만, 왠지 모를 풋풋함이 느껴졌다.

꼴깍, 나도 모르게 침을 삼키고 말았다.

아아, 만지고 싶어. 얼굴 파묻고 싶어……. 하지만, 하지만…….

"시, 신경 쓰여! 음흉한 시선으로 마구 쳐다보고 있잖아!"

"닌자라면서? 이 정도 일로 평정을 잃으면 어떡해?"

"그건 그렇긴 하지만, 굳이 당신한테 들을 이유도 없어! 앗, 아직도 쳐다보고 있잖아!"

"아, 하는 김에 이쪽도 한번 볼까?"

아쉽긴 했지만 가슴에서 눈을 떼고 린의 사타구니에 손을 댔다.

피부에 닿지 않도록 신중하게 팬티를 집고 옆으로 젖혀, 음부를 드러내도록 했다.

"호오, 예쁜데? 너 혹시 처녀야?"

"어, 어딜 보는 거야! 이제 막 만난 여자애한테 어떻게 이런 짓을?!"

"평소 때라면 아무리 나라도 이런 짓은 안 할 테지만."

린의 예쁜 그 부분을 뚫어져라 쳐다보면서.

치밀어 오른 성욕을 필사적으로 억눌렀다.

지금 이 자리에서 마음껏 내 물건을 박아 넣고 싶었지만, 역시나 그럴 수는 없었다……!

"마, 말로는 들었지만, 이 사람은 정말 최악이야……! 아무한테도 보여 준 적 없는데! 가슴도, 거기도……!"

"역시 처녀로군. 가만, 혹시 근위기사대는 처녀가 아니면 될 수 없는 건가?"

"그야 뭐…… 질 나쁜 남자가 애인으로 있으면 공주님 곁에 있을 수는 없잖아. 아니, 내 말은 그게 아니고! 대체 언제까지 그렇게 뚫어져라 쳐다볼 생각인 건데?!"

"뭐, 말은 그렇게 하더라고, 린."

나는 앞섶이 벌어진 기모노 앞에 고개를 대고 또다시 가슴을 응시했다.

"아앗…… 하아앙, 하아앙, 하아아아아……!"

린의 피부가 발갛게 달아오르고, 가슴이 위아래로 커다랗게 출렁였다.

살짝 땀이 맺힌 채—— 린은 명백하게 흥분하고 있었다.

"굳이 외법을 쓸 것까지도 없겠어. 린…… 넌 남의 시선을 받으면 흥분하는 타입이지?"

"대놓고 그런 소리하지 마!"

린은 흥분하면서도 여전히 주변을 확실하게 관찰하고 있었다.

아무래도 이 별난 소녀는 닌자로서는 우수한 듯했다.

"그, 그래…… 그 말이 맞아! 린은 남의 시선을 받으면 흥분하는 몹쓸 여자애거든!"

"……닌자는 남들 모르게 움직인다, 뭐 그런 식으로 말하지 않았어?"

"그게 가장 큰 문제라고…….."

린이 어깨를 축 늘어뜨렸다.

"린은 남의 시선을 받으면 흥분하는 성적 취향을 갖고 있어! 닌자는 남들 눈에 띄면 안 되는데, 그래서 정말 못 해 먹겠어……!"

"거 참 고생이 많겠네…….."

나도 특이한 놈이지만, 이 녀석도 그런 모양이다.

"하지만 닌자 마을에 태어난 이상, 내 모습을 남들에게 보이지 않고서 살아야만 해……. 난 그게 싫어서 마을을 뛰쳐나왔지만…….."

"어떻게 보면 참 터무니없는 과거로군."

남의 시선을 받으며 흥분하고 싶으니까 태어난 고향을 떠날 줄이야. 도대체 얼마나 중증이길래.

"하지만, 린은 닌자 일 말고는 잘 할 수 있는 게 없어서…… 결국, 이 기술을 살리며 일할 수밖에 없었던 거야……."

제법 풀이 죽은 것처럼 보이는데, 이제 어떻게 해야 될까?

다만, 남의 시선을 받는 게 엄청 흥분된다고 해서 이대로 섹스까지 끌고 가는 것도…… 뭐랄까, 흉하지 않을까.

나 자신이 쾌감을 느끼는 게 중요하긴 하지만, 마찬가지로 상대방 또한 즐길 수 있어야 한다.

억지로 하는 것과 마찬가지로, 일방적으로 쾌락을 탐하는 것 또한 내 취향이 아니었다.

"있잖아, 린. 그럼…… 잠시 널 안아도 될까?"

"갑자기 그게 무슨 소리야?!"

"음, 네가 남의 시선을 받으면 흥분하는 변태라는 건 잘 알겠어."

"몰라도 돼!"

"하지만, 나는 보는 것만으로는 만족 못 하겠어. 그 동안 한 짓이 많거든……"

"한 짓이 많아서 그렇다기보다는, 그냥 당신이 성욕의 화신이라서 그런 거 아니야……?"

"그러니까, 나랑 거래를 하자."

린의 빈정거림을 한 귀로 듣고 한 귀로 흘린 뒤, 나는 다음 말을 이어 나갔다.

"앞으로도, 난 너의 온몸을 눈으로 구석구석까지 살펴봐 주겠다고 약속할게. 그러니까, 그 대신에 너랑 하고 싶어. 아니, 엄청나게 하고 싶어."

"그거, 당신한테만 일방적으로 유리한 거 아니야?!"

"그러면 너도 남의 시선을 받고 흥분할 수 있으니까 좋은 거 아닐까?"

그렇다. 일방적인 관계는 좋지 않다.

린 혼자서만 즐기면 내가 만족스럽게 즐길 수 없다.

그러니, 내 즐거움도 고려하지 않으면 불공평한 게 아닐까?

"그것도 그런가……. 린은 남의 시선을 받을 때 느끼는 흥분감을 어릴 때 이후로 오랜만에 느꼈거든……. 게다가 이 남자는 린의 상사니까 애인이 되는 것도 업무의 일환이기도 할 테고……."

갑자기 터무니없는 소릴 꺼내고 있잖아?

아티나 왕국에서는 상사가 부하를 애인으로 삼는 게 당연하단 말인가?

정말로 그렇다면 아티나의 왕이 되고 싶은 마음이 들 정도인데.

"하, 하지만…… 아무리 상사라고 해도, 당신은 오늘 처음 만난 사람이고! 린은, 그렇게까지 경박한 여자가 아니라고!"

"나는 경박한 남자라고!"

"그렇겠지!"

"이제 슬슬 잡담은 거기까지 하는 게 어떻겠나, 이 광대 놈들아."

"시끄러. 린은 지금 중요한 얘길—— 어, 꺄아아아아아아아아아악!"

"······어? 어느 틈에."

나와 린이 한창 말다툼을 벌이고 있는 동안에——.

"움직이지 마라. 움직이면 온몸에 구멍이 뚫릴 테니까."

긴 금색 머리에 뾰족하게 솟은 귀.

믿을 수 없을 정도로 단정한 얼굴, 가냘픈 몸매——.

"엘프잖아······."

나는 자기도 모르게 나직이 중얼거렸다.

수는 열 명 정도일까. 그것도 모두 여성—— 실제 연령은 알 수 없었지만, 적어도 외관상으로는 젊은 여성들이었다.

소녀라고 해도 전혀 위화감이 없었다. 겉으로는 꽤나 앳되어 보였다.

군복처럼 생긴 검은색 상의에 흰색 스커트. 기장은 저마다 짧기도 했고 길기도 했다.

전원이 활을 겨누고 활시위를 당긴 채 나와 린을 겨냥하고 있었다.

"이, 이이이이이이이제 어쩌지, 시드 님?! 완전 큰일 났어!"

"뭐, 허둥대 봤자 소용없지. 가슴 좀만 더 보여 봐. 가슴을."

"이런 상황에서 아직도 린의 가슴에 정신이 팔린 거야?!"

"엘프의 가슴도 궁금하긴 하지만, 지금 당장 보여줄 것 같지 않으니까 말이지."

"이, 이 남자는 진짜······! 웬만하면 이런 얘기까진 안 하려고 했는데, 미친 거 맞지?!"

"그러니까 이제 잡담 좀 그만하라고 했잖아, 이 인간 놈들아!"

엘프 중 한 사람, 금색 머리에 하얀 리본을 묶은 소녀가 버럭 고함을 질렀다.

흐음, 엘프는 겉모습뿐만 아니라 목소리도 예쁘군. 저 청아한 목소리로 신음 소리를 듣고 싶다는 생각이 들었다.

"지금 그럴 때가 아니야, 시드 님. 저 특이한 복장은…… 아마도 희병대(姬兵隊)일 거야."

"뭐야, 그게?"

"마의공주가 지닌 힘의 일부를 나눠 받은── 그러니까, 마신의 힘을 지닌 병사란 얘기야!"

"호오, 마의공주는 그런 것도 할 수 있나 보네."

린의 설명에 따르면, 마의의 천이나 실 조각은 마의공주의 의사에 따라 증식할 수 있다고 한다.

그리고 마의공주가 그 천이나 실을 머릿속에 떠올린 형태의 옷으로 변화시킨다. ──그 옷을 입음으로 해서 마의공주로부터 힘을 부여받을 수 있다나 어쨌다나.

"하지만 그래 봤자 마의공주만큼은 아니란 말이지? 그런 거라면, 아직 어떻게든──."

내가 그렇게 말했을 때였다.

아무런 예고도 없이 하얀 리본을 묶은 엘프가 갑자기 화살을 쏘았다.

그것은 눈으로 쫓을 수 없는 속도로 날아가서 내 뺨을 스치고

지나가──.

등 뒤에 있던 두터운 나무줄기를 꿰뚫었다. 그 위력을 받은 나무줄기는 완전히 부러지고 말았다.

"입 닥치라고 말하는 걸 모르겠나?"

"…………."

아무리 엘프가 활쏘기의 달인이라고 한들, 원래 화살 하나로 나무를 부러뜨리기란 불가능 할 테지.

저런 걸 얼굴에 맞기라도 했다간, 목 위로는 완전히 날아가 버리는 게 아닐까.

아무리 나라도 얼굴이 없어지면 곤란하다. 더 이상 키스도 할 수 없을 테니까 말이다.

"……항복할까, 린?"

"시드 님과 처음으로 의견이 일치한 것 같아."

나는 양손을 들어 올렸고, 린은 허리에 차고 있던 단검을 버렸다.

나와 린은 이런 상황에서도 저항할 만큼 어리석지 않았다.

당장 우리 목숨을 빼앗을 생각은 없어 보이고 말이다──.

하지만, 그 엘프들이 지금 당장에라도 화살을 쏘고 싶어 안달이 났다는 것 또한 명백했다.

모종의 목적이 있어서 우리들을 곧바로 죽이지 않은 것 같은데…….

엘프는 인간을 혐오한다. 그러니 인간의 목숨 같은 건 쓰레기 정도로밖에 여기지 않을 터.

이거야 원, 상황이 안 좋은 쪽으로 돌아가기 시작했군······.

숲 속, 길 없는 길을 나아가길 잠시——.

우리는 자그마한 요새 비슷한 곳으로 끌려왔다.

자그마한, 이라고 표현한 이유는—— 주위를 감싸는 울타리나 벽, 감시용이라 짐작되는 망루가 없으면 한가한 마을처럼 보이기 때문이다.

실제로도 원래 마을이었던 곳을 요새로 구축한 걸 테지.

오로지 나무들만 늘어선 경치가 끊임없이 이어져 있었기에 거리감이 확실하지는 않았지만, 아티나와의 국경으로부터 그렇게 멀리 떨어진 곳은 아닐 터.

아마도 이와 비슷한 요새가 이 일대에 여럿 있는 게 아닐까.

"그나저나 눈가리개도 씌우지 않은 채 데리고 올 줄이야. 그렇단 말은, 살려서 돌려보낼 생각이 조금도 없다는 거겠지?"

"시드 님, 린을 절망 속에 빠뜨려 줘서 정말 고마워."

신뢰하는 부하가 죽은 눈으로 대답했다.

우리의 양손은 묶인 채였고, 린의 무기는 빼앗긴 상태였다.

그나저나 요새의 위치나 내부 상황 등은 감추는 게 일반적이지 않을까?

그러지 않았다는 건······ 싸움에 문외한인 나라도 이유 정도는 알 수 있었다.

"자, 이 안으로 들어가라. 얌전히 있도록."

엘프들은 요새 안에 위치한 오두막까지 우리를 끌고 와 그 안에다 억지로 밀어 넣었다. 문이 닫히고 자물쇠도 단단히 걸어 잠겼다.

"뭐, 생각했던 것보다 처우는 나쁘지 않군."

오두막은 나와 린이 둘이서 바닥에 누워 뒹굴 수 있을 만큼은 넓었다.

창문은 판자를 덧대 막아 놓았지만, 수상한 빛을 발하는 꽃이 꽂혀 있어서 방 내부는 어렴풋한 밝기를 유지했다.

오두막은 나무로 만들어졌지만 만듦새는 튼튼했다. 도저히 벽과 천장을 뚫고 나갈 수 있을 것 같지도 않았다.

어차피 무력한 우리에게는 어림도 없는 일일 테지만.

"자, 닌자이신 린 나리, 이런 상황에는 어떻—— 지금 뭐 하는 거야?"

문득, 린이 바닥에 앉은 채 고개를 푹 숙이고 있는 모습이 눈에 들어왔다.

"……시드 님이 아무리 그런 사람이라도, 린의 임무는 엘프의 마의공주가 있는 곳까지 데려다 주는 것. 설마 여기서 붙잡힐 줄이야…… 아무리 시드 님이 바보 같은 소릴 했다고는 해도, 일이 이렇게 된 건 순전히 린 책임이야."

"자기 책임이라고는 눈곱만큼도 생각 안 하는 것 같은데?"

'이게 다 네 탓이다.'라고 강력하게 주장하는 듯한 느낌이 들지 않을 수 없었다.

"아니, 내 탓이야! 뭐, 뭣하면…… 바, 방금 시드 님이 말했던 그거, 지금 해도 좋아! 아무리 변태 같은 행위라도 받아 줄게!"

"아니, 변태라는 측면에서는 너도 만만치 않다고. 으음, 하지만 그런 식으로 거래를 해서 섹스하는 건 별로 내키지 않는데."

"방금 거래가 어쩌고저쩌고 한 주제에…… 이런 건 싫어? 이걸 깐깐하다고 해야 할지, 당신의 기준을 잘 모르겠다고 해야할지……."

"사랑의 형태는 복잡한 거라고."

내 말을 들은 린이 '이 녀석 지금 뭐라고 하는 거야?'라고 따지는 듯한 표정을 지었다.

하지만 상관없었다. 남녀는 언제나 서로를 이해할 수 없는 법이다.

"붙잡힌 건 별 문제없을 거야. 어차피 우리가 향하려고 했던 곳이 바로 여기니까."

"……으음, 그것도 그렇네."

린은 당황했던 나머지 이 사실을 미처 알아차리지 못했던 것 같았다.

나와 린의 목적은 어디까지나 엘프의 마의공주와 만나는 것.

국경에서 가까운 요새, 게다가 린이 말하기로는 마의공주의 힘을 부여받았다고 하는 희병대.

이 오두막까지 끌려오는 동안 요새 안은 일부밖에 보지 못했지만, 경비를 서고 있는 건 엘프 여성 병사들뿐이었다.

"희병대가 있으니까 마의공주도 당연히 여기도 있겠지…….
희병대는 언제나 마의공주와 함께 하는 모양이니까."

"어라? 알리샤한테는 희병대 같은 거 없지 않았어……?"

"우리 공주님은 희병대를 보유하지 않았다, 보유할 수 없다, 그런 식의 얘길 들은 적이 있어. 어쨌거나 지금은 그게 중요한 게 아니야. 그보다도…… 희병대는 마의공주 한 사람 당 오십 명이 있다는 모양이야. 일반 엘프도 강한데, 마신의 힘을 가진 엘프가 오십 명 씩이나 있다면……."

"그래, 인원수는 그 정도란 말이지. 오십 명이라…… 으음……."

"큰일 났어. 희병대가 오십 명이라니. 거짓말이 아니라 그 정도면 천 명의 군대에 필적한다고."

"아니, 전력이야 어찌 됐든 상관없는데."

정찰은 내가 할 일이 아니다. 리샤한테는 미안하지만.

"엘프가 오십 명쯤 되면, 모두랑 하는 데 대체 며칠이나 걸릴지 모르겠네. 한 사람당 세 발로 잡고, 어디 보자……."

"무시무시한 계산을 하고 있잖아! 아니, 지금이 그런 생각이나 하고 있을 때야?!"

린이 내 멱살을 쥔 채 몸을 마구 흔들어 댔다.

"지금이 어떤 상황인지 알고 있어?! 우린 지금 포로가 됐단 말이야! 정석대로라면 이제 곧 한 사람씩 끌려 나가서 고문에 자백, 볼 일 다 봤으면 처형까지. 그런 풀코스가 준비되어 있단 말이야!"

"하지만 뭐, 아마도 마의공주는 미인밖에 없는 엘프들 중에서도 특히나 뛰어난 미소녀일 테지? 그 정도라고 쳤을 때, 최소 일주일 정도는 마의공주랑 마구 하고 싶으니까…… 음, 오십 일 쯤 걸리려나?"

"말 좀 들어, 이 화상아!"

린의 말투가 제법 거칠어졌다.

왕녀 전하인 리샤도 나한테 꼬박꼬박 경어를 쓰는데, 그 가신에 해당하는 에리스와 린이 난폭한 말투를 쓴다는 게 흥미로웠다.

"지금 제일 큰일 난 사람은 시드 님이란 말이야! 린은 고문을 견딜 수 있는 훈련도 받았지만, 낭신은 조금만 고문당해도 있는 거 없는 거 죄다 까발릴 거잖아! 그랬다간 즉각 목이 달아날 거라고!"

"아니, 애당초 난 고문을 받아 봤자 말할 거리가 하나도 없는데?"

국경 주변에 아티나군의 병사들이 얼마나 배치되어 있는지, 수도까지 이어지는 공공도로에 대한 방위 계획이라든지, 엘프가 알고 싶어 하는 건 대충 그런 걸 테지.

자랑은 아니지만, 애초에 그런 건 하나도 몰랐다. 관심조차 없다.

"나를 고문해 봤자 엘프에 득이 될 만한 건 하나도 없어. 그러니 고문은 안 받고 넘어가는 게 아닐까?"

"고문할 이유가 없으면 즉각 죽여 버리겠지……. 엘프는 인간을 엄청 싫어하니까."

"잠깐잠깐, 고정관념으로 단정 짓는 건 좋지 않아. 인간을 엄청 좋아하는 데다 인간에게 안기고 싶어서, 밤만 되면 몸이 쑤셔서 견딜 수 없는 엘프 미소녀가 있을지도 모르잖아?"

"그러는 당신이야말로 자신의 욕망을 기준으로 단정 짓지 마!"

오오, 말투가 정말 난폭해졌구나, 린.

"그러고 보니, 린은 정보가 될 만한 걸 갖고 있어?"

"……시드 님보다는 아는 게 많긴 하지만, 닌자는 적지에 잠입하는 게 임무라서 붙잡히게 될 가능성까지도 고려하거든. 정말로 중요한 정보는 몰라. 그러니 굳이 린에게도 고문할 만한 가치는 없어…… 그러니까 처형은 확정이겠지…… 아아아아……."

린은 머리를 끌어안은 채 침울해하기 시작했다.

닌자는 죽음을 각오한 채 자기 일을 한다는 인상이었는데, 고문이든 처형이든 두려운 건 두려운 건가.

"하지만 뭐…… 그렇게까지 걱정할 것도 없을 텐데."

나는 나직이 중얼거렸다.

린이 이쪽을 쳐다보더니, 이상하다는 듯이 고개를 갸우뚱거렸지만―― 아마 설명해 봤자 납득 못 할 테지.

외법의 오의, '진안(眞眼)'.

리샤를 공략했을 적에도 사용했던, 목표로 삼은 상대에게 다가가기 위한 '루트'를 눈으로 볼 수 있는 힘.

이 오의를 발동시키면 시야에 몇 개의 글자나 숫자, 기호가 떠오르게 된다.

이러한 표시가 어떤 의미를 나타내는지는 따로 누군가에게 배운 적 없었다. ──하지만 지금의 나는 그 의미를 대강 이해할 수 있다.

가장 크게 표시되어 있는 수치가 내가 목표로 삼은 상대에 대한 공략 루트의 진행도.

지금은 엘프의 마의공주를 공략하는 루트로 접어들어 있었다. 수치는 아직 낮았지만, 그래도 확실하게 조금씩 증가하고 있었다.

즉, 내가 나아가고 있는 루트는 틀리지 않았다는 얘기다.

이렇게 엘프 희병대에 붙잡힌 것도 포함해서 말이다.

지금 와서 생각해 보니, 린이 등장한 뒤부터 진행도는 확실하게 상승했다. 그랬기 때문에 순순히 린의 안내를 받았던 거지만.

뭐, 가장 큰 이유는 린이 귀여웠기 때문이지만 말이다.

그리고 린에게도 수치가 표시되었다.

이 수치를 통해 난이도 또한 확인할 수 있다.

그러니까 얼마나 매료시키기 쉬운지, 그 정도를 알 수 있다는 얘기다.

수치는 99부터 0까지였다. 0까지 내려가면 공략이 완료된 셈이 된다.

하지만 그 수치는 수시로 변동하기 때문에 확실하게 알 수 없는 경우도 많다.

이 수치를 분석하는 것으로 상대의 취미와 기호 등도 알아낼 수 있다.

리샤가 쓰레기 같은 남자를 좋아한다는 것도, 내가 쓰레기 같은 언동과 행동을 취할 때마다 수치가 내려갔었기에 판명할 수 있었던 것이다.

툭 까놓고 말해서, 린은 공략하기 쉬울 것 같았다.

실제로 내가 아무리 음란한 행동을 했어도 거부하지 않았고 말이다.

상대에게 표시된 수치를 통해 마성환혹(도미네이션)이 통할지 어떨지도 어느 정도 판단할 수 있다.

이 수치가 초기의 리샤처럼 너무 높으면 마성환혹만으로 매료시키기는 힘들다.

참고로 공략하기 힘든 상대를 공략 목표로 정하면, 루트 진행도도 함께 표시된다.

아마 엘프의 마의공주한테도 마성환혹은 통하기 힘들 테지.

참고로, 린의 수치는—— 대략 20 전후를 왔다 갔다 하고 있다.

이 수치가 10 전후가 되면, 공략이 완료되었다고 봐도 무방하다.

"저기, 시드 님? 아마도 지금 우리를 어떻게 처리할지—— 어느 쪽을 먼저 고문할지, 아니면 한꺼번에 처리할지, 그것도 아니면 얼른 처형할지 의논하고 있는 중이겠지? 그러니까 지금 엉뚱한 생각이나 하면서 가만히 있을 때가 아니란 말이야."

"넌 참 걱정도 많네. 변태면서."

"변태든 말든 상관없잖아! 일하는 데 지장은 없으니까!"

아니, 지장은 많을 것 같은데. 이렇게 간단히 붙잡히게 된 원인은 내 탓이기도 했지만, 린이 쾌락에 빠진 탓도 있으니까 말이다.

하지만 린의 걱정도 이해는 되었다.

뭐, 나는 별로 신경도 안 쓰지만.

일단은, 쓸 수 있는 방법은 써 두었으니까 말이다.

그건 그렇고——.

"……린, 저게 뭘 거라고 생각해?"

나는 오두막 천장을 손가락으로 가리켰다.

뛰어오르면 간신히 닿을 수 있을 만한 높이의 천장에, 약간 신경 쓰이는 게 있었다.

"응……? 저건 그냥…… 구멍이 뚫린 것 같은데? 지을 때 구멍이 뚫린 목재를 썼던 게 아닐까?"

린은 저게 뭐 어쨌냐는 반응이었다.

하지만 나는 신경이 쓰였다.

그 구멍을 쳐다보니, 공략 루트 진행도가 약간이나마 상승했기 때문이다.

구멍 크기는 엄지와 검지로 원을 만들었을 때와 비슷했다.

일단은 하늘이 살짝 보이기는 했지만, 물론 거길 통해 바깥으로 나갈 수는 없었다.

저 구멍을 넓혀 탈출구로 만드는 것 또한 불가능할 테지.

하지만, 외법의 숫자는 거짓말을 하지 않는다——.

조금이라도 카운트가 상승했다면, 저 구멍에 엘프의 마의공주 공략 루트를 진행시킬 수 있는 단서가 있을 게 틀림없다!

"그렇기는 하지만, 이게 대체 어떻게 된 건지⋯⋯."

"뭐, 그냥 자기가 원하는 만큼 올려다보면 되지 않을까? 어차피 그것 말고는 여기서 할 수 있는 것도 딱히 없으니까⋯⋯."

"그러게. 잠시 생각 좀 해 보자."

　외법이라 할지라도 완전히 미래를 읽을 수 있을 만큼 편리하지는 않다. 나 스스로 생각해서 힌트를 통해 공략방법을 찾아내야만 한다.

"으음, 저 구멍⋯⋯ 저걸 어떻게 해야 마의공주랑 만날 수 있을까⋯⋯?"

"아니, 지금 뭐 하는 거야?! 또 옷을! 옷을 들추고 있잖아!"

　린이 항의했지만 신경 쓰지 않았다.

　나는 기모노 앞섶을 풀어 헤치고 형태가 좋은 그 작은 가슴을 또다시 노출시켰다.

　으음, 역시 효과가 괜찮군. 내가 지그시 바라보고만 있는데도 그 분홍색 유두가 음란하게 우뚝 솟아올랐다.

"정말 민감한 몸인가 보네. 만지지도 않았는데 이렇게까지 반응하는 건 또 처음이야."

"왜 꼬박꼬박 해설을 붙이는 건데?! 딱히 린은, 음란한 말을 듣고 흥분하는 취미는 없단 말이야!"

"그럼, 이대로 조금만 더 뚫어져라 쳐다보도록 할까?"

　단단하게 솟아오른 린의 유두에 입김이 닿을 만큼 얼굴을 가까이 가져다 대 보았다.

이대로 입으로 물고 빨고 싶었지만, 린이 상대일 경우에는 삼가야 했다.

이 녀석의 경우, 내 물건을 넣기 전까지는 이렇게 음흉한 눈길로 쳐다보는 게 전희가 되니까 말이다.

"뭐, 그래도 키스 정도는 괜찮겠지."

"으———————읍?!"

나는 린의 몸에는 손 하나 까딱하지 않은 채 고개만 가까이 대 입술을 겹쳤다.

으음, 부드러운 게 제법 기분 좋았다. 쪽쪽 소리를 내면서 입술을 겹치고, 혀를 내밀어 린의 입 안을 휘저었다.

"으응, 으으읍, 으응, 으으응……! 웃, 으응……! 후, 후와아아아!"

입술을 떼자, 린이 나를 노려보는 건지 놀라워하는 건지 모를 표정을 지어 보였다.

"이, 이게 무슨 짓이야?! 누가 손으로 만져도 린은 흥분하지 않지만…… 키스도 안 된단 말이야!"

린이 뭐라 떠들어 대건 신경도 안 쓰였다.

그것보다는—— 공략 루트 진행도가 상승했다는 게 중요했다. 게다가 수치가 제법 변동했다.

아니, 린의 기모노 앞섶을 풀어 헤쳤을 때부터 조금이나마 숫자가 바뀌었다.

린을 공략하는 게 엘프의 마의공주를 공략하는 데도 도움이 된다는 건가⋯⋯?

힌트는 이미 충분히 있을 터. 마의공주가 근처에 있다면 공략 완료까지 몰고 가는 것도 꿈은 아니다.

"뭐, 흥분해 버렸으니까 린이랑 한 번 해 볼까."

"그 한 번이, 린한테는 엄청 중요한 첫경험이란 말이야! 마치 나무 열매 따듯이 그런 소리 하지 말라고!"

"⋯⋯⋯⋯⋯⋯⋯⋯."

린은 그렇게 말했지만, 그 표정은 흥분한 걸로밖에 보이지 않았다.

이런 식으로 다른 사람이 자신을 보고 있다는 사실만으로도 린은 쾌락을 느꼈다.

물론 여자애 또한 흥분하면 마지막 선을 넘기고 싶어 할 테고, 그쯤 되면 손을 대지 않을 수 없다.

즉, 나도 기분 좋고, 린도 처음으로 쾌락에 몸을 맡길 수 있다.

어느 쪽도 손해 볼 것 없는, 합의가 이루어진 상태에서 섹스를 즐길 수 있단 얘기다⋯⋯.

"⋯⋯어라, 변화가 없잖아?"

"벼, 변화? 그, 그게 무슨 소리야⋯⋯?"

린의 공략 난이도는 크게 낮아진 상태였다.

하지만 한편으로, 마의공주에 대한 공략 루트 진행도는 조금이나마 다시 돌아왔다.

린하고는 지금 당장에라도 섹스할 수 있는 정도였지만, 그와는 반대로 마의공주의 진행도가 낮아질 줄이야.

대체 무슨 인과관계가 있는 걸까?

하지만 중요한 건 어디까지나 마의공주를 공략하는 것이지, 린이랑 하는 것은 주된 목적이 아니다…….

"뭐, 됐어. 일단 하자."

"일단?! 역시 할 생각이야?!"

"으음, 네가 모르는 이유 때문에 너랑 하게 되면 마의공주를 공략하는 게 확실히 어려워지긴 하지만 말이야."

"무, 무슨 말하는 건지 모르겠지만, 그럼 하면 안 되는 거 아니야……?!"

"하지만, 이거 좀 봐."

"꺄아————앗!"

나는 린의 옷자락을 젖혀 다시 팬티를 드러냈다. 그러고는 팬티를 끌어당겨 그 부분을 살폈다.

"이렇게나 흠뻑 젖었는데, 오히려 안 해 주면 그게 실례겠지."

"시, 실례?! 도대체 당신이란 사람은 사고방식이 어떻게 된 건데?!"

말은 그렇게 했지만, 린의 음부에서는 애액이 주르르 흘러넘치고 있었다.

보기만 했는데도 이렇게까지 젖었다는 말은, 상당히 특이체질이라서 그런 거 아닐까?

"또, 또 보이고 말았어…… 아직 그 누구한테도 보인 적 없었는데! 게다가 이렇게나 부끄러운 상태가 된 모습마저 보이다니!"

린은 이제 눈물마저 글썽였다.

그리고 난이도는 한없이 0에 가까워지더니—— 거의 공략된 거나 다름없는 상태가 되었다.

처녀임에도 불구하고 남의 시선을 받은 것만으로 이렇게까지 준비 완료 상태가 될 줄이야. 역시 이 세상에는 정말로 다양한 여자애가 있구나 싶었다.

나도 아직 갈 길이 멀군……!

"설령, 마의공주를 공략하는 게 더 어려워지더라도 지금 여기서 린이랑 할 거야! 그게 바로 쓰레기 인간, 시드 네키스가 사는 방식이 아니겠는가!"

"린이 알게 뭐야! 아, 아니, 정말로 할 거야? 이런 곳에서? 그야 뭐, 처녀인 채로 죽는 것보다는…… 나을 지도 모르겠지만……."

아, 난이도가 0이 되었다.

그렇지 않아도 몸 쪽은 이미 준비가 완료된 상태였는데, 거기에다 '처녀인 채로 죽기 싫다.'는 마음이 마무리 일격을 가한 모양이었다.

"그럼…… 해 볼까? 괜찮아. 온몸을 확실하게 구석구석까지 살펴봐 줄 테니까 말이야."

"으, 으으으……."

별다른 불만은 없는 모양이다.

그럼, 곧바로 팬티를 벗기——.

"…………웃?!"

린의 팬티에 손을 대려던 바로 그때였다.

내 귀 바로 옆을 무언가가 스치고 지나갔다.

피이이잉, 하는 소리를 내며 오두막 바닥에 화살 하나가 박혔다.

"…………설마?"

나는 뒤를—— 아니, 천장 쪽으로 눈길을 돌렸다. 천장에 난 구멍에서 나무 부스러기 몇 개가 후두둑 떨어지는 것이 눈에 들어왔다.

"시, 시드 님. 방금 저 작은 구멍에서 화살이 날아왔는데……?"

"저 구멍을 통과하도록 화살을 쏜 건가…… 터무니없는 기술이군……."

우리는 저마다 그런 반응을 보이며 눈을 휘둥그레 떴다. 바로 그때——.

"우오옷?!"

두두두두두. 차례차례 내쏘아진 화살들이 천장을 뚫고 날아와 바닥에 박혔다——.

수십 개의 화살이 거의 동시에 박힌 천장은 곧바로 박살이 났고, 산산조각 난 목재가 와르르 떨어져 내렸다.

"뭐, 뭐야?! 어떻게 된 거야?!"

"화살로 천장을 박살내다니…… 이런 신기를 보일 줄이야……."

그리 크다고는 할 수 없는 오두막이지만, 그래도 거대한 바위라도 부딪치지 않는 한은 천장과 지붕이 박살나기란 어려울 테지.

천장과 그 위에 있었을 지붕은 완전히 무너져 내렸고, 뻥 뚫린 천장에 밤하늘이 고스란히 드러났다.

다행히도 나와 린이 있던 주변에는 떨어진 낙하물이 적었다.

자칫 잘못했다간 박살난 지붕과 천장의 잔해물에 깔리고 말았겠지…….

"……시드 님. 저거, 저거 좀 봐. 보여?"

"그래. 딱 잘라 말은 못 하겠지만, 뭔가가 있어…….""

거의 사라져 버린 지붕 너머에 터무니없을 만큼 높은 망루가 세워져 있었다.

거기에서, 한 실루엣이 보였다——.

망루가 너무 높았던 탓에 내 일반 시력으로는 잘 보이지 않았지만—— 머리가 긴 여성이 이쪽을 향해 활시위를 겨누고 있는 것만큼은 간신히 판별할 수 있었다.

설마—— 저 먼 곳에서 화살을 쏘아 그 자그마한 구멍을 꿰뚫었단 말인가?

게다가 그 화살은 천장을 박살낼 정도의 위력을 갖고 있었다. 그것도 저만큼 먼 거리에서 쏘는데 말이다.

그렇다면 이건 더 이상 신기라고 할 만한 차원이 아니잖아…….

"앗."

린이 자그맣게 소리를 냈다.

망루에 서 있던 인물이 도약하더니 이쪽을 향해 일직선으로 날아왔다.

이제 얼마 남지도 않은 지붕 위에 훌륭한 솜씨로 착지했다.

그 도약력도 보통이 아니었지만, 체술 또한 터무니없었다.

일반적이라면 착지는커녕 확실하게 추락사할 정도의 높이였는데 말이다.

"자, 잠자코 보고만 있었더니 정말 말도 안 되는 짓거리를 벌이더구나! 어, 어느 정도라면 이상한 짓을 해도 눈감아 줄까 싶었는데…… 그대들은 정신이 나갔느냐!"

착지한 인물── 엘프 미소녀는 얼굴을 새빨갛게 물들인 채 나에게 활을 겨누었다.

매끈하고 긴 은색 머리를 두 갈래로 묶은 머리 모양에 믿을 수 없을 만큼 가지런한 얼굴.

외관상으로는 꽤 앳되어 보였다.

몸은 호리호리했고 전체적으로 가늘었다.

하지만 가슴만큼은 이상할 정도로 훌륭해서, 옷 위에서도 뚜렷하게 알 수 있을 만큼 커다랗게 부풀어 올라 있었다.

복장은 푸른색 상의와, 군복처럼 생긴 갈색 옷, 그리고 흰색 미니스커트.

어깨에는 흰색 망토도 걸치고 있었다.

"저건…… 시 엘 마의인가."

리샤가 몸에 걸치고 있던 마의를 본 적 있었기에 알 수 있었다.

저 엘프가 입고 있는 건 마신이 변화한 옷── 마의다. 이렇게 서로 마주보고만 있는데도 온몸에서 찌릿찌릿한 압박감이 느껴졌다.

"그렇다. 내가 바로 엘프의 마의공주, 라크시알 아르쿠스! 이름 없는 영웅의 피를 이어받은 자라 들었기에 어떤 남자인가 싶었더니── 아주 오만불손한 놈이었구나!"

"…………."

왠지 무척이나 거드름피울 것 같은 엘프였다.

터무니없는 미소녀이면서도 묘한 박력이 느껴지긴 했지만──.

"뭐, 상관없는 거 아니겠어? 라크시알."

"내 이름을 함부로 부르다니, 무엄하구나!"

"나야 뭐, 딱히 엘프도 아니고 네 가신도 뭣도 아니거든. 그리고──."

지붕 위에는 강한 바람이 불었기에 엘프 소녀의 은색 머리카락이 휘날리고 있었다.

"라크시알, 팬티 다 보이는데?"

"뭣……?!"

그리고 그녀가 입고 있는 미니스커트 자락 또한 마구 흔들리면서 엷은 노란색 팬티가 고스란히──.

하얀 허벅지 안쪽까지 다 보였다. 더할 나위 없을 만큼 선정적인 광경이었다.

"무, 무무무무무무무례하구나! 무례해! 내가 누구인줄 알고! 감히 마의공주의 속옷을 엿보다니──!"

"아니, 이건 네가 보여 주고 있는 거 아니야? 그냥 거기서 내려오면 될 텐데."

"내가 위고, 그대들이 아래다! 그건 양보할 수 없다! 하지만 팬티는 보지 맛!"

"······이봐, 린. 너하고는 정반댄데? 저 애는 남의 시선을 받아도 전혀 흥분하지 않는 것 같은데 말이야."

"사실 그게 정상이지······."

자신이 정상이 아니라는 건 잘 알고 있구나, 린.

뭐, 그건 그렇고.

엘프의 마의공주라── 또 거만하고 성가신 성격이랑 맞닥뜨리게 됐군.

하지만, 그런 애를 매료시키는 게 재미있는 법이지!

3 사랑에 한계는 없다

올해로 백십여섯 살이 되었다!

은발의 엘프 소녀는 먼저 그렇게 말했다.

"백십여섯…… 알고는 있었지만, 위화감이 장난 아닌데'?"

리샤나 천희보다 백 살쯤 연상…… 이라는 얘기가 된다.

"인간은 이해 못 할 테지! 엘프는 백 살을 넘어야만 겨우 '어린 애 티를 벗어났다.' 는 소릴 들을 수 있으니까 말이다!"

엘프 소녀—— 라크시알은 역시나 거만했다. 그리고 시끄러웠다.

이곳은 요새 중심에 위치한 라크시알의 주거지였다.

역시 마의공주의 집인 만큼 공간은 제법 넓었다. 요새의 일부임에도 불구하고 쾌적하게 생활 수 있도록 만들어진 것 같았다.

판자를 덧댄 바닥 위에서 나와 라크시알은 서로 마주본 채 앉아 있었다.

주위에는 희병대가 다섯 명. 언제라도 활을 쏠 수 있게끔 저마다 경계하고 있었다.

라크시알은 쿠션을 깔고 앉아 있었고, 나는 그대로 맨바닥에 앉아 있는 상태였다.

뭐, 이쪽은 어디까지나 포로의 몸이었기에 배부른 소리는 할 수 없었다.

"어린애 티를 벗어났다라…… 이상한 표현을 쓰네. 그렇단 말은, 어른도 아니란 건가?"

"……비슷한 나이에 어른 취급 받고 있는 자도 있다. 허나, 무슨 이유 때문인지 나는 아직 어른으로 받아들여지지 않았다."

무슨 이유 때문인지? 진짜로 모르는 건가?

아무리 봐도 그녀의 외관은 인간의 나이로 치면 지나치게 앳되어 보였다. 가슴만 이상하리만큼 돌출되어 있지만 말이다. 얼굴도 그렇고 몸매도 그렇고 나이에 비해 어려 보였다.

실제 연령 면에서는 아마 지금 살아 있는 그 어떤 인간보다 연상일 테지만 말이다.

"내가 마의공주에 선택된 건 약 10년 전. 그렇다면 이미 그 시점에서 어른이 아니겠는가. 적어도 어린애 취급 받을 이유는 없다! 용서 못 해!"

"난 널 어린애 취급할 생각은 없다고. 그렇다기보다는 어른으로서 대하고 싶어."

"아앗, 그게 정말이냐!"

라크시알이 눈을 반짝반짝 빛냈다.

나로서는 어른이라 생각하는 편이 손대기 쉬울 것 같아서 그렇게 말했을 뿐이지만.

"……앗차, 안 돼. 그런 말을 해 봤자 소용없다. 그보다는 본론으로 들어가지. 시드 네키스, 그대에게 할 얘기가 있다."

"어라, 내 이름을 알고 있는 건가?"

나는 어느샌가 유명한 사람이 되고 말았구나.

"알고 있느니라. 아티나의── 알리샤 공주와의 관계도 말이다! 이 무슨 문란한 관계더란 말이냐! 인간은 너무 문란해! 매, 매일 밤 침대 위에서 그렇고 그런 짓을!"

"…………."

이건 살짝 의외였다.

나와 리샤의 관계는 근위기사와 후궁 중에서도 극히 일부의 하인밖에는 모른다.

정보가 밖으로 새어 나가지 않게끔 에리스가 눈을 번뜩이고 있을 텐데.

특히 리샤의 침실에서 일어났던 일은 아무도 모를 거라 생각했었다.

나는 딱히 다른 사람들에게 알려져도 상관은 없지만, 리샤는 다소 곤란해질 테지.

혹시, 린이 몰래 엿보았던 걸까?

하지만 공주님의 침실을 엿보았을 가능성은 낮은데다, 그 녀석이 발설했…… 으리라 보기는 어려웠다.

참고로 지금 린은 다른 방에 감금되어 있는 모양이다.

"파투만리(破透萬里)."
_{클레어보이언스}

"……응? 그게 뭐야?"

"아티나의 공주는 반푼이에 불과한 마의공주다. 그 공주의 마의가 갖추지 못한 것을 나는 갖추고 있지!"

"……알리샤한테 없는 거라고?"

알리샤를 반푼이 취급하는 건 가만히 흘려듣고 싶지 않았다. 하지만 지금 그 부분을 지적했다간 성가신 일이 벌어질 것 같았다.

지금은 최대한 자극하지 말고 엘프가 하는 얘기를 들어보도록 하자.

"마의는 신체능력을 월등하게 향상시켜 주지. 말 그대로 일기당천, 귀신과도 같은 힘을 발휘시켜 주는 것이야. 허나── 그것과는 별개로 특수한 능력 한 가지를 반드시 사용할 수 있게 되는 것이다!"

"……그러니까, 네 능력은 아득히 먼 곳을 내다볼 수 있는 힘이란 거야?"

"오오, 이해력이 좋은데……?! 바, 바보가 아니었단 말인가?!"

생각지도 못한 부분에서 놀라워할 줄이야.

그렇게까지 힌트를 줬는데 알아차리지 못할 사람은 없을 테지.

"그 말대로, 내 능력은 만 리를 내다볼 수 있는 힘! 무한이라고 할 수는 없지만, 이웃나라 정도라면 이 눈으로 벽조차 투과하여 볼 수 있지!"

"그 능력 정말 탐나는데?! 여자애가 옷 갈아입을 때나 목욕 중일 때 마음껏 엿볼 수 있단 말이잖아! 남자의 꿈이로군! 가만, 그걸 여자애가 갖고 있으면 아깝잖아!"

"전략전술에도 도움이 된단 말이다! 정찰이 필요 없는데다, 비록 목소리는 들리지 않더라도 적의 본거지를 얼마든지 엿볼 수 있으니까 말이다!"

"남의 침실에서 펼쳐지는 야한 장면도 얼마든지 볼 수 있고 말이지?"

"그럼그럼, 특히 그대와 알리샤 공주가 했던 그 모습은 격렬해서 눈을 뗄 수가 없더구나. 그렇게 하룻밤 내내 서로를 노골적으로 갈구하는 남녀는 그리 흔치 않지—— 아니, 지금 나에게 무슨 말을 하라고 시키는 거냐?!"

"아니, 그냥 네가 멋대로 다 털어 놨을 뿐인데."

하지만 뭐, 다른 남자가 엿보는 건 싫었다. ——정확히 말하자면 리샤의 음란한 모습을 다른 남자에게 보여 주기 싫었다. 하지만 엘프 미소녀가 엿본 거라면 그럭저럭 봐줄 만했다.

"어, 어쨌거나…… 그대는 그 알리샤 공주를 굴복시킨 것이렷다? 반푼이에 불과하지만 그래도 일단은 마의공주. 남자에게 굴복할 만큼 약하지는 않을 터인데……."

"그건 또 그거대로 엄청 귀엽다고. 목소리를 들을 수 없다는 게 불쌍할 정도야. 그 녀석은 귀여운 목소리로 어리광을 부리니까 말이지."

"……으으."

어째선지 라크시알이 얼굴을 새빨갛게 물들인 채 으르렁거렸다.

그리고 그 길고 뾰족한 귀가 움찔움찔 움직이는 모습이 왠지 귀여웠다.

터무니없는 장면들을 수없이 목격해 온 모양인데, 어쩌면 남자에게 익숙하지 않은 걸지도 모른다.

"그, 그런 얘긴 듣기 싫다! 누구는 뭐 엿보고 싶어서 엿본 줄 아느냐! 난 어디까지나 이웃나라의 마의공주를 관찰했을 뿐이다!"

"…………."

이거 새빨간 거짓말 같은데.

"남의 시선을 받고 흥분하는 변태가 나타났나 싶더니, 이번에는 남을 엿보고 흥분하는 변태라…….

"이봐, 다 들려! 누가 변태란 말이냐! 적어도 그대한테서 그 말을 듣기는 싫다!"

"뭐라 할 말이 없네."

물론 내가 가장 변태라는 건 자명했다.

아니, 취미 자체는 극히 정상이다. 이상한 취미도 별로 없고 말이다.

"변태란 건 어쩔 수 없다 치고, 과거 마신장을 멸한 이름 없는 영웅의 후예…… 정말로 있을 줄은 몰랐구나. 대부분의 마의공주가 그 존재를 찾아다녔는데, 알리샤 공주는 용케도 발견했구나."

"응? 너도 날 찾았던 거야?"

"마의공주에 대항할 수 있는 존재가 있다면 그건 이름 없는 영웅과 동일한 힘을 가진 존재뿐. 그럼 당연히 찾지 않겠느냐. 될 수 있으면 아군으로 삼고, 적으로 돌아설 것 같으면 즉각 처단하고 싶구나!"

"…………."

엘프의 마의공주도 문제 꽤나 많을 것 같은 성격이었지만…… 그래도 솔직한 면은 있는 것 같았다.

그렇다면 이쪽도 솔직하게 얘기해 볼까.

"미리 말해 두겠는데, 난 알리샤 편이긴 하지만 그렇다고 라크시알의 적은 아니야."

"어? 그렇느냐?"

라크시알이 완전히 어린아이 같은 표정으로 어안이 벙벙한 표정을 지었다.

"나는, 이 세상에 존재하는 모든 미소녀에게 사랑을 전하고 싶어……. 그러니 내가 라크시알을 적으로 돌릴 이유는 단 하나도 없는 거지."

"……사랑? 알리샤 공주에게서 등을 돌리겠다는 말은 아니란 말이지?"

"물론이지. 아직 알리샤랑은 더 하고 싶으니까 말이야."

"앗, 그렇게나 매일같이 야한 짓을 실컷 하는데도 아직도 더 하고 싶단 건가?! 대체 그대의 욕망은 어디까지란 말이냐?!"

"사실 그건 나로서도 오랫동안 의문이었던 부분인데 말이지."

그 의문에 대답이 나올 일은 앞으로도 없을 것 같았다.

"으음, 그런가…… 알리샤 공주랑 떨어질 생각은 조금도 없단 말이지. 그렇다면!"

라크시알이 오른손을 번쩍 들어 올리더니, 대기하고 있던 다섯 엘프 소녀들이 일제히 나에게 활을 겨누었다.

"⋯⋯⋯⋯이봐이봐."

진심이 담긴 찌릿찌릿한 살의가 전해져 왔다.

라크시알이 다시 한 번 더 지시를 내리면 그 화살이 내 몸을 마구 꿰뚫을 테지.

나와 엘프들 사이의 거리는 불과 몇 걸음 정도.

틀림없이 급소가 꿰뚫을릴 것이다. 그리고 난 즉사할 테고.

"그대는 최소 마의공주 한 명을 싸우지도 않고 굴복시켰지. 그게 가능한 인간은 달리 없을 터. 그러니, 강제로라도—— 그대를 내 것으로 삼겠다!"

"굳이 말하자면, 내가 라크시알을 내 것으로 만들고 싶은데."

"마, 마마마마마마, 말도 안 되는 소리 하지 마라!"

라크시알이 얼굴을 새빨갛게 물들이고서 어째선지 자신의 가슴을 팔로 가렸다.

"설마 그대는 알리샤 공주에게 한 짓을 나한테도 할 셈이냐?! 내 가슴을 자기 마음대로 종횡무진으로 만지다가, 결국에는 옷을 벗기기까지——!"

"대체 지금 무슨 소릴 하는 건지 모르겠네."

내가 옷을 벗기는 선에서 그칠 리 없다.

라크시알이 입고 있는 마의—— 푸른색 상의와 군복과 흰색 미니스커트를 지금 당장에라도 벗기고 싶어서 좀이 쑤실 정도였다.

"마의공주는 전란을 일으켜 전란을 다스리기 위해 태어난 자! 음란하고 문란한 성생활 같은 건 당치도 않은 일! 애당초 엘프는 인간 따위와…… 모, 몸을 섞지 않는다!"

"하프엘프도 있잖아? 몸을 섞는 건 물론이고 아이도 만드는데."

본 적도 없는데다 상당히 드물다고는 하지만, 어쨌거나 하프엘프는 존재하는 모양이었다.

뭐, 엘프가 동족 말고 아이를 가질 수 있는 종족은 인간밖에 없다고 들었지만.

"에잇, 이제 됐다! 우리에게 붙을 생각이 없다면 제거할 뿐! 이제 마지막 기회를 주마! 내 편이, 오직 내 편만이 되어라! 이게 진짜 진짜 마지막이니라!"

"라크시알과 같은 편이 되는 건 좋은데, 그렇다고 알리샤를 배신할 수도 없지. 나는 쓰레기 같은 놈이긴 하지만, 그래도 여자애를 배신하는 짓거리만큼은—— 죽어도 안 해."

"……그렇다면, 죽어라."

라크시알이 싸늘하게 말하면서 오른손 검지를 세웠다.

활을 겨누고 있던 다섯 명의 엘프들이 활시위를 팽팽하게 당기고——.

"무섭기도 해라. 상대가 엘프 한 사람밖에 없어도 나로서는 도망칠 수조차 없는데. 세 명이면 절망적인걸?"

내가 히죽 웃으면서 말하자——.

"설마……?!"

라크시알이 깜짝 놀람과 동시에 다섯 명 중 두 명의 엘프가 내 양옆으로 뛰어 들어오더니 자기편에게 활을 겨누었다.

"그대는……! 이미 희병대를 매료시켰단 말이냐……?!"

"나도 바보는 아니고 죽기는 싫거든. 할 수 있는 일이라면 뭐든 해야지."

숲에서 엘프들에게 연행되던 도중에 마성환혹^{도미네이션}으로 엘프 두 사람을 미리 매료시켜 두었다.

마성환혹이 희병대에게 통할지 어떨지는 도박이었지만, '진안'^{서드 아이}으로 난이도가 낮은── 자신의 의지가 다른 동료들보다 떨어지는 두 사람을 찾아내 즉시 매료시켜 두었다.

그리고 연행되는 도중에 기회를 노려 매료된 두 사람에게 미리 지시를 내려 두었다.

가능한 한 내 곁에 있으면서, 내 지시를 들을 수 있도록 준비하라고 말이다.

나와 린이 오두막에 감금되어 있을 동안에도, 적당히 이유를 둘러대며 내 목소리가 들리는 범위 내에 있었을 터.

물론, 지금 이 자리에서 나를 처치하는 역할을 맡게 된 것도 우연히 그렇게 된 게 아니라 스스로 자원해서 그렇게 된 걸 테지.

"설마 내 힘을 부여받은 희병대조차 이토록 손쉽게 매료시킬 줄이야……! 이 얼마나 음흉한 능력이란 말인가!"

"내가 말하는 것도 좀 그렇긴 하지만……. 이봐, 엘프의 마의 공주 나리. 너무 모든 걸 야한 거랑 연관 짓는 거 아니야?"

"정말로 그대에게 그런 소릴 듣기는 싫구나! 허나, 그래 봤자 겨우 둘! 이쪽에는 세 사람만 있는 게 아니다!"

"아, 그랬지."

나 원, 완전히 잊고 있었다.

눈앞에 있는 이 은발 엘프 소녀가 가장 성가셨지 참.

희병대는 어디까지나 마의공주가 지닌 힘의 일부를 부여받은 여자애들. 전투능력은 라크시알과 비교했을 때 크게 뒤떨어질 것이다.

전력 차이가 2대3일 리는 결코 없을 테지.

"시드 공, 저희 둘로는 당신을 도망칠 수 있도록 막는 게 고작이에요. 그 린이라는 소녀는 포기하시는 게 좋을 거예요."

"엘프는 쓸데없이 가혹한 행위는 하지 않아요. 그 소녀는 분명 편안한 죽음을 맞이할 수 있을 테죠."

두 엘프 소녀는 나를 위로하기 위해 그런 얘길 꺼낸 걸 테지.

하지만 지금 그 말을 린 본인이 들으면 분명 노발대발할 것이다. 이러나저러나 죽는 건 똑같은 거 아니냐, 라면서 말이다.

"그 마음 씀씀이는 고맙긴 한데, 그래도 린이 죽으면 곤란하거든. 물론 나도 그렇고 너희도 그렇고 말이야."

린과 하려고 했던 섹스는 라크시알의 방해로 중단된 상태였다.

그러니 그 다음 일은 기필코 이어서 해야 하는 법이다.

"그나저나 엘프의 마의공주, 너도 그냥 곧바로 날 죽일 생각은 아니잖아? 만약 그렇다면 곧바로 죽여 버렸을 테니까 말이야."

그러고 보니, 나랑 린이 너무나 쉽게 발각되었던 건 그 파투만리[클레어보이언스] 때문인가.

나랑 린이 소란을 피웠다고는 하지만, 닌자가 함께 있었음에도 불구하고 그만한 수의 적에게 쉽게 포위당했다는 건 지금 떠올려 보면 이상하다.

아마 라크시알이 파투만리[클레어보이언스]로 우리의 위치를 발견하여 희병대에게 지시를 내렸던 걸 테지.

"그래서…… 나보고 뭐 어쩌라는 거지? 이 이후로도 네가 엿보는 행위를 즐길 수 있게끔 매일 밤 분발해야 한다, 더 과격하게 해야 한다, 엿보기 편한 위치에서 해야 한다, 이 말이야?"

"그런 상스러운 소릴 할 것 같으냐! 아, 그래도…… 희망사항을 얘기하는 건 괜찮은 것이냐?"

"아니, 그런 얘기가 아니거든……."

그렇게 뭔가를 기대하는 듯한 눈빛으로 쳐다봐도 곤란한데.

나와 리샤는 돈을 받고 누군가에게 섹스하는 모습을 보여줄 생각은 없다고.

"다, 당연히 농담이지. 아니, 그게 아니라…… 방금 저 두 사람이 말했던 것이다만, 엘프는 가혹한 행위를 좋아하지 않는다."

그렇게 말하는 라크시알은 얼굴을 새빨갛게 물들이고 있었다. 아무래도 농담은 아닌 모양이다.

"아니, 애당초 전쟁 자체를 별로 좋아하지 않지. 우리 마의공주와 희병대는 싸움을 거부하지는 않지만, 그렇다고 해서 싸움을 적극적으로 벌이고 싶은 건 결코 아니니까 말이다. 아티나도 군사행동을 일으켰기에 국경에서 견제 정도는 했었지만, 그것도 우리로서는 어쩔 수 없는 대응이었지."

"그런데 그걸 이렇게 대놓고 얘기해도 돼? 내가 알리샤에게 돌아가 그 정보를 전하면 다소 곤란해지는 거 아니야?"

엘프는 적극적으로 공격에 나설 의도가 없습니다. 아티나 입장에서 보자면 이건 유익한 정보다.

"그대를 어떻게 처리할지는 순전히 내 자유다. 뭘 가르쳐 주든 상관없지. 내 성적 취향을 가르쳐 주는 것도 딱히 상관은 없는 것이다!"

역시 엿보는 건 성적 취향이었잖아.

"다만, 천희는 지금도 움직이고 있다."

"……그렇겠지."

결국, 그게 문제였다.

천희가 움직이고 있기에 아티나와 엘프의 관계도 험악하게 변했다.

과연 내가 그 두 나라―― 아니, 리샤와 라크시알의 사이를 중재할 수 있는가가 문제였다.

"천희가 지금 당장 공격해 들어와도 이상하지 않다. 그렇기에 우리는 전력을 갖춰야 할 필요가 있지. 아티나를 박살내 전력을 흡수하지 않으면 머릿수가 절대적으로 부족하니까 말이다."

"……응? 천희의 동향도 그 파투만리로^{클레어보이언스}로 간파할 수 있는 거 아니었어?"

"마스디니아의 황궁은 아티나만큼 허술하지 않다. 알현실도 회의실도 천희의 방도, 내 시선조차 차단하는 마법 커튼이 걸려 있거든. 참으로 꼼꼼한 인간 놈들이지!"

"뭐, 그게 당연한 것 같다는 느낌도 들기는 하지만."

라크시알의 능력이 아무리 사기라 한들, 그거와는 별개로 마법을 써서 엿보는 행위를 차단할 필요는 있을 테지.

살아서 돌아간다면 리샤에게 진언해 보도록 하자.

"뭐, 최근 반 년 동안 황궁에서 천희의 모습은 찾을 수 없었다. 요새 같은 곳에 틀어박혀 있는 걸지도 모르겠지만…… 결국 내 눈으로도 찾아낼 수 없었지. 어쩌면 그게 놈의 마의가 지닌 능력일지도 모르고 말이다."

그러고 보니, 아티나 또한 최근 반년 동안에 일어났던 천희의 움직임은 파악하지 못한 것 같았는데.

틀림없이 무언가를 꾸미고 있는 것 같은…… 불길한 예감이 들었다.

"우리 엘프는, 흔히들 말하는 상비군을 보유하고 있지 않다. 싸움이 벌어지면 남자든 여자든, 나이 관계없이 모두가 전장으로 향하지. 허나—— 역시 전쟁은 바람직하지 않아. 이 숲을 전장으로 삼는 건 처음부터 논외고 말이다."

"하지만 엘프 연합이 마스디니아를 공격할 의도는 없잖아?"

"원래 엘프는 죽을 때까지 숲 밖을 벗어나기 싫어하는 자들이 대부분이다. 나 또한 아티나의 정찰대와 싸웠을 적에는 얼른 끝내고 돌아가고 싶어서 참을 수가 없을 정도였지!"

"숲에 틀어박히는 걸 그 정도로 좋아할 줄이야……."

엘프 그 자체가 별종이로군.

"결국—— 엘프를 이끌고 전쟁을 하는 건 어려워. 장로 놈들은 나를 마의공주, 마의공주 하며 떠받들지만 그냥 자기들이 편할 때로 써 먹을 뿐! 아직 어린애라고 무시하지 말란 말이야!"

어린애가 아닌 거 아니었나?

뭐, 그건 그렇다 치고—— 아티나는 애당초 전쟁을 치를 수 있을 만한 여력이 없고, 엘프는 힘을 갖고 있지만 종족 성향 자체가 전쟁과 적합하지 않았다.

서로 이유는 다르지만 궁지에 몰린 선 아티나든 엘프 연합이든 마찬가지란 말인가.

"그래서—— 당신인 거지."

"나?"

"천희를 제압하고 전쟁을 피할 수 있는 수단은 단 하나밖에 없다. 그대가 천희를 자신의 것으로 만드는 거야. 아아, 내가 꺼낸 말이지만 정말 어처구니없어!"

"고민하고 있어 봤자 뭐 어떻게 되는 것도 아니긴 하지만, 확실히 어처구니없긴 하네."

나는 물론 진지함 그 자체였지만.

물론, 미소녀라 명성이 자자한 천희하고도 가까운 사이가 되고 싶었다. ——그렇게 하지 않으면 리샤가 죽을 테니까 말이다.

"하지만! 하, 지, 만! 그대가 정말 천희를 제압할 수 있을지 어떨지는 알 수 없다. 만약 할 수 없다면 엘프도 각오할 수밖에 없겠지! 아티나의 전력을 흡수하고 철저한 방어 태세를 구축하여 천희가 이끄는 마스디니아군을 몰아낼 것이다! 우리는 이 숲에 서라면 몇 년이고 몇 십 년이고, 경우에 따라서는 몇 백 년이고 틀어박힐 수 있으니까 말이다!"

"…………."

몇 백 년은 너무 나간 것 같은데…….

지구전으로 끌고 가면 확실히 방어하는 측이 유리할 테지.

"하지만 말이야. 내가 싸움에 관해서는 잘 모르지만, 숲 같은 곳에서 방어하는 건 부적합하지 않겠어? 상대가 화공으로 공격해 들어오면 끝이니까 말이야."

"이곳은 바람과 물의 숲. 자연의 풍부한 은총이 있기에 이만 한 광대한 숲을 유지할 수 있지. 물의 정령력이 짙은 이 땅을 불사르는 건 그리 쉽지 않다. 그게 됐으면 천희도 옛날에 그렇게 했을 테지!"

"그렇군. 그것도 그렇겠어."

역시나, 내가 군사적인 일에 머리를 굴려 봤자 별 소용없는 건가.

"그러니, 결국 그대가 지닌 능력이 참인지 거짓인지에 따라 모든 것이 걸려 있다는 말이다."

"내 능력이란 말이지……. 보다시피 마성환혹으로 네 충실한 부하 둘을 내 편으로 만들었는데, 이 정도면 믿겠어?"

"천희하고는 격이 다르잖아! 그 정도 능력만으로는 그대를 의지할 수 없다!"

그나저나 이 엘프 공주님은 자기 혼자 신났네.

　"나와 알리샤의 관계는 대강 알고 있지? 내가 마의공주를 공략할 수 있다는 증거는 이미 있는 거 아닐까?"

　"그 덜떨어지는 공주를 매료시킨 것만으로는 그대의 능력을 증명할 수 없다."

　"알리샤는 여기서도 심한 소리를 듣네."

　그 말을 완전히 부정할 수 없다는 게 쓸쓸하지만 말이다.

　"그대는 모를 테지. 그 덜떨어지는 공주는 그대가 없을 때, 지난밤에 그대와 실컷 서로의 몸을 밝혔던 침대에 얼굴을 문지르면서 기쁘다는 듯이 히죽히죽 웃고 있다는 걸 말이다."

　"그거 엄청난 사실이군!"

　리샤, 침대에서 내 냄새를 맡고 있었던 건가…….

　그런 일까지 벌였을 정도면, 덜떨어지는 공주라는 호칭도 달갑게 받아들일 수밖에 없을 테지…….

　"그러니, 그대는 그대의 능력을 증명해 보이도록. 도움이 안 되면 처형이다!"

　"처형?!"

　"허나 도움이 되면 내가 엘프의 손님으로서 대접하겠다. 자, 이제 시드 네키스의 운명은 과연 앞으로 어떻게 될 것인가!"

　"아니, 잠깐만. 그 선택지는 좀 이상하지 않아?!"

　내가 죽으면—— 아마 린이랑 한꺼번에 처형될 테지.

　"나는 진심이다! 그리 어려운 일은 아닐 터. 그대는 그대가 할 수 있는 일을 하면 된다! 물론, 못 하면 죽지만!"

"거 참, 자기 일 아니라고……."

"나한테도 이건 최우선적으로 해야 할 일이다. 그대가 능력을 보여 준다면 더할 나위 없을 테지."

"……어, 음, 그래서?"

나는 다시 한 번 라크시알에게 확인했다.

공략 난이도는…… 조금 전부터 수치가 큰 폭으로 올라갔다 내려가길 반복해서 전혀 알 수 없었다.

리샤 만큼 공략하기 쉬울 것 같아 보이기도 했지만, 또 한편으로는 난공불락으로밖에 보이지 않기도 했다.

지금 현 상황에서는 정보라고 해 봤자 '엿보는 게 취미', '바보' 정도밖에 없고 말이다.

"라크시알, 널 내 품에 안고 굴복시키는 거…… 맞지?"

"품에 안…… 아, 아니! 굳이 나로 시험할 것까지는 없다! 내 말은 그게 아니라…… 지금 이 자리에는 나의 힘을 부여받은 희병대가 마흔여덟 명이나 있다! 모두 나랑 나이도 엇비슷하지. 외관상으로 별 문제 될 것도 없을 터. 물론, 때 묻지 않은 처녀들뿐이지. 이 엘프들의── 몸과 마음을 어디 한번 굴복시켜 보아라!"

"……상대가 희병대라면 마성환혹만으로 싹 다 정리할 수 있는데?"

"우리 엘프들을 만만하게 보지 마라. 방금 나는 분명 몸과 마음을, 이라고 했을 텐데? 희병대 전원을 완전히 굴복시키기란 어려울…… 아니, 이 세상에 그런 걸 할 수 있는 자는 없을 터.

내 힘을 지닌 병사들은, 그 대가로 나를 섬기는 걸 가장 큰 기쁨으로 여기고 있으니까 말이다! 어떠냐, 굉장하지!"

"하아, 뭐, 굉장하긴 한데……."

쓸데없는 말을 꼭 하나씩 덧붙이니까 모자란 것처럼 보인단 말이지, 이 엘프는.

"그건 그렇고, 다른 엘프들은 그래도 괜찮겠어?"

"라크시알 님의 바람대로 행동하는 것이야말로 우리에겐 더할 나위 없는 기쁨. 라크시알 님께서 바라신다면 당신의 능력을 실험할 실험체가 되는 것도—— 너무 기뻐서 어쩔 줄 모르겠어요!"

나에게 활을 겨누고 있던 엘프 중 한 사람—— 하얀 리본이 단호히 외쳤다.

"——이제 알았겠지, 시드 네키스. 그대에게 일주일 동안의 시간을 주겠다. 그 안에 마흔여덟 명 모두를 자신의 것으로 만들어 보아라!"

"…………이런 전개도 정말 어처구니없는 것 같은데?"

"시끄럽다! 이건 엘프의 운명이 걸린 시련이다! 그대도 목숨을 걸고서 완수하도록!"

아무래도 이 엘프의 마의공주는 진심인 것 같았다.

도망치려고 해도 린이 붙잡혀 있는데다, 라크시알의 화살로부터 벗어나기란 불가능해 보였다.

"…………."

그리고, 무척이나 신경 쓰이는 게 한 가지.

뭐랄까, 그…….

라크시알은 내가 희병대 엘프들과 하는 모습을 엿보며 즐기고 싶어서 이러는 게 아닐까 하는 생각이 강하게 들었다.

하지만—— 어차피 나에게 선택지는 없는 것 같았다.

이는 외법의 진안에도 확실하게 표시되어 있었다.

아무래도 라크시알로부터 받은 이 시련을 극복하는 것이 엘프의 마의공주를 공략할 수 있는 루트를 진행하는 데도 도움이 되는 모양이다.

일단은, 먼저——.

지금 이 자리에 있는 나머지 희병대 세 사람에게 마성환혹을 걸어 내 걸로 만들어 볼까.

나는 당분간 라크시알의 주거지를 사용하게 되었다.

주거지 중에 있는 방 하나를 배정받았는데, 요새 안이라면 자유롭게 돌아다닐 수 있는 것 같았다.

두터운 신뢰를 받고 있다—— 는 게 아니라, 언제나 감시당하고 있는 걸 테지.

나에게 주어진 개인실은 그럭저럭 넓었고, 청결하고 커다란 침대도 놓여 있었다.

이 방뿐만 아니라 라크시알의 주거지 전체를 자유롭게 사용해도 되는 모양이었다.

과분할 정도의 극진한 대접을 받고 있는 게 오히려 신경이 쓰였지만, 지금은 그런 걸 고민해 봤자 소용없을 테지.

라크시알 공략 루트 진행도는 조금씩이긴 하지만 상승 중에 있다.

즉, 지금의 내 선택은 틀리지 않았다. 이대로 돌진할 수밖에 없다.

감금 상태의 린, 그리고 물론 내가 돌아오기를 기다리고 있을 리샤도 걱정되었다.

하지만 탈출은 어려운데다, 린이라면 또 몰라도 리샤에게 내 의사를 전할 수 있을 리가 없었다.

그렇다면 지금 할 수 있는 일을 할 수밖에 없을 테지.

그렇기에——.

엘프 요새로 연행된 내가 희병대 전원을 공략해야 한다고 결정된 그 다음날 아침.

나는 침대 위에 누운 채 멍하니 생각에 잠겨 있었다.

오늘부터 일주일—— 나에게 주어진 유예는 겨우 그것뿐이었다.

그 안에 마의공주에게 절대 충성을 맹세한 엘프 소녀 마흔여덟 명의 몸과 마음을 굴복시켜, 외법의 유용성을 보여 주어야만 한다.

마희공주 라크시알의 힘을 부여받은 자—— '엘프 희병'이라 불리는 모양이었다.

라크시알의 말에 의하면 그 희병들을 완전히 굴복시키면 곧바로 알 수 있는 어떤 변화가 생긴다나 어쨌다나.

그게 사실이라면 뭐라 얼버무릴 수도 없다.

어제 대면이 끝나자마자 곧바로 이 방으로 끌려오게 된 나였다.

라크시알은 어제 중으로 엘프 희병들에게 이번 일을 설명했다는 모양이다.

나하고 이런 말도 안 되는 시련을 시작했으니, 국경의 경계 태세를 변경시켰을지도 모를 일이다.

물론, 내가 돌아오지 않는다고 해서 설마 리샤가 엘프 숲에 발을 들이지는 않겠지만.

"뭐, 지금은 내가 할 수 있는 일을 할 수밖에 없겠지…… 으응?"

문득, 위화감이——.

평소답지 않게 생각에 몰두해 있느라 지금까지 그걸 알아차리지도 못했을 줄이야.

"아, 안녕…… 하세요……."

"…………."

내가 이불을 들추자, 그 안에—— 엘프가 있었다.

어제 나를 연행해 온 엘프 희병의 리더 격 인물인 하얀 리본 엘프였다.

흠 잡을 데 없이 귀여운 그 얼굴이 수치 때문인지 새빨갛게 물들어 있었다.

그리고 그 길쭉한 귀까지 새빨갛게 물든 모습이 흥미로웠다.

복장은 어제와 마찬가지로 검은색 상의에 흰색 미니스커트 차림이었다.

그 앞 단추를 끄르자, 볼록한 가슴이 반 정도 그 모습을 드러냈다.

그러고 보니 엘프는 날씬하고 가슴이 작다는 인상이 있었지만, 라크시알은 엄청난 거유였고 이 하얀 리본도 가슴이 꽤나 큰 것 같았다.

"……잠깐, 지금 여기서 뭘 하고 있는 거지?!"

"다, 당신이 저희를 굴복시키셔야만 하는 것처럼…… 저희 또한 당신에게 굴복되는 게 바람이에요……. 당신한테 능력이 없다면 저희도 곤란하니까요……."

"뭐……?"

왠지 말투가 엄청 정중해진 것 같은 느낌이 드는데.

당장 어제만 하더라도, 거역하면 죽이겠다, 거역하지 않아도 죽이겠다, 는 식의 위압감이 느껴졌었는데 말이다.

"이, 이런 건 이번이 처음이지만…… 라크시알 님께서 가르쳐 주셨어요……. 젊은 엘프는, 그, 성적인 지식이 별로 없지만……."

"웬만해서는 번식을 잘 안 한다고 들었는데……."

"네, 맞아요. 희병은 번식을 행한 적이 없는 엘프들로만 이루어져 있어서…… 다만 라크시알 님께서는, 당신들의…… 그, 그런 모습을 보아 오시면서 여러모로 아시는 게 많아서, 그 가르침을 받았거든요……."

"…………."

하얀 리본은 두서없이 말하면서 내 바지를 벗기더니—— 속옷마저 벗겨 나갔다.

내 물건은 아침이라서 그런지, 아니면 엘프 미소녀가 침대에 숨어들어 온 덕분인지 이미 만전의 태세를 갖추고 있었다.

"라, 라크시알 님께서 어느 길을 고르시든…… 저희 희병들은 그저 그 뒤를 따를 뿐이에요……."

라크시알은 공주님이 아니다. ——군주제는커녕 신분제조차 없다고 하는 게 엘프였지만, 희병들이 마의공주에게 절대적인 충성을 바치고 있는 건 틀림없어 보였다.

그게 마의공주의 힘을 나누어 준 대가라고 했던가.

"이건 시련이니까 굴복하지 않게끔 저항하는 게 너희 역할 아니야?"

"구, 굴복은 하지 않아요……. 그 어떤 상황에 처하게 될지라도 말이에요……. 하지만, 라크시알 님을 기쁘게 해 드리는 게 저희한테는 더할 나위 없는 기쁨이에요……."

"잠깐!"

그렇단 말은, 혹시—— 라크시알이 여기도 엿보고 있다는 건가?!

이 하얀 리본한테도 어제 중으로 마성환혹^{도 미 네 이 션}을 걸어 두었다.

하지만 아무리 그래도 그렇지, 침대에 숨어 들어온다는 그런 대담한 행동을 보일 줄이야.

"그럼…… 시, 실례할게요……."

"…………읏."

크고 단단하게 솟은 내 물건에 하얀 리본이 얼굴을 가까이 대고는── 입을 맞추었다.

지, 진짜로 하잖아, 이 엘프는!

진안을 발동시켜 보았다──.

서드 아이

"…………!"

하얀 리본의 난이도는, 벌써 5까지 내려간 상태였다!

그러니 이미 공략이 거의 완료된 상태였다. 즉, 다시 말하자면 내가 무슨 짓을 해도 전혀 상관없다는 얘기다.

나의 마성화혹, 라크시알의 성적 취향, 희병늘의 충성심── 그러한 것들이 합쳐져 터무니없는 사태가 일어난 것이다.

"으응…… 으음, 츄릅, 으응…… 이, 이런 식으로 하면 될까요……?"

"그, 그래…….'"

나 같은 경우엔 내 쪽에서 힘차게 하는 걸 좋아했다.

하지만── 이런 식으로 애무를 받는 것도 나쁘지 않지!

"그, 그럼 계속 할게요……."

음란한 소리를 내면서 하얀 리본이 내 물건을 입으로 물었다.

이런 건 처음이라서 그런지 움직임이 서툴렀다. 하지만 그렇기에 오히려 그 자극이 더할 나위 없이 기분 좋아서──.

"으읏……! 나, 나올 거 같아……!"

나는 참지 못하고 하얀 리본의 입 안에다 사정했다.

어젯밤엔 결국 린과 하지 못해서 쌓였던 탓인지, 놀라울 만큼 많은 양의 정액이 엘프 소녀의 입 안으로 쏟아져 들어갔다.

"후, 후아아······ 이상한 맛이 나요······. 이것이 인간의······ 남자의 그······."

하얀 리본은 얼굴을 일그러뜨리면서도 정액을 꿀꺽 삼켜 버렸다.

굳이 그걸 삼킬 것까진 없는데······ 아무리 나라도 남자를 전혀 모르는 여자애에게 느닷없이 삼킬 것을 강요하는 쓰레기는 아닌데 말이야.

"아, 앞으로는 늘 제가 깨워 드리러 갈게요······. 만약, 다른 엘프가 좋다고 말씀해 주시면, 저 말고 다른 사람이 그렇게 해 드릴 수도 있어요······."

"그, 그래······."

나에 대한 봉사를 도대체 얼마만큼 세심하게 하는 건지 원.

사태가 왠지 예상 밖으로 흘러가는 것 같은데?

라크시알은 시련이니 어쩌니 했었지만, 이건 그냥 나의 하렘이 만들어진 거라 봐도 다름없지 않을까?

"으응······?"

앗차, 또 깜빡하고 말았다.

내 개인실 바닥에는 융단이 깔려 있었는데, 지금 거기에 한 소녀가 드러누워 있었다.

쿠션을 베개 삼아 자그마한 숨소리를 내며 잠이 든 사람은——그래, 내가 어제 맨 처음에 마성환혹으로 매료시킨 애들 중 하나였다.

금색 머리를 양 갈래로 땋았고, 왠지 모르게 얌전한 인상이 드는 용모를 가진 애였다.

"……어디 보자."

진안으로 땋은 머리 애를 확인.

공략 난이도는── 하얀 리본과 거의 비슷한 5였다.

"……그건 그렇고, 얘는 또 왜 여기서 자고 있는 거지?"

"저와 그 애가, 당신을 시중드는 겸 감시하는 역할을 맡았어요. 하지만, 저 애는…….”

하얀 리본이 살짝 말을 머뭇거렸다.

"저 애는, 그…… 예전에 어디에서 갖고 왔는지 알 수 없는 인간의 서적을 읽은 적 있었는데, 그 이후로 거기에 적혀 있던 '보쌈'이라는 행위에 무척이나 관심을 보이거든요.”

"보, 보쌈……?"

"거듭 말씀드리자면, 엘프에게는 성적인 지식이 없어요……. 그렇기 때문에 자극적인 정보를 접하면 그에 영향을 받는 자도 적지 않죠.”

그건 지금 눈앞에 있는 하얀 리본만 봐도 납득이 갔다.

아무리 라크시알이 시켰다고 해도 그렇지, 설마 아침부터 입으로 내 물건을 물며 나를 깨우러 올 줄이야.

으음, 그나저나 말은 보쌈 하러 왔다고는 하지만 지금은 벌써 아침인데…….

이건 이거대로 또 나쁘지 않군!

"그럼, 감사히 받아 볼까……!"

나는 침대에서 내려와 융단 위에서 자고 있는 땋은 머리 애에게 다가갔다.

땋은 머리 애도 하얀 리본과 똑같은 옷차림이었지만, 스커트는 무릎까지 내려올 정도로 길었다.

나는 천천히 그 스커트를 젖혀—— 청초한 흰색 팬티를 고스란히 드러냈다.

"응……?"

땋은 머리 애의 그 부분이 흠뻑 젖어 있다는 건 굳이 팬티를 벗기지 않고서도 알 수 있었다.

자는 중에 이렇게 젖는 경우도 있나……?

"그, 그러니까…… 저 애는 상스럽게도 당신에게 덮쳐지길 기대하면서 자고 있는 거라 보면 되지 않을까요……?"

"그래, 굳이 설명 안 들어도 알 것 같아……."

엘프는 좀 더 현명한 종족이라고 생각했는데, 그 중에는 별난 애도 많은 모양이다.

뭐, 아무렴 어때!

진안으로 본 수치와, 그 음부에서 끊임없이 흘러나오는 애액.

이제 마음껏 맛보기만 하면 될 테지.

나는 다시 입은 바지에서 내 물건을 또 한 번 꺼냈다.

하얀 팬티를 벗기고, 내 물건 끝부분을 땋은 머리 애의 음부에 대고 눌러——.

엎드린 채 자고 있는 그녀를 뒤에서 올라탄 자세로 내 물건을 삽입해 나갔다.

"으응, 크읏……?"

"이만큼 젖었으니까 아마도 괜찮을 것 같은데, 그래도 아프면 얘기해 줘."

"어? 아, 아아…… 네, 네에…… 괜찮, 아요……."

땋은 머리 애가 기어들어 갈 것 같은 목소리로 말하면서 고개를 끄덕였다.

리샤나 린도 그랬지만, 이 엘프도 정말 공략하기 쉽단 말이지……!

"아…… 웃, 으으응……!"

땋은 머리 애는 아파하면서도 거의 아무 저항 없이 내 물건을 받아들였다.

그녀의 안쪽은 믿기 힘들 만큼 젖어 있었기에, 질 내부가 무척이나 좁았음에도 불구하고 저항감은 거의 느껴지지 않았다.

매끄럽게 파고들어간 내 물건은 아주 간단하게 땋은 머리 엘프의 가장 안쪽에 도달하여——.

"핫, 아아…… 자고 있는데 덮치고 있어……. 정말로 덮쳤어…… 아아아."

그 말만 듣고 보면 어이가 없었지만, 그래도 이건 서로가 합의한 거니까 그냥 넘어가자.

뭐, 땋은 머리 애의 취향을 내가 이용해 먹었다는 점도 다분히 있으니까 말이다.

어쨌든, 처음 맛보는 엘프의 질 안쪽 쾌감은 이루 말할 수 없을 정도였다……!

나는 정신없이 허리를 흔들기 시작했다.

오오, 내 물건을 꽈악 꽈악 조여 대기 시작했잖아.

나는 이에 아랑곳 않은 채 밀고 들어갔다. 그 감촉이 너무 기분 좋아서 정수리가 저릴 것만 같았다.

나는 깊숙한 곳까지 내 물건을 박아 넣고, 안쪽까지 몇 번이나 찔러 넣었다.

"웃 , 아앙, 아아앙, 인간의 그것이…… 앗, 인간 남자에게…… 나, 꿰뚫리고 있어……. 앗, 아아아아아앙!"

땋은 머리 애의 안쪽을 실컷 맛보며, 마지막에는── 인정사정없이 정액을 안쪽에다 쏟아 넣었다.

마지막 정액 한 방울까지 쥐어짜 내듯이 사정하자──.

"……하아아…….."

땋은 머리 애가 황홀한 표정을 지었다. ──온몸에서 힘이 축 빠져 나간 모양이다.

쯔업, 내 물건을 빼내자, 땋은 머리 애의 그곳에서 정액만 넘쳐 나오는 게 아니라 붉은 피마저 흘러나왔다.

내가 이 엘프의 처녀를 정말로 접수했다는 실감이 들었다.

이렇게 간단해서 되겠나 싶은 생각이 막연하게 들기도 했지만 말이다.

"……저, 저기."

"응……?"

하얀 리본이 침대 위에서 내려와 내 옷을 살짝 붙잡아 끌어당겼다.

"저, 저희는 결코 당신에게 굴복하지 않을 거예요. ……그러니, 저한테도 뭘 하시든…… 괜찮아요."

하얀 리본은 군복 앞섶을 활짝 풀어 헤쳐 자신의 가슴을 그대로 드러냈다.

그 반들반들한 유두는 단단하게 우뚝 솟은 상태였다…….

"아아, 라크시알 님의 기쁨이 전해져 오고 있어……. 아니, 이건 나의 기쁨인가……?"

하얀 리본이 낮은 목소리로 무슨 말을 중얼거렸다.

그러고는 그 단정한 얼굴을 천천히 나에게 가져다 댔다.

뭐, 물론 이쪽도 사양 않고 반을 생각이긴 하지만.

이건 나에게 주어진 시련이며, 엘프를 품에 안는 것이야말로 나의 싸움.

아무리 비극처럼 보여도, 이것이 내가 나아가야 할 길이라면.

거침없이 나아가겠다. 그리고 만들어 보이겠다. 엘프 하렘을 말이다.

나는 내 안에서 무언가가 찰칵 소리를 내며 해제되는 소리를 확실하게 들었다——.

빵과 야채로 이루어진 간소한 식사를 마친 뒤, 나는 밖으로 나갔다.

그렇다—— 결국 하얀 리본의 처녀도 접수했던 나는 너무 기분 좋았던 나머지 그 안에다 두 번이나 사정하고, 땋은 머리 애랑도 2회전으로 돌입했다. 하지만 그 두 사람한테서는 딱히 이렇다 할 변화가 보이지 않았다.

아직 굴복하지 않은 건가…….

두 사람의 난이도는 거의 0에 가까웠는데, 완전히 0으로 만들지 않으면 소용없는 걸까?

아무래도 그건 어려웠다. 리샤조차 0은 아니니까 말이지.

"일주일 안에 마흔여덟 명이라. 아무리 나라도 한가하게 여유나 부릴 순 없겠어."

그렇다면 앞으로 착착 나아갈 수밖에.

"……응?"

"앗?!"

내가 문득 고개를 위로 올리자, 지붕 위에──은발 마의공주의 모습이 눈에 들어왔다.

"으꺄아아악."

갑자기 라크시알이 이상한 비명을 지르더니 지붕 위에서 굴러떨어졌다.

공중에서 간신히 몸을 한번 회전시켜 발부터 착지하긴 했지만, 그래도 엉덩방아를 찧고 말았다.

"……라크시알, 너 지금 뭐 하냐?"

"아, 아무것도 아니다!"

땅바닥에 주저앉은 라크시알은 스커트 내부가 고스란히 드러나 있었다.

미소녀 엘프 두 사람과 실컷 즐기고 온 참이었지만 또다시 흥분할 것 같았다.

"……아, 그런가. 역시나 엿보는 걸 즐기고 있었나 보네."

"여, 엿보지 않았다! 허, 허나…… 다, 다짜고짜 그 두 사람과 즐기다니, 역시 그대는 터무니없는 남자로구나!"

"아니, 그렇게 칭찬해 줄 것까지야……."

"엘프와 인간의 가치관은 다를 테지만, 네놈과는 하나부터 열까지 모조리 다 다를 것 같구나!"

아침부터 기운이 넘치는 엘프 공주님이군.

"허, 허나, 이걸로 끝났으리라 생각하지 마라! 내 충실한 엘프들이 앞으로도 그대를 덮칠 것이니까 말이다!"

"뭐냐, 그 예언은."

방금 그 두 사람처럼 습격해 온다면 얼마든지 환영이다.

"엘프 희병들을 간단히 굴복시킬 수 있을 거라 생각하지 마라! 우리 엘프는 몸가짐이 헤픈 알리샤와는 다르니까 말이다!"

"……야."

나는 웅크리고 앉아 라크시알을 지그시 노려보았다.

"어느 정도는 그냥 한 귀로 듣고 한 귀로 흘릴 생각이었는데, 알리샤를 욕하는 게 도를 넘을 것 같으면 나도 더 이상 잠자코 있지는 않겠어."

"……뭐, 뭣이라. 네놈이 대체 뭘 할 수 있다는 거냐?"

"할 수 있고 없고의 문제가 아니야. 하느냐 안 하느냐의 문제지."

라크시알의 심기를 건드리는 건 그리 좋다고 할 수 없었지만, 나에게도 인내심의 한계란 게 있다.

내가 엘프의 마의공주의 눈을 지그시 쳐다보자——라크시알이 퍼뜩 시선을 아래로 내리깔았다.

　"……그렇군. 우리는 긍지 높은 종족. 때문에 다른 종족한테도 긍지가 있음을 잊어버릴 때가 있구나. 남을 생각하지 않는 것이 엘프의 안 좋은 습관이지."

　어라, 이런 반응을 보일 줄은 생각도 못했는데.

　그 긍지 높은 엘프 최강의 마의공주가 다른 종족의 심정을 헤아려 줄 줄이야.

　"아니…… 애당초 엘프의 머릿속에 든 거라곤 긍지와 숲에서의 생활밖에 없다. 그러니, 그러니까 말이다."

　"응?"

　라크시알이 입술을 꽉 깨문 채 분한 표정을 지었다.

　"그러니까 다른 엘프들은 인간과 손을 잡을 바에야 차라리 천희랑 싸우다 명예롭게 죽자는 소릴 하는 것이다!"

　"……그런 소릴 한단 말이지. 하지만 엘프는 원래 그런 종족이잖아?"

　"명예롭게 죽고 싶다, 그렇게 말하는 건 오래 산 장로들이나 어른들이 지껄이는 망언에 불과해! 우리 젊은 엘프는 죽음이라는 선택지를 고르기 싫다!"

　"아무래도 나에 대한 시련은 순전히 네 독단에서 나온 것 같다는 생각이 드는데 말이야."

　엘프의 지휘계통이 어떤 구조인지는 모르지만 말이다.

　하긴, 희병들을 굴복시키라는 말도 안 되는 시련이 엘프 장로

들의 머릿속에서 나왔을 리는 없을 테지.

"그건 우리 엘프가 살아남기 위한 방법이다! 독단이든 간에, 죽어도 좋다고 생각하는 놈들에게 불평불만을 들을 이유는 없다!"

아무래도 이 마의공주는 엘프 장로들에게 불만이 많은 모양이다.

"나는 아무리 말도 안 되는 일이라 할지라도 살아남기 위해서라면 뭐든 할 것이다! 희병들도 내 말을 잘 이해하고 있으니까 그대에게 내린 시련에 기꺼이 참가해 준 거란 말이다!"

"그래, 덕분에 아침부터 엄청 기분 좋았지."

"난 지금 진지한 얘길 하고 있단 말이다. 자신의 욕망을 노골적으로 드러내는 발언은 삼가도록!"

왠지 억울하게 혼난 것 같다는 느낌이 드는데.

"뭐, 뭐어…… 그대의 능력이 생각 이상이었다는 건 인정하마. 설마 이토록이나 빨리 내 희병이 둘씩이나 그대에게 자신의 몸을 허락할 줄이야. 그것도 아침부터 그렇게나 격렬하게……."

라크시알의 길쭉한 귀가 움찔움찔 떨렸다.

아무래도 그녀는 감정에 큰 동요가 생기면 귀가 움직이는 모양이다.

"역시 엿보고 있었군. 굳이 그 능력을 지붕 위에서 사용해서 볼 것까지는 없다는 생각이 드는데 말이지."

"내, 내 집이니까 어디서 뭘 하든 그건 내 마음이다! 어쨌거나

── 일주일이다. 예정대로 일주일 기다리겠다! 그대의 외법
이 얼마나 대단한지 지켜보도록 하마."

"내가 보여주는 건 외법이라기보다는 엘프들과의 섹스지만
말이지!"

"그 얘긴 아무렇지 않다는 듯이 하지 마! 으으으, 난 시찰해야
할 일이 있으니까 먼저 가보겠다!"

"엿보기와 시찰을 동시에 하는 건가…… 역시 마의공주로
군."

"흐흥, 그쯤이야 나만한 마의공주라면 일도 아니지."

꽤나 자랑스럽다는 듯이 얘기하는군. 자신이 엿보는 행위를
하고 있다는 걸 인정한다는 건가.

심지어 라크시알은 경쾌한 발걸음으로 자리를 떠났다.

이번 일이 어처구니가 없다는 건 본인도 잘 알고 있을 테지만,
그럼에도 내 능력을 끝까지 확인하고 싶은 거겠지.

라크시알은 아무리 자신이 열세에 몰려도 천희의 침략에 대항
하고자 한다.

리샤와 마찬가지로 정공법으로는 어떻게 할 수가 없으니까 나
처럼 수상한 남자에게 기댈 수밖에 없는 걸 테지.

다시 말해서, 나는── 기대를 받고 있는 것이 아닐까?

그렇다면── 뭐, 미소녀의 기대를 받았으면 그에 부응해야
만 하겠지.

그래서 나는 아무 거리낌 없이 행동하기 시작했다.

오히려 이게 원래의 나 자신에 가까웠다.

아무리 리샤를 위함이라 해도 그렇지, 애당초 내가 어떤 나라에 속박되어 일한다는 것 자체가 이상하니까 말이다.

아니, 이것 또한 리샤를 위한 행동이자 아티나를 구하기 위한 행동이다.

게다가 라크시알의 기대에 부응할 수도 있다.

그러니 아무 거리낌 없이 나아가기만 하면 될 터.

요새 안을 자유롭게 돌아다녀도 된다는 허락은 이미 받은 상태.

이 요새에는 희병대밖에 없다고 한다. 즉, 마주치는 여성이라곤 전부 희병—— 내 품에 안아야 할 상대란 얘기다.

마흔여덟 명의 미소녀 엘프들로 이루어진 하렘!

뭐지, 이 꿈만 같은 상황은……!

"마흔여덟—— 남은 마흔여섯 명과 일주일 동안 섹스를 나누게 되겠군. 꿈만 같은 일이기는 하지만 바빠지기도 하겠어."

라크시알로부터 받은 주거지를 떠나 어슬렁어슬렁 걸었다.

지금 나아가고 있는 곳에서 연병장이 눈에 들어왔다. 여섯 명의 엘프 희병들이 있었는데, 활쏘기 훈련을 하는 것 같았다.

모두 처음 보는 얼굴들이었다. 내가 접근했음을 알아차렸을 텐데도 그녀들은 담담하게 훈련을 계속했다.

——그렇게 보였지만, 그녀들의 난이도는 위아래로 격렬하게 요동치고 있었다.

다들 냉정함을 유지하고 있는 건 결코 아닌 모양이다.

흠, 난이도 수치를 보아하니, 마성환혹(도미네이션)만 써서 매료시킬 수 있을 것 같은 애가 셋이나 되었다.

즉, 당장 품에 안을 수 있는 여자애가 절반—— 잠깐, 많잖아!

엘프 희병들은 그토록이나 라크시알을 기쁘게 해 주고 싶은 걸까.

"으음, 다들 좋네…… 뭐, 모두랑 해 볼까."

"…………웃!"

한 치의 어긋남 없는 기술을 선보이던 엘프들이었지만, 갑자기 화살들이 일제히 과녁을 벗어나 엉뚱한 방향으로 날아갔다.

공략 난이도가 전원 큰 폭으로 일제히 떨어졌다.

그 중에서도 특히나 큰 폭으로 감소한 애가—— 가장 왼쪽에서 화살을 쏘던 엘프였다.

앳되어 보이는 엘프가 많은 가운데, 인간으로 치자면 이십대 초반 정도로 보이는 미녀.

음, 이렇게 어른 느낌이 나는 애도 나쁘지 않지.

가슴은 커다랗게 부풀어 있었고 허리는 잘록했다. 그럼에도 허벅지는 포동포동했다.

물론 이름은 나중에 들을 테지만, 일단 얘는 포동이라고 부르자.

"아, 아으아으…… 자, 잠깐…… 정말로……?"

"이미 라크시알한테 얘기는 들었지? 난 너희를 굴복시켜야만 하거든."

"그, 그건 알아요……. 그, 그래도…… 저는……!"

어른처럼 생긴 겉모습과는 어울리지 않게 포동이는 하얀 리본이나 땋은 머리 애보다 순진해 보였다.

하지만 오히려 그래서 마음에 들었다——.

나는 곧바로 마성환혹을 사용하여 포동이를 매료시켰다.

"아, 아앙…… 다른 사람들이 보고 있어…… 하, 하다못해 남들 눈에 띄지 않는 곳에서……!"

포동이는 그렇게 말하면서 내 등에 팔을 두르며 안겨 들었다.

어른의 느낌이 나면서도 순진하다는 점이 또 마음에 들었다……!

나는 포동이의 옷 앞섶을 풀어 헤치고, 거기에서 불쑥 튀어나온 가슴에 달라붙어 그 유두를 마구 빨았다.

스커트를 젖히고 그 포동포동한 허벅지도 마음껏 어루만졌다.

오오, 품에 안았을 때의 느낌이 좋았다. 게다가 가슴에서 느껴지는 부드러움도, 그 맛도 최고였다.

특히나 허벅지에서 느껴지는 푹신함이 끝내주었다. ……이 살집은 훌륭하군.

내가 포동이의 온몸을 마구 만지작거리자 그녀의 속옷은 곧바로 흠뻑 젖어 들어——.

"저, 절대로 굴복하지 않을 거야…… 인간 따위에게, 나는……."

그렇게 말하면서도 포동이는 스스로 팬티를 아래로 쑥 내렸다. 허벅지가 곧바로 애액으로 흠뻑 젖어 들었다.

"그럼, 기꺼이."

나는 내 물건을 꺼내 애액이 끊임없이 흘러나오는 그곳에다 단번에 박아 넣었다.

포동이의 처녀막이 찢어지고, 안쪽까지 박아 넣자──.

"하으응……!"

포동이는 얼굴을 새빨갛게 물들이면서 내 몸을 꽉 끌어안았다.

아픔이 느껴질 만큼 세게 끌어안기긴 했지만, 그러거나 말거나 나는 허리를 흔들어 그녀의 질 안쪽 깊숙한 곳까지 내 물건을 실컷 박아 넣었다.

우오오, 온몸이 저릴 만큼 기분 좋잖아……!

"아응, 앗, 아앙, 후아아아아……!"

포동이는 눈에 눈물을 머금으면서도 황홀한 신음 소리를 내질렀다.

나는 포동이의 거유를 주무르고 유두를 세게 빨아들이면서 허리를 실컷 움직이고──.

다시금 인정사정없이 엘프 미녀의 질 안에다 사정했다.

솟구쳐 나온 정액을 그녀의 질 안에다 모두 쏟아붓자──.

"이, 이런 건…… 너무 굉장해서, 나…… 아아아……."

애액과 정액이 허벅지를 타고 흐르는 와중에 포동이는 그 자리에 털썩 주저앉았다.

하아, 여기에 있는 엘프들은 가슴 말고는 살집이 빈약한 애들이 많은데, 포동이는 품에 안는 느낌도 최고였다. 겉으로 보면

호리호리했지만, 살집이 붙을 만한 곳에는 확실하게 잘 붙어 있는 느낌이랄까.

이렇게나 훌륭한 몸을 가진 여자애는 그렇게 없고말고. 이 아이한테서 손을 떼기 싫다는 마음마저 들었다…….

그렇지. 포동이한테도 내 시중드는 겸 감시하는 역할을 맡기면 어떨까. 언제든 하고 싶을 때 할 수 있도록 만드는 거야!

솔직히 말해서 이 엘프 미녀는 무척이나 마음에 들었다.

"그럼, 어디 보자……."

물론 이곳은 엘프 연병장. 다른 엘프들도 아직 이 자리에 있다.

나는 남들의 시선을 받고 흥분하는 취향은 없지만, 아무래도 그 장면을 본 자들은 평정을 유지할 수 없었던 모양이다.

"아으…… 웃, 아아아……."

남은 다섯 엘프들은 모두 손에 쥐고 있던 활을 떨어뜨리고 말았다.

그리고 흰색 스커트에서 뻗어 나온 가느다란 다리를 타고 끈적끈적한 애액이 흘러내리더니——.

모두의 난이도가 거의 10으로 떨어졌다.

나에게 안기는 걸 기대하면서 마구 흥분하고 있다…… 는 걸까.

그럼, 나머지 다섯 명도 지금 이 자리에서 맛보도록 해 볼까.

나도, 그리고 아마도 그녀들도—— 다른 곳으로 자리를 옮길 때까지 참지 못할 테지.

그리고 시드 네키스라는 이름의 폭풍이 휩쓸고 지나갔다.

내 개인실과 활쏘기 훈련장에서만 여덟 명 분의 처녀를 접수했다.

아무리 나라도 이렇게 연속으로 처녀를 접수한 건 이번이 처음이었다……. 가만, 생각해 보니까 그것도 당연하네.

폭풍과도 같은 오전이 끝나고, 태양이 거의 중천에 떠올랐다.

나는 라크시알의 주거지 근처에 있는 잔디밭 위에서 점심 식사를 들던 참이었다.

하얀 리본이 가져다 준 야채 샌드위치였는데, 이게 제법 맛있었다.

살짝 양이 부족하기는 했지만, 그렇다고 배부른 소릴 할 수는 없겠지.

"잘 먹었습니다. 후우……."

그렇게 말하고 옆으로 고개를 돌리자, 그곳에 포동이가 있었다.

포동이── 이름은 융커라고 한다.

여덟 명 중에서 일곱 명은 각각 두 발밖에 사정하지 않았지만, 융커는 무척이나 내 마음에 들었기 때문에 다섯 발이나 사정하고 말았다. 아아, 나도 젊구나……!

"하아, 하아, 하으응……."

잔디밭 위에서 뒹굴고 있는 융커의 성기에서 희멀건 액체가 끈적하게 흘러나왔다.

점심 식사를 들기 전에 한 번 했기 때문이다.

아침부터 실컷 사정했음에도 내 물건은 조금도 수그러들 기색이 없었다.

이것 또한 외법의 기술 중 하나—— 내가 바라는 한 언제 어디서든 몸이 반응해 준다.

안을 수 있을 때 안지 않으면 여자애에게 수치심을 안겨 줄 수도 있으니까 말이지. 그런 상황을 피하기 위한 기술—— 이라기보다는, 나는 여태껏 그런 몸을 만들어 왔다.

으음, 이만큼 했으니까 이제 슬슬…….

<ruby>진안<rt>서드 아이</rt></ruby>을 발동시키자—— 융커의 난이도가 1과 2를 오갔다.

어라, 아직 0까지 안 떨어졌잖아. 순순히 내 뜻대로 되지는 않는다는 건가.

"응?"

지금 뭔가 이상한 수치가 보인 것 같은 느낌이 드는데…….

라크시알의 공략 진행도가 표시된 수치 근처에 또 하나의 수치가 떠오른 듯한 느낌이 들었다.

진행도는 대체로 시야의 좌측 상단에 표시된다.

이미 리샤의 루트는 완료되었으니 더 이상 수치가 표시될 리는 없다.

그 외에 공략 진행도가 표시될 만한 여자애는 없을 텐데……?

"……뭐, 어때. 지금 상황 자체가 상당히 이례적이니까."

한꺼번에 너무 많은 여자애를 노린 탓에 외법에도 혼란이 생긴 걸지도 모른다.

희병들의 수치 또한 살짝 묘했고 말이지.

지금은 일단 라크시알이 준 시련을 계속 해 나갈 수밖에 없다.

첫날 오후까지 여덟 명을 마성환혹^{도 미 네 이 션}으로 매료시켰다. 일이 제법 순조롭게 진행되었다.

하아, 다들 좋았지. 융커는 특히나 더 좋았지만. 그래도 다른 일곱 명과도 충분히 즐길 수 있었다.

자, 이 기세를 몰아 계속 나아가자.

이런 느낌으로 내 의욕은 조금도 꺼질 기미가 보이지 않았다.

몸에 살짝 땀도 났고 다양한 체액으로 범벅이 되었기에, 나는 요새 안에 있는 샘터에서 몸을 씻기로 했다.

융커만큼은 아니었지만, 샘터로 향하는 도중에 거유 엘프 두 사람을 발견.

마성환혹을 걸어 그녀들을 데리고 몸을 씻기로 했다.

"큭, 아앗…… 가…… 가슴으로 이런 짓을……."

"굴욕적이네요……. 하지만, 이런 능욕을 받아도 저희는 굴복하지 않아요……!"

거유 엘프 두 사람 사이에 내 몸이 끼인 형태로, 두 사람은 자신들의 가슴으로 내 몸 앞쪽과 등을 씻겨 주었다.

푹신푹신 부드러운 가슴과 뾰족하게 솟은 유두의 미세한 자극이 기분 좋았다.

물론, 샘물에 잠긴 상태에서 두 사람의 처녀 또한 접수해 두었다.

한 사람은 앞에서, 나머지 한 사람은 뒤에서 박아 넣고 그 안에다 각각 두 발씩 듬뿍 사정했다.

그 다음엔 감시용 망루에 있는 엘프를 품 안에 안기로 했다. 요새의 그 어느 위치에서든 볼 수 있는 곳에서 엘프 미소녀와 하는 것도 재미있을 것 같았다.

뭐랄까, 사고방식이 점점 린처럼 되어 가는 것 같은데.

그런 생각을 하면서 나아가던 도중에 또다시 융커와 맞닥뜨렸다. 때문에 그녀를 인적이 드문 곳으로 데려가 이번에는 후배위로 한 발, 대면입위로 한 발 사정하기도 했다.

"웃, 크윽, 아아아앙…… 제, 제 안이 정액으로 끈적끈적하게……아아앙!"

융커한테는 정말 질내 사정을 많이 했네……. 아니, 잠깐만. 나, 융커를 좋아해도 너무 좋아하는 거 아니야?

이대로 가다가는 한도 끝도 없이 계속 할 것만 같아서 간신히 그녀를 뿌리치고 다시 이동했다.

아아, 그래도 역시 한 발만 더…… 안 되지. 융커도 좀 쉬어야 하니까 말이야!

또다시 감시 망루로 향하던 도중에 오두막 하나가 눈에 띄었다. 바깥에서 내부를 살폈는데, 그 안에서 엘프가 옷을 갈아입고 있었다.

라크시알만큼은 아니었지만 몸집은 작았고, 그 금색 머리는 살짝 웨이브가 져 있었다. 물론 귀여웠다. 역시 천사와도 같은 천진난만함이 남아 있는 얼굴이 좋단 말이지.

팬티와 배꼽 위까지 오는 캐미솔 차림의 엘프 희병을 보고 있으니 온몸이 불끈거리기 시작했기에——.

"앗, 아앙. 이제 교대시간인데…… 아앗, 가 봐야만 하는데……!"

아직 신입이라는 그 엘프 희병은 이제 망을 보러 가 봐야만 하는 듯했다.

그 앳된 얼굴이 너무나 귀여워서 나는 나 자신을 억제하지 못했다. 허리를 멈출 수가 없었다.

그 희병 또한 정상위에서 내 품에 안긴 채 조금도 저항하려 하지 않았다.

"라, 라크시알 님…… 보고 계시나요! 아앙, 마의공주의 기쁨이 전해져 오니까…… 아아앙, 제 기쁨 또한 전해지고 있어요……!"

엄청 기뻐하는 모습이었기에 나도 모르게 흥분해서 그만 세 번이나 사정하고 말았다.

앳된 얼굴의 신입 희병은 음성이 컸던 탓에, 아직 근처에 있을 융커가 신경 쓰여서 상태를 보러 갔다가…… 신입에게 잠시 휴식도 줄 겸 융커를 다시 품에 안았다.

이미 여덟 번이나 했음에도 융커 또한 완전히 기력이 회복된 상태였다.

"아아앙, 앗, 아아앙……. 이걸로, 아홉 번째…… 불과 조금 전까지만 해도 난 처녀였는데!"

그렇게 융커에게 아홉 번째 질내 사정을 하고 나서——.

"읏, 으으읍 웃, 츄릅, 쪼옥…… 깨, 깨끗하게 해 드렸…… 어요……."

나는 사정을 마친 내 물건을 융커한테서 빼낸 뒤, 신입 희병의 입으로 깨끗하게 해 달라고 했다.

아직도 살짝 흘러 떨어지고 있는 정액을 혀로 핥도록 시키고, 신입 희병을 다시 뒤에서 안았다.

"아앙, 앗, 이젠 하나도 안 아파……. 어, 어째서 이렇게 기분 좋은 거지……?!"

새된 소리를 내지르는 신입 희병의 안쪽에다 한계까지 마구 박아 넣고 나서——.

"후왓?! 뭐, 뭔가요?! 앗, 앗, 아아아아아아아아아앙!"

사정하기 직전에 신입 희병의 안에서 내 물건을 빼내, 옆에서 축 늘어져 있던 융커에게 다시 삽입—— 그러고는 융커의 질 안에서 두세 번 정도 문지르다가 정액을 토해 냈다.

"어, 어째서 제 안에다가……! 여, 영문을 모르겠어요……!"

"그러게, 나도 나 자신이 지금 대체 뭘 하고 있는 건지 모르겠단 말이지."

그냥 신입 희병한테 질내 사정하면 될 텐데, 왜 굳이 융커에게 사정한 걸까.

뭐, 어때. 방법이야 어쨌든 간에 융커도 포함해서 모두를 굴복시키기만 하면 되니까 말이야.

자, 이제부터가 진짜 시작이다…….

그런 느낌으로 열한 명을 품에 안은 시점에서 밤이 되었다
——.

개인실로 돌아가 또 야채 위주의 저녁 식사를 들었다. 그러고
나니까 더 이상 할 게 없었다.

"으음, 열한 명 모두 귀엽고 야했단 말이지……. 그런데도 완
전하게 굴복한 사람이 아직 아무도 없을 줄이야. 좀 더 강하게
나가 봐야 하나……."

"무시무시한 소릴 하시네요……."

저녁 식사를 들던 중에 계속 내 물건을 입에 물고 있던 융커가
고개를 들어 올리며 어이없다는 표정을 지어 보였다.

그녀를 시중드는 겸 감시하는 역할로 삼는 데는 별 문제가 없
는 모양이라서 이렇게 방으로 데리고 올 수 있었다.

물론 하얀 리본과 땋은 머리 애, 그리고 신입 희병도 이 자리에
있었다.

신입 희병은 내가 데리고 온 게 아니었다. 그녀는 "제가 절대
로 굴복하지 않음을 증명해 보이겠어요! 신입이라고 우습게 보
지 마세요!" 라고 말하면서 자기가 멋대로 따라 왔다.

그 신입 희병도 식사 중에는 내 물건을 입으로 물고 있었다.

앳된 얼굴의 신입 희병과 누님 느낌이 나는 융커, 그 두 사람이
서 해 주는 구강봉사는 너무나도 최고였다. 좀처럼 식사할 수가

없어서 곤란할 지경이었다.

아니, 곤란하기는커녕 최고였지만 말이다.

어쨌거나 밤에는 경계도 강화되기에, 괜히 요새 안을 돌아다니지는 않는 게 좋을 듯했다.

내가 어슬렁거리고 있으면 걸리적거린다나 어쨌다나. 그런 말을 들은 참이었기에 역시나 바깥으로 나가기는 좀 그랬다.

할 일이 일찌감치 없어졌기에 이제 그만 자기로 했다. 내 개인실에 있는 침대는 널찍했지만 그래도 다섯 명이 나란히 누울 수는 없었다.

뭐, 딱히 문제는 없었다. 그냥 잠만 자는 게 아니니까 말이다.

하얀 리본, 땋은 머리 애, 융커, 그리고 신입 희병.

물론 한 명씩 침대로 불러 품에 안고, 때로는 셋이서 바닥을 나뒹굴거나, 엘프 네 사람에게 한없이 박아 댔다.

"융커 씨, 입에다 한 번, 안에다 세 번 했네요. 전 아직 안에다 두 번밖에 못 했는데……."

"아무래도 편애하는 것 같단 말이죠. 제가 신입이라서 만만해 보이는 걸까요. 전 이제 입으로 두 번밖에 못 했는데 말이에요……."

"전 보쌈 말고는 어찌 되든 상관없지만…… 그래도 얼굴에 딱 한 번 사정받은 걸로는 살짝 납득이 안 간단 말이죠……."

"따, 딱히 제가 편애받는 건 아니에요……. 아웃, 으으응……!"

나는 옥신각신하는 네 사람을 바라보면서 여전히 단단하게 우뚝 서 있는 내 물건을 융커의 입에다 박아 넣어 문지르기 시작했다.

"아아, 역시 융커는 입 안도 기분 좋단 말이지⋯⋯. 우옷⋯⋯!"

융커가 입으로 살짝 물기만 했을 뿐인데, 나는 또다시 그녀의 입 안에다 사정하고 말았다.

이번에는 입으로 두 번째⋯⋯! 나머지 세 사람이 그런 소리를 하면서 떠들어 대기 시작했다.

그런 모습들이 남자로서는 기쁜 것처럼 느껴지기도 했지만, 또 한편으로는 쓰레기 같은 인간으로서 갈 때까지 간 것 같다는 느낌이 들기도 했다!

될 수 있으면 누구 한 사람을 편애하지 않도록 주의하면서 나머지 세 사람하고도 잔뜩 했다. 어느새 날이 밝아오고 있었다.

오늘 밤을 기준으로 방에 있는 여자애들의 난이도는 1 아니면 2를 나타내고 있었다.

단 한 사람도 0으로 떨어지지 않은 게 신경 쓰이긴 했지만──어쩌면 이게 한계일지도 모르겠다는 생각이 들었다.

다음날에도 똑같은 상황이 이어졌다.

아침에는 하얀 리본의 펠라티오를 받으며 잠에서 깨어나──사정하기 직전에 입에서 내 물건을 빼내 융커에게 삽입했다. 그러고는 몇 번 정도 문지른 뒤, 그녀의 가장 안쪽에서 오늘 아침

첫 번째의 진한 사정을 했다.

"아, 아니. 그러니까 왜 제 안에다…… 아아아……."

융커는 그렇게 말하며 어이없어했다. 그녀의 난이도는 이미 1 밖에 표시되지 않는 상태였다.

아침 식사를 들면서 땋은 머리 애랑 신입 희병 두 사람에게 펠라티오를 받으며, 식사를 마친 뒤에는 일단 융커와 하얀 리본에게 각각 한 발씩 질내 사정해 주었다.

아아, 아침 댓바람부터 성욕이 넘치고 있었다……. 이게 다 엘프가 너무 야한 탓이었다.

어쨌거나 이대로 계속 방 안에 있어 봤자 앞으로 나아갈 수는 없었기에 나는 네 사람을 남기고 바깥으로 나갔다.

"후와아아아아…… 졸리네."

아무리 몇 번이고 섹스할 수 있는 몸으로 단련해 왔다고는 하나, 지칠 땐 지치는 법이다.

여자애 앞에 있을 때는 성욕이 내 몸을 조종하는 건지 쌩쌩했지만 말이다.

"어라? 엘프가 하나도 안 보이잖아."

이른 아침이라서 그런 건 아닐 테지. 깜박 잊어버릴 뻔 했지만 이곳은 요새 안이다.

연병장 쪽으로 한번 가볼까…….

"응? 저건……."

말 한 마리가 말발굽 소리를 울리며 정면에서 달려왔다.

너무 속도가 빨라서 그 말에 올라탄 엘프가 누구인지는 잘 보이지 않았지만, 어쨌든 놀라울 정도로 귀여웠다.

"웃차!"

"꺄아악?!"

서로 엇갈려 지나가려 할 때 난 그 엘프의 뒤쪽에 올라탔다.

"그, 그대는 지금 뭘 하는 것이냐?! 죽으려고 환장했는가?!"

"……아, 누군가 했더니 라크시알이었군."

그러니 귀여울 수밖에.

"그게 말이지. 죽고자 마음먹은 사람은 뭐든 할 수 있거든. 귀여운 엘프가 다가오니까 막 품에 안고 싶어져서 나도 모르게 그만 올라탔지 뭐야."

"그대는 정말이지 어이가 없구나! 몸도 비리비리한 주제에!"

"그래서, 지금 어디에 가는 거지?"

"그대를 요새 바깥으로 내보내긴 싫지만…… 에잇, 시간이 없구나! 날 방해하지는 말거라!"

라크시알이 말의 속도를 더욱 높이더니 그대로 요새 밖을 향해 쏜살같이 달려 나갔다.

요새 외벽을 지키고 있던 엘프들이 그걸 알아차리고 깜짝 놀라 무어라 소리쳤지만, 라크시알은 아랑곳하지 않았다.

"……그러는 너야말로 혼자 밖으로 나가도 괜찮은 거냐?"

"나는 그 어떤 희병들보다도 실력이 뛰어나다! 겉모습이 어리다고 해서 바보 취급하지 말란 말이야!"

확실히 라크시알의 활솜씨는 신의 경지에 다다른 데다, 말을 다루는 기술도 뛰어난 듯했다.

라크시알은 말을 몰며 나무들이 우거진 숲 한복판을 경쾌하게 달려 나갔다.

"앗, 이놈! 감히 어딜 만지는 거냐?!"

"아니, 그게 말이지. 엄청 흔들리고 있으니까 꽉 붙잡아야 하지 않겠어?"

라크시알의 허리는 너무나도 가늘어서 손으로 붙잡는 게 영 내키지 않단 말이지.

그래도 딱 적당한 위치에 손으로 붙잡기 좋은 두 개의 커다란 덩어리가 있어서 다행이었다.

"큭…… 말에서 떨어져도 절대 안 도와줄 것이야!"

아무래도 정말 급한 모양이었다. 라크시알은 자신의 가슴을 붙잡고 있는 내 손을 뿌리칠 생각조차 하지 않았다.

라크시알과 나를 태운 말은 숲 한복판을 단숨에 빠져나가——.

"찾았다! 이 괘씸한 놈들! 내 시야에서 달아날 수 있을 거라 생각했더냐!"

숲에 난 나무들 너머로 몇 개의 실루엣이 움직이고 있는 모습이 내 눈에도 들어왔다.

로브를 입은, 너무나도 수상쩍은 놈들이었다——.

내가 알아차림과 동시에 놈들이 활을 겨누었다. 그 직후, 대기를 예리하게 가르는 듯한 소리가 울려 퍼지며 화살이 비처럼 쏟아져 내렸다.

온통 나무로 가득한 이 숲에서 참으로 절묘한 솜씨가 아닐 수 없었다!

자세히 보니, 놈들은 활이 아닌 석궁을 쓰고 있었다. 석궁은 활보다 목표물을 겨냥하기 쉽고, 위력 또한 높은 강력한 무기다.

"하핫, 어리석은 것들! 이 숲에서 엘프에게 화살을 날리다니! 저런 허술한 무기로 이 몸을 쓰러뜨릴 수 있을 거라 생각했더냐!"

대담한 미소를 짓는 라크시알 앞으로 화살들이 날아왔다. 그때였다. 화살의 궤적이 갑자기 꺾이면서 화살들이 옆으로 비껴나갔다.

"우리 엘프는 숲을 관리하는 바람의 정령들과 계약을 맺었지. 원거리 무기는 우리에게 먹히지 않는다!"

"오, 그렇군……."

나는 뺨에 묻은 피를 닦아 내면서 쓴웃음을 지었다.

방금 화살이 살짝 스치고 지나갔던 것이다. 아무래도 그 바람의 정령이라는 존재는 엘프는 지켜 줘도, 나는 그 대상에 포함되지 않은 것 같았다.

"아무리 쏴 봤자 소용없거늘…… 에잇, 귀찮구나!"

"우웃?! 이, 이봐!"

그렇게 외친 라크시알이 갑자기 말고삐를 손에서 놓고는 말안장을 박차듯이 도약했다. 나는 허둥지둥 말고삐를 손으로 붙잡았다.

나 원, 승마는 썩 좋아하지 않는데 말이지!

"똑똑히 보도록 해라. 화살은 이렇게 쏘는 것이다!"

라크시알은 드높이 도약한 채 공중에서 차례차례 활을 겨누고 화살을 쏘았다.

오오, 왠지 필요 이상으로 화려한 자세를 취하며 화살을 쏘는 것 같은데!

"뭐, 뭐냐, 저건?!"

"저게 진짜 엘프라고?! 활을 다루는 신종 야생원숭이가 아니고?!"

그 수상한 놈들은 그런 소릴 마구 떠들어 대는데——.

뭐, 몇 번이고 나무줄기를 박차고 도약하여 공중에서 화살을 마구 쏘아 대는 라크시알의 모습을 보면, 그런 생각이 드는 것도 무리는 아닐 테지.

"끄아아악!"

그 무례한 언행에 화가 난 모양인지 얼굴에 분노의 표정을 드리운 라크시알이 쉴 새 없이 화살을 쏘아 대며, 훌륭한 솜씨로 그 수상한 놈들의 목과 미간을 차례차례 꿰뚫어 나갔다.

놈들이 쏜 화살은 라크시알을 스치지도 못했고, 엘프의 마의 공주가 쏜 화살은 순식간에 스무 명 이상을 죽이더니——.

"흥, 마스디니아의 정찰병들인가."

"마스디니아……?"

나는 말에서 내려 라크시알이 있는 쪽으로 다가갔다.

라크시알은 땅바닥에 착지하여 마지막으로 살아남은 한 사람 앞에 섰다. 언제라도 화살을 쏠 수 있게끔 여전히 활을 겨눈 채로 말이다.

"여행자 차림을 하고 있지만 틀림없다. 화살을 쏘는 방식, 체술, 그 모든 것들이 마스디니아의 방식이었다. 최대한 그런 티를 내지 않도록 애쓰긴 했다만, 그런다고 내 눈을 속일 수는 없지!"

살아남은 한 사람—— 30대 정도의 남자는 입을 꾹 다문 채 부정조차 하지 않았다.

나는 조금도 분간할 수 없었지만, 아무래도 라크시알의 추측은 적중한 모양이다.

"하지만 여긴 마스디니아 국경하고 꽤 먼데? 대체 이 녀석들은 어디로 들어온 걸까?"

"물론, 아티나 쪽에서 들어왔겠지. 마스디니아 병사들 중 상당수가 아티나에도 잠입한 상태니까 말이다. 우리 엘프군은 마스디니아와의 국경에 상당수가 배치되어 있으니, 경계가 허술한 아티나 쪽에서 침입해 들어오는 건 그리 이상한 일도 아니지."

"흐음…… 아티나도 취급이 영 안 좋네."

뭐, 난 아티나 국민도 아니지만.

설마 마스디니아 병사들이 아티나 영토를 경유하여 엘프 숲으로 침입하고 있었을 줄이야.

딱히 신기한 일도 아니긴 했지만, 아무래도 아티나는 안중에도 없는 모양이다.

"천희가 얌전히 있기는 하지만, 마스디니아는 언제나 계속 움직이고 있다. 잠자코 기다리고만 있으면 우리가 멸망당하리라는 건 불 보듯 뻔한 일……!"

얼핏 모자란 것처럼 보이는 라크시알이긴 하지만 멸망을 피하고자 필사적이로군.

나에게 내린 그 말도 안 되는 시련 또한 대충 생각해 낸 게 아니라는 건 틀림없을 테지.

하지만 이렇게까지 마스디니아에 대비하고자 필사적이라면, 라크시알 자신을 공략하는 건 어려울지도 모르겠군.

라크시알의 난이도는——.

"으응?"

뭐지? 라크시알의 공략 난이도와 진행도 수치에 안개 같은 무언가가 껴 있어서 알아보기가 대단히 힘들잖아.

이건—— 설마!

"이런! 라크시알, 조심해!"

"뭐? 겨우 살아남은 이놈이 이제 와서 무얼 꾸미든, 이 몸을
——."

"그게 아니야!"

라크시알에게 어떤 위협이 닥쳐오고 있다.

수치에 이러한 이상 사태가 발생했을 때는 반드시 공략 대상 본인의 목숨이 위협을 받곤 했었다.

그 남자가 라크시알을 노리는 게 아니었다. 이미 전의를 상실한데다 조금이라도 수상한 행동을 보이면 라크시알의 화살이 그 몸을 꿰뚫어 버릴 테니까 말이다.

"…………읏!"

외법으로 몇 가지 수치가 표시된 시야 내부에, 어떤 위화감이
──.

"라크시알!"

"뭣?!"

나는 곧바로 라크시알의 등으로 뛰어들었다.

그리고 그와 동시에, 마치 땅에서 솟아난 것처럼 어떤 실루엣
이 갑자기 모습을 드러냈다.

은색 섬광이 번쩍이더니, 칼날이 내 왼팔에 팍 하고 박혔다.

"칫……!"

한 여자가 내 눈앞에 나타나더니 분하다는 듯이 혀를 찼다.

마스디니아 정찰병들과 똑같은 차림으로, 손에는 단검을 쥐
고 있었다.

여자가 망토를 머리부터 뒤집어썼다. 그러자 그 모습이 홀연
히 사라진 것처럼 보이지 않게 되었다.

"네 이놈!"

라크시알이 분노를 숨기지 않은 채 화살을 쏘았다. 그 화살은
아무것도 없는 공간에 팍 하고 박히더니, 시뻘건 피보라가 일어
났다.

하지만── 발소리가 멀어져 가더니, 이내 더 이상 들리지 않
게 되었다.

"칫, 도망치는 움직임이 보통이 아니야……. 저 여자는 상당
한 훈련을 받은 것 같구나."

"……모습을 감추는 마법 망토인가? 신기한 걸 가지고 있네."

"내 눈으로도 간파하지 못할 줄이야. 상당히 강력한 마법이 걸려 있는 모양이다. 마음에 걸려."

"뭐…… 그래도 여자라서 다행이었어. 남자였다면 알아차리지 못했을 테니까 말이지."

외법의 시야 내에 라크시알 이외의 공략 난이도 수치가 희미하게 표시되어 있었기에 내가 그 여자를 방해할 수 있었던 것이다.

"아야야, 아파라……. 그리고 보니 여자애한테 실제로 칼에 찔린 건 이번이 처음이네."

"……그건 뜻밖이구나. 앗, 이봐!"

머리가 휘청거리더니, 나는 자기도 모르게 그만 그 자리에 주저앉고 말았다. 그리고 그런 나를 향해 라크시알이 달려왔다.

참고로 혼자 살아남았던 그 남자는 화살을 맞고 쓰러져 있다.

아마도 여자의 기습과 동시에 라크시알을 습격하려다가 도리어 반격을 받았던 걸 테지.

"나 참, 약해 빠진 주제에 이런 터무니없는 짓을! 걱정 말거라. 엘프의 약초를 쓰면 그 정도 상처쯤은 곧바로──."

"어라……?"

이상하게도 라크시알의 목소리가 귀에 잘 들어오지 않았다.

게다가 입에서는 말조차 제대로 나오질 않았다. 온몸이 마비되는 것 같은 느낌이……

"도, 독…… 이군……."

"칫…… 칼에 독을 묻혔단 말인가!"

라크시알이 어딘가에서 풀 한 묶음을 꺼내들었다.

"걱정 말거라. 해독제도 있다! 자, 이걸 삼켜라! 그대가 여기서 죽으면 아직 곤란하단 말이다!"

"…………윽, 끄윽……."

"으으, 이제 삼킬 힘조차 없는 건가…… 아주 고약한 독을 쓴 모양이로구나!"

뭐, 그 고약한 독이 라크시알의 몸에 퍼지지 않아서 다행이긴 하지만 말이다.

"……큭, 어쩔 수 없지……! 잘 들어라. 이건 어디까지나 그대의 목숨을 구하기 위해서지, 결코 다른 뜻은 없다!"

"…………?"

라크시알은 해독 효과가 있어 보이는 풀을 자기 입에다 던져넣어 우물우물 씹더니.

"으읍……!"

내 뺨을 양손으로 붙잡고 갑자기 입술을 겹쳤다.

그대로 라크시알의 입에서 내 입 안으로 산뜻한 향기가 나는 풀이 들어왔다.

"조, 조금만 더하면 되겠구나…… 으읍."

또다시 라크시알이 입술을 꾹 겹치더니 풀을 넣어 주었다.

"……오오, 이거 굉장한데? 마비가 벌써 풀리다니……."

"다, 당연하지! 엘프 해독제는 인간의 거리에서 파는 것과는 차원이 다르니까 말이다!"

라크시알이 얼굴을 새빨갛게 물들였다.

인명구조라고는 해도 입맞춤을———— 저 모습을 보아하니 틀림없이 이번이 처음인 걸 테지.

"……라, 라크시알 님께서…… 버, 벌써 손을 대시다니?!"

"뭣?!"

라크시알이 뒤돌아보자, 거기에는 엘프 희병의 모습이 둘 있었다.

아무래도 라크시알이 걱정되어 뒤쫓아 온 모양이다.

"아, 아냐! 이, 이건 어디까지나 인명구조다! 키스라든지 그런 게 아니야. 아니라고!"

"…………."

라크시알이 허둥지둥 변명하기 시작했다.

으음, 내 몸이 독 때문에 마비되었던 건 사실이지만, 해독제를 삼키지 못했던 건 어디까지나 연기였다.

설마 입으로 먹여 줄 거라고는 생각지도 못했다.

으음, 라크시알의 입술은 엄청 부드러웠단 말이지.

이 엘프의 마의공주 또한 무슨 수를 써서라도 내 품에 안고 싶다는 충동이 마구 치솟았다!

뭐, 처음부터 실컷 안을 생각이었지만!

"……마침 잘 됐어. 저 엘프 희병들하고는 아직 못 해 봤거든."

"으응?!"

자리에서 일어선 나에게 라크시알이 이상하다는 듯이 쳐다보았다.

"잠깐 기다리거라. 좀 더 자리에 누워 있도록! 아무리 해독제를 먹었다 해도 그렇지…… 팔에 난 상처에서는 아직도 피가 계속 나오고 있잖느냐!"

"괜찮아. 나한테는 귀여운 여자애랑 하는 섹스가 최고의 특효약이거든."

물론 거짓말이지만. 어쨌든 지금은 이 흥분감을 진정시키는 게 최우선이었다.

"이, 이 남자는 진짜……. 조금은 다시 봤다만, 여전히 알다가도 모르겠구나……. 에잇, 내 앞에서는 하지 말도록!"

어이없어하는 건지, 아니면 화를 내는 건지 원.

그렇게 외친 라크시알은 말 위에 올라타 재빨리 자리를 떠났다. 남은 건 두 엘프와 나뿐.

뭐, 정찰대는 이미 다 쓰러뜨렸고, 방금 놓친 여자도 당분간은 나타나지 않을 테지.

"그럼…… 한번 해 볼까."

"…………읏!"

엘프 두 사람이 동시에 경계했다. 물론 난 진심으로 할 거지만, 그래서 뭐 문제라도?

평소의 나답지 않게 전투 같은 데 참가하고 말았다.

그러니 이번에는 나답게 행동해야 한다. 여자애들을 품에 안지 않으면 좀이 쑤시니까 말이다.

다만——.

이곳에서 일어난 소란을 거치면서 라크시알의 진행도와 난이도 모두 큰 진전을 보였다.

지금은 그저 키스만 했을 뿐이지만, 언젠가 라크시알을 내 품에 안는 것도 더 이상 꿈은 아닐 테지.

일단, 이 자리에서 두 엘프 희병의 처녀를 접수했다.

두 사람 모두 귀여운데다 몸도 야했던지라 실컷 즐길 수 있었다. 나는 각자에게 두 발씩 사정했다.

그러고 나서 그 둘이 몰고 온 밀 위에 올라타 곧바로 요새로 돌아왔다. 아아, 바쁘구만.

엘프 약초는 효능이 엄청 우수한 모양이었다. 상처는 순식간에 아물었고, 독에 의한 후유증도 딱히 발생하지 않았다.

"그럼, 다음으로 넘어가 봐야겠군."

엘프 희병 둘에게 이곳으로 데려다 준 데 대한 감사를 표하고 나서, 나는 곧바로 요새 안을 어슬렁거리기 시작했다.

일단은 어제 포기했던, 감시 망루에서 벌이는 섹스에 도전해 보기로 했다.

좁은 망루 안에서 마성환혹을 걸어 엘프를 뒤에서 박아 넣고, 그 처녀를 접수했다. 그런 와중에도 그 엘프는 계속해서 망을 보았다.

"아으응, 웃…… 아파…… 이, 이런 거…… 아앙, 다들 쳐다보고 있을 텐데…… 앗, 아앙, 안 돼앳……!"

처녀 상실로 인해 생긴 피를 망루 바닥에 흘리면서 나에게 안

겨 있는 엘프는 너무나도 야했다. 잔뜩 흥분한 나는 그 질 안에
다 세 번이나 사정하고 말았다.

너무나도 자극적이었던 모양인지, 망을 보던 엘프의 난이도
는 불과 그 세 번만으로 1 아니면 2만 표시될 뿐이었다.

이제 와서 새삼 느끼는 거지만, 어찌된 게 희병대는 다들 공략
하기 쉬운 애들밖에 없네…….

"앗, 아앙…… 네키스 님……!"

망루를 내려갔더니 그곳에 융커가 있었다. 물론 섹스를 나누
었다.

아마도 얘는 날 쫓아온 걸 테지.

"웃, 아앙, 아웃, 아앙, 괴, 굉장해…… 아웃, 아아아앙!"

입에다 한 번, 안에다 한 번, 게다가 후배위 자세로 세 번 했을
때에는 이때까지와는 달리 질 밖에다 희멀건 액체를 뿌렸다.

살짝 커다란 융커의 엉덩이에 정액이 듬뿍 묻은 광경 또한 무
척이나 야했다.

사실, 이미 수치가 1로 내려간 융커는 놔두고 다른 엘프를 공
략하는 게 맞을 텐데 말이다.

"하지만 뭐, 좋아하는 애를 좋아할 때 품에 안는 것이야말로
쓰레기 같은 인간, 시드 네키스란 말씀! 사명이 있건 말건, 좋아
하는 애는 소중하게 대해야 하는 법이고말고!"

"왜 갑자기 그런 멋있는 말씀을 하시는 거죠?!"

융커가 깜짝 놀랐다. 나도 가끔은 폼을 잡고 싶어질 때도 있
거든.

뭐, 남들이 봤을 때 그게 정말 멋있는지는 커다란 의문이지만.

"그렇게 됐으니까, 융커. 한 번만 더 하자! 아아, 역시 안았을 때의 이 느낌이 끝내준다니까!"

"앗, 아아앙, 너무 그렇게 세게 안으시면…… 아아아아아앙!"

나는 그런 식으로 쓰레기답게, 내 마음에 든 애한테 또다시 잔뜩 질내 사정했다.

그 뒤에도 내 진격은 이어졌다.

희병들이 머무르고 있는 건물을 발견하여 그곳으로 향했다. 엘프 세 사람이 한창 점심 식사 준비를 하던 참이었다.

그 검은색 옷 위에 나풀거리는 에이프런을 입은 엘프들의 그 모습이 신선하고 무척이나 귀여웠다.

나는 스프를 만들고 있는 엘프 쪽으로 갔다. 그러고는 그녀가 입은 에이프런 옆으로 손을 집어넣어 가슴을 주무르고, 팬티를 밑으로 벗긴 뒤에 뒤에서 처녀를 접수했다.

"아아앙, 안 돼요……. 저, 점심 식사 시간 전까지는 만들어야 하는데……! 아아앙!"

이쯤 되니 요리 만드는 여자 애를 뒤에서 박는 게 너무 즐거워서 참을 수 없었다.

나는 잔뜩 흥분하여 엘프 세 사람을 품에 안은 채 각자 두 발씩 질내 사정했다.

──아무튼, 이런 식으로 내 마음대로 실컷 했다.

내 정액은 고갈이라는 단어를 잊어버린 것처럼, 엘프들의 입이나 음부 가장 안쪽으로 쏟아져 들어갔다.

　──그렇게 시간은 순식간에 흘러갔다.

　셋째 날에는 마흔여덟 명의 엘프 희병 전원의 처녀를 기꺼이 빼앗── 아니, 접수했다.

　방으로 데려 오고 싶을 만큼 내 마음에 든 애들도 이제 여덟 명으로 늘어났다. 이미 내 개인실만으로는 얘네들을 모두 수용할 수 없는 지경에 이르렀기에, 벽을 허물어 방 두 개를 하나로 만들었다.

　다른 마흔 명의 엘프들 또한──.

　"오, 오늘은 임무가 없어서…… 제가 굴복 따윈 하지 않았다는 걸 확실하게 가르쳐 드리겠어요!"

　그런 소릴 하면서 내 방을 찾아오게 되었다.

　엘프들 모두 솔직하지 못하단 말이지. 하지만 그런 점이 귀여웠다.

　잔뜩 독설만 내뱉는 주제에 어떻게든 나한테 안기고자 필사적인 그 모습이 야했다.

　그나저나, 엘프들을 이렇게 내 마음대로 다뤄도 되는 걸까.

　문란하다는 표현만으로는 부족한, 요새 안에서 희병대와 함께 지내는 시간이 흘러갔다.

　하얀 리본과 땋은 머리 애, 그리고 신입 희병의 난이도가 1로 떨어진 걸 계기로, 다른 엘프들도 차례차례 1로 떨어져──.

이미 마흔여덟 명 전원의 난이도가 1로 내려간 상태였다.

"하지만 라크시알이 저번에 말했던 그 '변화'라는 게 전혀 안 보인단 말이지……."

"그, 그런 건 신경 안 쓰셔도 되니까…… 뽀뽀해 주세요. 뽀뽀……."

그리고 일곱째 날 아침──.

하얀 리본의 펠라티오로 눈을 뜬 나는 내 물건을 그녀의 입에 살짝 물도록 한 뒤, 평소 때처럼 융커랑 즐기던 참이었다.

오늘 아침의 체위는 대면좌위. 침대 위에서 융커와 마주 안은 나는 그 포동포동하고 훌륭한 살집을 맛보면서 질 안에다 내 물건을 마구마구 박아 넣었다. 그러는 동안에도 우리는 서로 상대방의 입술을 탐했다.

"아니, 신경이 안 쓰일 수가 없는데 말이지……."

이제 엘프들은 오로지 나만을 갈구했다. 나에게 사랑받는 것만을 생각했다.

왠지 나도 중간부터 목적을 잃은 것 같다는 느낌이 들었지만, 벌써 일곱째 날이 다가왔다.

난이도가 완전히 1로 내려간 융커조차 아직 0으로 떨어지지 않은데다, 라크시알이 얘기했던 그 변화란 것도 일어나지 않았다.

이쯤 되니 그 '변화'란 게 구체적으로 뭘 말하는 건지 라크시알에게 물어보고 싶은데──.

그 정찰대를 쓰러뜨린 날 이후로 라크시알의 모습은 단 한 번도 보지 못했다.

마의공주의 얼굴을 못 본 사람은 나뿐만이 아니었다. 융커나 다른 엘프들도 마찬가지였다.

그 녀석은 대체 어디로 간 거지? 대체 뭘 꾸미고 있는 거야?

그런 생각을 하면서—— 나는 융커에게 두 발, 신입 희병에게 한 발 질내 사정한 뒤에.

나는 섹스해 달라고 조르는 다른 여섯 명을 달래고 바깥으로 나갔다.

"이봐, 라크시알! 지금 보고 있는 거 맞지! 대체 이게 어떻게 된 거야! 엘프들을 굴복시키면 정말 무언가가 일어나는 거 맞아?!"

——아침 시각, 내가 허공에 대고 그렇게 외치자.

"당연하지! 언제든—— 아니, 줄곧 보고 있었느니라!"

위로 올려다보자, 감시 망루에—— 금발 엘프의 모습이 있었다.

라크시알이 도약하더니 그대로 낙하하여 내 앞에 착지했다.

그건 그렇고, 이 녀석은 높은 걸 참 좋아한단 말이지. 위에서 떨어져 내려오는 것도 엄청 좋아하고 말이야.

"……가, 가가가가가가가가가가가!"

"가?"

대체 뭔 소릴 하고 있는 걸까?

"가, 가만히 지켜보고만 있었더니 정말로 정말로 정마————알로, 자기 하고 싶은 대로 다 하더구나! 내 희병이 완전히 그대 전용 애인 군단이 돼 버렸잖느냐!"

"아니, 애초에 네가 그렇게 하라고 했었잖아."

"그렇구나! 내가 잘못한 거였어!"

역시 얘도 살짝 모자란 녀석이란 말이지…….

"아아아아아아, 이 일을 어떻게 해야…….."

"…………."

으음, 어쩌면 이건.

라크시알이 입고 있는 흰색 미니스커트. 그 안에서 날씬하게 뻗어 나온 다리가 어째선지 떨리고 있었다.

"아, 맞다. 넌 남들이 하는 걸 엿보면서 즐기는 쪽이었지 참. 어디서 엿보고 있었는지는 모르겠지만, 나랑 엘프 희병들이 그걸 하는 모습을 실컷 봤을 테니, 이젠 슬슬 한계려나?"

"그, 그그그그, 그렇지 않다! 나랑 희병들은 서로 보이지 않는 유대감으로 이어져 있다. 그래서 모두의 쾌감마저 전해져 오는지라 무척이나 곤란하기 때문에 그대 앞에 나서지 못했다든가, 그런 일은 일절 없었단 말이다!"

이 녀석은 하나부터 열까지 자기가 알아서 설명을 다 해 주네.

뭐, 라크시알과 희병들의 마음이 서로 이어져 있다는 것 정도는 나도 이미 충분히 알고 있었지만 말이다.

"그, 그리고……."

라크시알은 몸을 옴질거리면서 자신의 입술을 손가락으로 어루만졌다.

"그, 그게…… 그냥 죽어 버렸다면 살짝 곤란하기만 했을 뿐이거늘…… 으으으, 어, 어째서 잊을 수가 없는 거지……!"

"…………."

아무래도 그날 입으로 먹여 준── 키스가 라크시알에게는 충격적인 기억으로 남은 모양이었다.

물론 나도 잊지 않았다. 다른 엘프들과는 몇 번이고 키스를 했지만 역시 라크시알과 했던 키스는 각별했다.

"그럼, 입으로 먹여주는 식으로 말고 이번엔 한번 제대로 해 볼까?"

"뭐?! 자, 잠깐…… 으으읍!"

나는 거침없이 라크시알에게 다가가 그 자그마한 몸을 살짝 끌어안고서 입을 맞추었다.

으음, 역시 이 신기하다 싶을 만큼 부드러운 감촉이 끝내준단 말이지.

"……웃, 후앙! 느, 느닷없이 이게 무슨 짓이냐……!"

"너도 얼마 전에 나한테 느닷없이 키스했었잖아."

"그, 그건 입으로 해독제를 먹여 준 거다! 단지 그대를 구해 주고자 했을 뿐이다!"

"알아. 그래서 그때 답례도 할 겸해서 키스해 준 거야."

"이, 이건 그냥 그대가 하고 싶어서 했을 뿐이잖아!"

이 엘프의 마의공주는 의외로 예리한 구석이 있단 말이지. 내 욕망을 훤히 꿰뚫어 보고 있잖아……!

"이, 이제 됐다……. 어차피 오늘 하루를 꼬박 들여 봤자 모두를 굴복시키기란 불가능할 터! 그렇다면, 그렇다면…… 죽어라!"

"뭐라고……?!"

라크시알이 손에 쥐고 있던 활로 나를 겨누었다.

이 녀석은 진심이었다. 진심으로 나를—— 쏘아 죽이려 하고 있다!

방금 전에 했던 그 키스로 진행도와 난이도 모두 단숨에 진전을 보였는데—— 어째서 이런 일이?!

"그대가 있으면 난 머리가 혼란스러워진다! 천희든 알리샤 공주든, 이제 어찌 되든 상관없다! 그대만 없어진다면—— 나는 더 이상 바랄 게 없다!"

"농담하——."

아니, 그건 얘기가 다르잖아!

"미안하구나! 내가 제멋대로 굴고 있다는 것쯤은 안다—— 허나, 여기서 죽어다오, 시드 공!"

"아니, 그러니까 잠——."

라크시알이 내 코앞에서 화살을 쏘고——.

그 순간, 진안에 새로운 수치가 표시되었다.

"하압!"

키잉, 하고 맑은 소리가 울려 퍼지더니, 내쏘아진 화살이 빙글빙글 회전하면서 허공을 춤추었다.

팔을 뻗으면 닿을 만큼 가까운 거리에서 내쏘아진 화살이, 내 이마에 박히기 직전에 누군가의 검에 의해 저지되었다.

"후우, 이거야 원. 대체 뭐 하는 건데, 당신은."

"⋯⋯⋯⋯루?!"

어, 어째서 여기에 술집 종업원이 있는 거지?

그 모습은 술집 종업원 복장 그대로였다.

하지만 대검 한 자루—— 흉흉한 요기를 두르고 있는 시커먼 검을 쥐고 있었다.

"그, 그대는 대체 누구냐?! 인간⋯⋯ 인가? 어째서 나한테 들키지 않고서 여기까지 올 수 있었던 거지⋯⋯?!"

"엘프의 마의공주, 당신의 눈으로도 볼 수 없는 게 있거든."

루는 장난스럽게 윙크를 하더니.

"사실 난 좀 더 나중에 나설 예정이었지만, 재미있는 일을 벌이니까 나도 모르게 그만 같이 끼고 싶다는 생각이 들었지 뭐야. 그래서 이렇게 나온 거지."

"이, 이봐, 루⋯⋯."

"왜 그래, 시드. 그렇게 놀랄 것까진 없잖아? 나랑 당신 사이인데 말이야."

"도, 돈은 없어! 설마, 추가로 달아 두었던 외상을 들킨 건가?!"

"외상값 받으려고 이런 데까진 안 와! 내가 평소에 장사를 얼마나 열심히 했길래 이러는 거람?!"

어라, 그것 때문은 아닌 모양이다.

"아아, 당신이랑 얘기하고 있으면 내가 다 정신 사납거든. 얼른 처리해 볼까?"

"뭐, 뭐냐?! 그대는 대체⋯⋯?!"

루의 눈이 갑자기 붉은색 빛을 띠더니——.

그녀가 대검을 한 번 휘두르자, 내 시야가 새하얗게 물들었다.

이, 이게 어떻게 된 거야?!

이건 마법—— 아니, 뭔가 다른데?!

내 시야와 주변이 완전히 새하얗게 물들고—— 그 눈부심에 반사적으로 눈을 감고 말았다.

이번엔 대체 뭐가 일어난 거지——.

정신을 차리고 보니——.

온 사방이 새하얀 벽으로 둘러싸여 있고 바닥도 새하얀, 이상한 방이 눈에 들어왔다.

면적은 리샤의 방과 비슷한 정도로, 제법 널찍했다.

하지만 이곳에는 아무것도 없었다. 놀라울 만큼 아무것도 없었다.

"여긴 뭐지? 우리, 방금 전까지만 해도 분명 요새 안에 있었던 거 맞지?"

"……그건 오히려 그대가 더 잘 아는 것 아닌가?"

내 앞에 라크시알이 앉아 있었다.

왜 앉아 있는 건지는 모르겠지만, 나를 노려보고 있는 게 신경 쓰였다.

"그 여자는 그대의 지인 맞지? 대체 정체가 무엇이냐?"

"술집 종업원인데……. 그리고, 외상값을 철저하게 뜯어내지."

"그럴 리가 없잖느냐! 이건 결계란 말이다! 그것도 외부를 차단시켜 고유 공간을 만들어 낸 거지! 이런 강력한 결계는 엘프 대마법사도 펼칠 수 없느니라!"

"지금 무슨 얘길 하는 건지 모르겠네. 라크시알, 괜찮아?"

"그대는 마법을 몰라도 너무 모르는 것 같구나! 이래서 인간은!"

라크시알은 무척이나 흥분한 것 같았다.

잘은 모르겠지만, 루가 마법을 사용한 것 같았다. 그것도 상당히 고도의 마법을 말이다.

하긴, 평범한 마법사가 이런 수상한 공간을 만들어 내는 건 아무래도 힘들겠지……?

"내 눈으로도 결계 바깥을 볼 수가 없구나……. 이만한 결계는…… 설마…….."

"왜 그래, 루의 정체가 뭔지 알 것 같아?"

"아니, 하나도 모르겠구나! 그냥 한번 말해 봤을 뿐이다!"

"거 참 도움 안 되는 마의공주일세."

"그런 건 어찌 되든 상관없다. 오히려 이렇게 격리된 게 좋을 따름이구나! 그대에게 말하고 싶은 게 산더미처럼 있으니까 말이다!"

"나한테? 혹시 내가 무슨 짓이라도 했어?"

"지금 그걸 말이라고 하느냐!"

라크시알이 활시위를 팽팽하게 당긴 채 나에게 활을 겨누었다.

그거 진짜로 무서우니까 좀 그만 해 주면 안 될까?

"부, 분명 그대에게 시련을 내린 사람은 바로 나다. ……하, 하지만, 하지만 말이다! 하, 지, 만, 이, 다!"

"으응?"

"누가 그런 눈이 핑핑 돌 것 같은 농후한 관능의 세계를 일주일 동안 보여 달라고 했느냐! 그대는 대체 내 희병들을 어떻게 생각하는 거지?!"

"다들 야하고 귀엽더라고. 그래서 나도 모르게 그만 열과 성을 다해 귀여워해 주었지. 어차피 다들 싫어하는 기색도 없었고 말이야."

"그게 문제란 말이다……. 다들 뭐가 그렇게 좋다고 그대의 품에 안기려 드는 건지 원……."

"하지만 완전하게 굴복하지는 않았더라고. 그렇지 않아도 너한테 그거 물어보고 싶었는데, 나한테 굴복하게 되면 무슨 변화가 발생할 거라고 했던 거 혹시 거짓말이었어?"

"말도 안 되는 소리하지 말거라! 긍지 높은 엘프는 거짓말 따위는 하지 않는다!"

라크시알은 그렇게 말하고서 고개를 저었다.

"뭐, 인간 따윌 속여 봤자 양심의 가책을 느끼지는 않지만 말이다."

"그래서 거짓말이란 거야, 아니란 거야?!"

"이번에는 거짓말을 하지 않았다는 얘기니라! 솔직히 내가 봐도 다들 그대에게 완전히 굴복한 것처럼 보였는데…… 이게 대체 어떻게 된 노릇이지?"

"그건 내가 하고 싶은 말이라고. 그리고, 방금 전엔 그냥 아무 말 안 하고 넘어가긴 했는데, 그건 내가 보여준 게 아니잖아. 네가 멋대로 엿본 거지."

"내가 상상했던 것보다 30배는 더 농후한 광경을 연달아 보고 말았단 말이다! 불만을 표하고 싶은 건 이쪽이니라!"

"거 진짜 제멋대로네……."

뭐, 나야 실컷 즐겼으니까 불만 한두 마디쯤 듣는 거야 상관없지만.

"아, 그렇지. 아까부터 신경 쓰였던 건데, 왜 아까부터 계속 그렇게 앉아 있는 건데? 당장 무슨 일이 일어날지도 모르니까 바로바로 움직일 수 있도록 대비하는 게 좋지 않겠어?"

"그, 그건…… 그게…… 안 돼! 지금 일어섰다간……!"

"…………?"

나는 아무렇지 않게 라크시알의 손목을 붙잡고 그 몸을 일으켜 세워 주었다.

오오, 라크시알은 가볍구나. 몸이 이렇게나 작으니까 그것도 당연하다면 당연할 테지만.

"아, 아냐…… 이건 아냐!"

내가 일으켜 세워 주자, 라크시알은 귀까지 새빨갛게 물들인 채 고개를 붕붕 저었다.

무릎은 바닥에 꿇은 채 상체만 쭉 편 마의공주의 발밑―― 방금까지만 해도 흰색 스커트로 가려져 있던 그곳에 물웅덩이가 생겨나 있었다.

"이, 이건 오줌을 눈 게 아니다……. 그건 벌써 80년 전에 졸업했으니까 말이다!"

"80년 전이면, 서른여섯 살 때잖아?"

"에, 엘프로 서른여섯이면 인간의 열 살 정도이니라!"

열 살 먹은 인간도 그러지는 않을 거라 생각하는데 말이지…….

물론 이게 오줌이 아니라는 건 나도 알 수 있었다.

"그, 그게…… 그대의 얼굴을 봤더니, 더는 참을 수 없었단 말이다! 정신 바짝 차리고는 있었지만, 갑자기 이런 데로 오니까 깜짝 놀란 바람에 긴장이 풀어져서 그만!"

"자기 의지로 애액이 흘러나오지 못하게끔 할 수 있는 사람이, 과연 있기는 할까?"

"애, 애액……."

그건 명백하게 라크시알의 음부로부터 끈적끈쩍 흘러 떨어지고 있었다.

지금도 계속 흘러나오고 있고 말이다.

"어제까지 여섯째…… 오늘로 일곱째 날……! 그토록이나 찐하게 성교하는 모습을 보여주면 그 어떤 여자애라도 누구나 이렇게 될 것이니라!"

"……엘프는 번식기가 있는 거 아니었어?"

번식기가 있다는 말은, 다른 시기에는 발정하지 않는다는 거 아닌가?

지금이 번식기라는 얘기는 들은 적도 없고…….

"모, 모든 일에는 어느 정도란 게 있는 법이니라! 그대와 희병들의 성교가…… 그, 그…… 너무나 굉장한 바람에, 이렇게 되었을 뿐이다!"

그런가? 뭐, 생각해 보니까 희병들도 쉽사리 섹스를 받아들였고 말이지.

경우에 따라서는 시기에 상관없이 엘프도 발정한다는 건가.

"아아아…… 하지만 나는 보는 건 좋아해도, 남의 시선을 받는 건 싫구나……. 누구의 눈에 띨지 알 수 없는 요새에서 그대에게 다가갈 수도 없었…… 없었단 말이다!"

"……으음."

나는 몸을 구부려 라크시알의 얼굴을 지그시 들여다보았다.

"하지만 여기라면 그 누구의 눈길도 닿지 않지. 그렇다면──라크시알, 난 지금 너랑 하고 싶어."

"아, 아무렇지 않게 얘기하지 마라!"

너무 놀란 탓인지, 라크시알의 길쭉하고 뾰족한 귀가 움찔거렸다. 귀여워라.

"지금 든 생각이 아니라고. 널 만난 그때부터, 너랑 하고 싶었으니까 말이야."

"그, 그건 그대의 터무니없는 성욕 탓이잖느냐!"

"그건 그렇긴 하지만, 그래도 그게 다는 아니라고. 난 내가 좋아하는 여자애 말고는 하기 싫거든."

"마, 마흔여덟 명이나 되는 내 희병들과도 한 주제에, 무슨 낯

짝으로 좋아하니 마니를 따지는 것이냐!"

라크시알이 눈에 눈물을 머금었다.

그 커다란 눈에서는 지금 당장에라도 눈물이 흘러 떨어질 것만 같았고, 음부에서는 끈적한 애액이 계속해서 흘러나오고 있었다.

이젠 뭐랄까, 엉망진창이었다. ──그리고 나는 그런 라크시알이 사랑스러웠다.

"아, 아으으…… 계속 흘러나오는구나……. 보, 보지 마라……."

"하지만 눈을 떼면 너를 안을 수가 없잖아."

"아, 안는 건 벌써 기정사실이냐?!"

"그건 그렇고, 엘프 희병들과 엿새── 오늘까지 이레 동안 해 왔던 섹스가 너랑 할 때 전희 같은 게 되어 주지 않을까 싶은데."

"전희?!"

"아, 그런 식으로 말하면 희병들에게 실례가 되겠군."

융커나 다른 엘프들과 몸을 겹쳤던 그 시간 동안에 나는 틀림없이 진지하게 임했다. 그건 딱히 라크시알을 위해서 한 게 아니었다.

그건 그렇지만──.

"하지만 뭐, 할 준비가 끝난 건 틀림없잖아? 나도 너랑 하고 싶어서 더 이상은 못 참겠거든."

"그, 그건…… 그, 그게…… 난, 아직 그런 건……."

그런 식으로 라크시알이 애매하게 말끝을 흐리던 바로 그때였다.

"우옷?!"

새하얗던 사방의 벽이 갑자기—— 거울로 변했다.

거울과 마주 보고 있는 나와 라크시알의 모습이 비쳐졌다.

"루, 이 자식…… 뭘 꾸미고 있는 건지는 모르겠지만, 다 알고 이러는 것 같다는 느낌이 드는데 말이지."

"우, 우와아아아…… 이, 이건…… 설마, 우릴 보고 있다는 건가?! 나와 시드 공이…… 전부 다 비치고 있다는 건가?"

"아마 그렇겠지."

자신의 능력으로 엿보는 행위를 누구보다도 즐겨하는 라크시알이었지만, 정작 자신이 뭘 하고 있는지 만큼은 볼 수 없다.

하지만, 이거라면——.

이건 또 엄청나게 터무니없는 상황이긴 했지만, 라크시알한테는——.

"……키, 키스 정도라면."

"어?"

"키스 정도라면…… 허, 허락해 주마."

"…………."

거울이 나타난 이후로 라크시알의 흥분감이 높아진 것 같았다.

이 마의공주는 저번에 했던 입맞춤을 아직 잊지 못한 모양이다.

뭐, 이제 허락도 떨어졌겠다…….

"웃…… 으으읍, 응…… 웃, 으응…… 으응."

나는 곧바로 라크시알의 어깨를 끌어안고서 몇 번이나 키스했다.

"으읏, 으응…… 자, 잠깐…… 그렇게 몇 번이나 해도 된다고는…… 으읏."

나는 혀를 뻗어 라크시알의 입 안으로 집어넣고 끈적하게 휘저었다.

아, 역시 이 입술은 부드러운 데다 달콤한 맛이 난다니까……!

"핫, 하아아…… 읏, 으으읍…… 안 된다니깐…… 읏, 안돼……!"

그렇게 말하는 라크시알도 입술을 꾹 누른 채 내 혀를 빨기 시작했다.

"아, 아아아…… 또 계속 나오고 있잖아……. 아아앙, 이제더는 이걸 입고 있을 수도 없겠어!"

라크시알이 스커트 안으로 손을 집어넣더니 입고 있던 노란색 속옷을 아래로 스윽 내렸다.

바닥에 내던져진 그 팬티는 묵직하다는 느낌이 들 정도로 흠뻑 젖은 상태였다.

하긴, 그렇지 않아도 라크시알의 흥분도는 이미 한계까지 올라간 상태였는데, 이렇게나 농밀한 키스까지 더해졌으니 이제더 이상 참을 수 없었던 걸 테지.

나는 라크시알의 옷을 손으로 꾹 쥐었다.

"아, 안 돼…… 키, 키스만 할 거라 했잖느냐……!"

나 원, 여전히 고집이 센 엘프일세. 이미 옛날 옛적에 인내의

한계를 넘은 주제에 말이다.

나는 이에 아랑곳 않은 채 라크시알이 입고 있는 마의의 앞섶을 벌렸다. 그리고——.

그 자그마한 몸과는 어울리지 않는 두 개의 부드러운 과일이 출렁거리며 튀어나왔다.

"잠깐, 이봐……!"

"괜찮아. 키스만 할 거니까."

"으응…… 거, 거긴……!"

나는 라크시알의 유두에 고개를 대고 살짝 입술을 붙인 뒤, 소리를 내며 빨기 시작했다.

으음, 여기도 달콤한 게 맛있단 말이지……. 어째서 이런 맛이 나는 건지 모르겠네!

"앗, 하앗…… 그, 그런 곳에다 키스…… 하는 건, 허락하지 않았……!"

라크시알은 그렇게 말하면서도 몸을 뒤로 젖히며 황홀한 신음소리를 내질렀다.

"앗, 아앙, 아웃, 그렇게 세게 빨면…… 아아아앙!"

커다란 가슴의 정점에 있는 분홍색 유두가 곧바로 단단하게 솟아오르더니——.

"큭, 크으으…… 그대는, 치사하구나. 이런 키스를 받았다간…… 더, 더는 안 돼…… 아아앙, 더는 참을 수가…… 없어……!"

"…………."

나는 꾸벅 고개를 숙이며 천천히 라크시알을 바닥에다 눕혔다.

"사실 난 이걸 하고 싶었어. 희병들하고는 이때까지 단 한 번도 하지 않았거든."

"이, 이건…… 아아앙?!"

마찬가지로 크고 단단하게 솟은 내 물건을 꺼내 라크시알의 가슴 사이에다 끼웠다.

"뭐, 뭐냐 이건……. 이, 이런 건…… 알리샤 공주하고도 하지 않았었는데……?"

"그냥 안 하게 되더라고. 어쩌면 너랑 하기 위해서 아껴 둔 걸지도 모르지."

나는 적당한 말을 늘어놓으면서 가슴에 끼운 내 물건을 문지르기 시작했다.

우오오오, 이건 가슴의 부드러운 감촉인가!

입과 성기로 할 때와는 또 다른, 그 부드러운 감촉이 장난 아니었다.

유협봉사(乳挾奉仕)—— 어느 정도 큰 가슴이 아니고서는 할 수 없지만, 그 부드러운 느낌은 너무나도 기분 좋다.

나는 라크시알의 가슴으로 내 물건을 문지르는 한편, 유두를 손가락으로 집어 당기면서 다시 문질러 나갔다.

점점 움직임을 격렬하게 해 나가면서, 가슴을 좌우에서 뭉개는 듯한 느낌으로 내 물건을 꽉 끼우고 꾹꾹 문질러——.

"훗, 아앙, 내 가슴을 이런 식으로 쓰다니…… 아앗, 웃, 아아아!"

가슴을 문질러 주는 게 라크시알로서도 기분 좋은 모양인지, 새된 신음 소리가 터져 나왔다.

"이, 이런 모습…… 인간이 내 가슴을 자기 멋대로 주무르면서…… 웃, 앗, 아웅!"

거울을 보고 있는 라크시알은 가슴을 범해지고 있는 자기 자신의 모습에 무척이나 흥분한 것 같았다.

"큭…… 이런. 너무 기분 좋잖아……. 라크시알, 이제 나올 거 같아!"

"아아아아앙!"

브륨, 정액이 뿜어져 나오며 라크시알의 두 가슴은 물론 얼굴마저 더럽혔다.

오오오, 조금도 참을 수 없었다……. 이걸 줄곧 꿈꿔 왔다고 표현한다면 좀 바보 같긴 하지만, 처음으로 라크시알을 보았을 때부터 가슴으로 하고 싶었단 말이지.

아아, 꿈이 이루어져서 다행이야……. 정말로 다행이야…….

"으으, 얼굴이 끈적끈적하구나……. 이게 정액인가…… 몇 번이고 보긴 했지만 이런 냄새가 날 줄이야……."

라크시알이 소맷자락으로 얼굴을 북북 닦았다.

그 눈에는 여전히 눈물이 맺혀 있었고, 그 얼굴에 사랑스러움이 치밀어 오르더니──.

"으웃……?! 웃, 으으읍…… 으스, 으응……! 쪽, 으응!"

나는 라크시알의 그 가느다란 허리를 끌어안고 입술을 겹쳤다. 쪼옥쪼옥 소리를 내며 입술을 핥고, 혀를 내밀어 입 안을 휘저었다.

"후우…… 엘프는 입술 형태도 예쁜데다, 탄력도 있고 부드럽단 말이지."

"그, 그런 감상은 필요없느니라……! 내 입술도 가슴도 아주 네 마음대로 하는구나……!"

"좀 서둘러서 미안하긴 한데, 그럼 이쪽도 내 마음대로 해 볼까?"

"뭣……?!"

라크시알은 깜짝 놀랐지만, 이것도 당연한 흐름일 테지.

그녀의 음부는 이미 충분할 정도로 젖어 있었다. 이쯤 되면 오히려 안 넣는 게 불쌍하지 않겠는가.

나는 덮치는 듯한 기세로 내 물건을 라크시알의 음부에다 댔다.

이번이 처음이기도 하니 정상위가 좋을 테지. 거울에 비친 자기 모습도 잘 보일 거고 말이다.

"그럼…… 간다."

"으, 아아아……."

나는 라크시알의 음부에다 내 물건을 끝에서부터 조금씩 넣었다.

쮸르릇, 내 물건이 안으로 들어가기 시작하자, 라크시알이 내 손을 꽉 쥐었다.

힘이 제법 실리긴 했지만 못 참을 정도는 아니었다. 그래도 역시 아프긴 하단 말이지.

"으읏……. 큿, 아야……. 앗, 아앙, 아아아아아아아아아앙!"

내 물건을 질 안쪽 가장 깊숙한 곳까지 박아 넣자── 라크시알이 한층 더 큰 신음 소리를 내질렀다.

순결을 상징하는 피가 내 물건을 타고 흘러내렸다.

"내 처녀…… 빼앗겼어…… 빼앗기고 만 건가……."

"그래, 확실하게 내가 접수했어. 엄청 기분 좋아……."

"그, 그런가? 내 안이, 그렇게나 기분 좋단 말이냐?"

그런 게 신경 쓰이는 건가…….

"그야 물론 기분 좋지. 이제 안쪽도 흠뻑 젖었으니, 움직여도 될까?"

"어, 어쩔 수 없구나……. 그대가 정말로 마의공주를 굴복시킬 수 있을지, 나도 확인해 보고 싶구나……!"

"그럼, 계속해 볼까?"

"읏……!"

나는 라크시알의 거유를 손바닥으로 움켜쥔 채 허리를 움직이기 시작했다.

몸집이 작아서 그런지 라크시알의 질 안은 굉장할 만큼 좁았고, 내 물건을 힘껏 조여 댔다.

가슴을 꾸욱꾸욱 주무르고, 유두를 이로 살짝 물고, 유방 전체를 혀로 마구 핥아 댔다.

우오오옷, 굉장해. 이거 참을 수 없군. 이제는 '참을 수 없다.'라는 말밖에 머릿속에 떠오르지 않을 정도로 참을 수 없었다.

나는 내 물건을 마구 박아 넣으면서 라크시알의 질 안쪽을 마음껏 즐겼다.

리샤와도, 엘프 희병들과도 다른, 내 물건을 완전히 감싸는 듯한 감촉.

뭐랄까, 내 물건과 라크시알의 질 내부가 완전히 딱 합쳐진 것 같다고나 할까.

"웃, 아응, 안쪽까지 들어왔어. 아웃, 안 돼애…… 이렇게 부끄러운 모습으로……!"

"그럼 좀 더 부끄럽게 해 볼까?"

"후엣."

나는 라크시알을 바닥에 앉히고, 그 뒤로 돌아들어 가 그녀의 양다리를 잡아 들어 올린 뒤—— 다시 삽입. 내 물건을 질 안쪽 깊숙한 곳까지 박아 넣었다.

"아웃……!"

나는 뒤에서 그녀의 다리를 높이 들어 올린 채 그 가슴을 마구 주무르면서 허리를 마구 움직였다.

정면에 있는 거울에, 나와 라크시알이 결합한 모습이 적나라하게 비쳐졌다.

배면좌위—— 그래, 이 체위가 라크시알하고 가장 잘 어울리는 게 아닐까. 가슴을 주무르는 모습도, 내 물건이 끝까지 박혀 들어간 모습도 또렷하게 볼 수 있었다.

"앗, 아응, 아아앙…… 웃, 크웃, 부끄러워, 아응, 아, 이렇게나 음란한 내 모습은, 보기 싫어…… 싫단 말야……!"

마치 어린아이로 되돌아간 것처럼 라크시알이 귀여운 목소리로 외쳤다.

아니, 보기 싫다면서 정작 거울은 뚫어져라 쳐다보고 있잖아.

나도 잔뜩 흥분한 채 라크시알의 가슴을 주무르면서 끊임없이 허리를 움직여 댔다.

"라크시알, 좋아. 기분 정말 엄청 좋아…… 지, 지금 당장에라도 또 사정할 것만 같아……!"

"이제 그 이름은 됐어……. 내 내 진명은…… 라시르……. 그 이름으로 내 이름을 불러 줘! 라시르라고 부르면서, 내 안쪽 끝까지 꿰뚫어 줘……!"

"그, 그래…… 라시르, 어디 한번 갈 데까지 가 보자고……!"

나는 내 물건을 거의 다 뒤로 뺐다가—— 다시 단번에 안쪽 끝까지 박아 넣었다.

"하으응…… 아웃, 아, 안쪽까지 왔어…… 아아아아앙!"

"이, 이제 그만 나올 거 같아…… 라시르, 네 안쪽 가장 깊숙한 곳에다 사정해 줄게……!"

"아, 아아앗, 정액이, 정액이 내 안에, 앗, 아아앙, 아아아아아아아아아아아아아아아아아앙!"

라시르의 몸이 커다랗게 움찔 떨리더니——.

그와 동시에 나는 내 모든 정액을 라시르의 안쪽에다 쏟아 넣었다.

"아, 앗, 아아아…….."

라시르는 몸을 움찔움찔 떨었다. 완전히 절정에 달한 모양이었다.

"후아아아…… 내, 내 거기에서…… 끈적끈적한 정액이, 흘러넘치고 있어…… 내 거기가, 잔뜩 범해지고 있어……."

"아니, 범했다니. 누가 들으면 오해하겠네……."

마치 내가 억지로 했다는 듯이 얘기하지 말았으면 싶은데.

"미, 미안……. 그게, 난 내가 범해졌다는 듯이 얘기하면 더 흥분되거든……."

"그, 그렇냐……."

라시르가 그게 더 좋다고 한다면야 난 별로 상관없지만.

내 물건을 뒤로 쭈욱 빼내자, 음부에서 다시 정액이 끈적하게 흘러 떨어졌다.

"라시르…… 이제 네가 나한테 굴복했다고 여겨도 될까?"

"……모, 모르겠어. 하지만…… 좀 더 확인해 보고 싶어졌어……."

"…………."

엘프의 마의공주께서는 2회전을 희망하시는 모양이었다. 물론 나 또한 바라던 바였다.

솔직히 말해서, 더더욱 실컷 하고 싶었다.

"그럼, 좀 더 해 볼까, 라시르……."

"……왠지 익숙하지가 않구나. 그대만 내 진명을 알고 있다면 됐느니라. 역시 라크시알이라 부르는 게 좋겠구나. 실은 진명보다는, 이쪽이 더 마음에 드니까 말이다……."

"그럼 그렇게 할게, 라크시알."

나는 라크시알을 안은 채 일으켜 세운 뒤, 그대로 등에다 팔을

둘렀다.

라크시알 또한 그 가느다란 팔을 내 목에다 감았다.

"으응……."

라크시알이 먼저 입술을 겹치기 시작하자, 나도 그에 맞춰 혀를 내밀어 주었다.

우리는 농후한 키스를 나눈 뒤, 서로의 몸을 꼭 끌어안았다——.

그리고 끌어안은 상태에서 나는 다시 내 물건을 라크시알의 음부에다 박아 넣고 허리를 움직이기 시작했다.

라크시알 또한 허리를 흔들며 내 물건을 맛보았다.

아아, 드디어 라크시알과 하나가 되었다. ——그녀를 내 것으로 만들었다, 라고 봐도 될까?

그걸 확인하기 위해서라도, 사랑과 욕망이 이끄는 대로 라크시알과 계속 하도록 하자.

구체적으로 말하자면, 앞으로 대여섯 발 정도는 사정하고 싶었다.

참고로—— 진안을^{서드 아이} 통해 보이는 라크시알의 공략 루트는 이미 완료된 상태였다.

4 사랑만이 널 구원한다

　불가사의한 공간에 갇힌 채 대체 얼마나 많은 시간이 흘렀을까.

　갇혀 있는 동안에는 딱히 할 것도 없어서 나와 라크시알은 끊임없이 서로의 몸을 겹쳤다.

　"하아…… 나 원, 마치 그대는 고삐 풀린 망아지 같구나……."

　또 한 번 안에다 사정하고 나서 바닥에 앉은 나에게 라크시알이 살며시 안겨 왔다.

　"이, 이렇게까지 내 몸을 원할 줄은 몰랐구나……. 그대는, 그 뭐랄까…… 좀 더 어른 취향일 거라 생각했으니까 말이다……."

　"응? 아, 맞다……. 내가 융커랑 실컷 하던 모습을 너도 다 봤었지 참. 하지만 넌 너고, 융커는 융커야."

　내가 생각해도 고삐 풀린 망아지처럼 막 나가긴 했다. 나한테 바람을 피운다는 개념은 없지만, 그렇게나 다른 엘프들과 실컷 놀아났는데 라크시알한테마저 손을 댔으니까 말이다.

　일반적으로 생각해 봤을 때, 나란 놈은 정말 터무니없는 인간일 테지.

　"그, 그렇긴 하지만…… 아무래도, 융커라면 신경이 쓰인다고나 할까…….”

“왜 그렇게까지 융커를 신경 쓰는 거야? 다른 엘프도 아니고…….”

“어라, 몰랐느냐? 희병 융커는 내 언니다.”

“언니?!”

“그래. 그것도 쌍둥이 언니. 태어났을 때부터 줄곧 함께였지.”

“…………”

쌍둥이는커녕 자매처럼 보이지도 않았는데.

어른 느낌이 나는 융커와 자그마한 몸집의 라크시알.

둘 다 가슴이 크다는 것 외에는 딱히 이렇다 할 공통점은 없는 것 같았는데…… 그러고 보니, 자매끼리 서로 안 닮은 경우는 인간도 많았던가.

가만, 내가 그렇게나 융커와 많이 했던 건, 무슨 일이 있어도 꼭 내 품에 안고 싶었던 라크시알의 모습을 그 언니한테서 보았기…… 때문인가?

“그러니까, 그…… 융커 언니하고는 특히나 유대감이 강해서…… 언니가 느끼는 쾌감은 나한테도 거의 그대로 전해져 오거든…….”

“아…….”

그, 그랬단 말인가.

그렇지 않아도 라크시알의 몸이 왜 그렇게나 준비 완료 상태였는지 의아해 했었는데…….

쌍둥이 자매로부터 전해져 온 쾌감이 라크시알의 몸을 흥분시켰단 말인가.

융커와 그렇게나 많이 했던 것도, 라크시알 공략에 크게 도움이 되었던 모양이다.

"응? 그럼, 여기서 라크시알이 느낀 감각도 융커에게⋯⋯?"

"아니, 이 결계 안은 일종의 이계나 다름없으니까 밖으로 전해지지는 않을 것이다. 실은, 그렇지 않으면 곤란해⋯⋯. 내가 뭘 했는지 언니에게 전해지게 된다면, 난 부끄러워서 죽게 될 테니까 말이야."

"그, 그 정도였어⋯⋯?"

엿보는 게 취미지만, 자기가 남들의 시선을 받는 건 한사코 거부하는 엘프가 라크시알이었다.

"그럼, 라크시알의 쾌감이 융커에게 전해지지 않는 이때에 더 많이 해 둘까?"

"또, 또 할 거냐?! 지금까지 대체 몇 번이나—— 아웅!"

나는 라크시알의 몸을 안고 그 유두를 쪽쪽 빨았다. 아아, 맛있어라⋯⋯.

라크시알의 유두가 금세 단단하게 솟아오르자—— 나는 혀로 더더욱 핥아 주었다.

"어, 어쩔 수 없는 놈이로구나. 그럼, 이번에는 내가 위에 올라타서——."

"아아, 이젠 한계야! 더 이상 못 봐 주겠네!"

그런 목소리가 방 안에 커다랗게 울려 퍼지는가 싶더니.

파링, 하는 메마른 소리와 함께 거울로 이루어져 있던 사방의 벽면에 금이 가는가 싶더니 이내 무너져 내렸다.

그리고 그곳에는——.

"앗, 어, 후에에에에에에?!"

라크시알이 당황해하며 허둥지둥 옷 앞섶을 여몄다.

우리는 불과 조금 전까지 있었던 희병대의 요새로 다시 되돌아와 있었다.

주변에는 희병대 마흔여덟 명의 모습도 눈에 들어왔다.

그녀들은 빙 둘러 앉아 있었는데 얼굴이 다들 새빨갰다.

아, 이거 혹시——.

"그래. 당신들이 있던 그 방은 사방이 거울로 둘러쳐져 있었지만, 이쪽에서는 유리처럼 다 비쳐 보였거든."

"루, 너……."

이공간이면서 이공간이 아니었어……?

요새 안에 방 하나가 뿅 하고 튀어나왔었다는 느낌일까?

그리고 그런 방을 루가 의도적으로 만들었단 얘긴가?

"그러니까, 시드와 라크시알 공주의…… 뭐, 그렇고 그런 모습을 전부 다 볼 수 있었단 얘기야."

"저, 저저저저, 전부 다라고……?!"

라크시알이 몸을 부들부들 떨었다.

"솔직하지 못한 엘프에게 살짝 장난쳐 줄 생각이었는데…… 생각했던 것 이상으로 충격적인 광경을 볼 수 있었지 뭐야."

"네놈은, 고작 그런 것 때문에……?"

루는 어떻게 우리를 이공간에 가둘 수 있었던 걸까.

그것도 상당히 신경 쓰이긴 했지만, 설마 동기가 그런 거였을 줄이야.

"그건 그렇고, 루. 어째서 네가 쫓겨나지도 않고 계속 이 요새 안에 있을 수 있는 거지?"

"날 죽이거나 다치게 하면 두 사람 모두 결계에서 나올 수 없 게 되잖아? 뭐, 다른 엘프들 모두 마의공주의 부끄러운 모습을 흥미진진하게 바라봤지만 말이야."

"너희들?!"

라크시알이 눈물을 글썽이면서 희병들을 노려보았다.

특히 융커가 난처한 표정을 짓고 있는 게, 정말이지 뭐랄까…….

여동생의 첫 경험과, 진하게 섹스하는 모습을 전부 다 봐 버렸 으니까 말이지…….

"앗……?"

그 융커의 얼굴에 갑자기 놀라움이 떠오르더니, 그와 동시에
──.

"꺄아악?! 오, 옷이……?!"

융커가 입고 있던 옷이 큰 변화를 일으켰다.

검은색 상의에 흰색 스커트를 걸친 건 다른 희병들 또한 마찬 가지로, 그 점은 똑같았지만── 천 면적이 명백하게 줄어들 었다.

가슴 부분은 크게 트였고, 스커트 길이가 극단적으로 줄어들 었으며, 그 포동포동한 허벅지가 고관절 언저리까지 고스란히

다 드러나고 말았다.

"이건…… 그렇군. 이게 그 희병의 '변화'였던 거야."

그리고 융커의 뒤를 이어, 다른 희병들이 입고 있던 옷도 차례차례 변화를 일으켰다.

다소 차이점은 있지만, 거의 대부분의 옷이 무척이나 색정적인 방향으로 변화해 있었다.

"그래, 이것이 바로 그 '변화'다. 희병들의 옷은 내가 머릿속으로 그린 디자인으로 이루어져 있지만…… 희병이 완전히 굴복하게 되면 굴복시킨 상대가 바라는 모습으로 바뀌게 되지. 아마도 이 색기 넘치는 의장은 시드 공의 취향에 딱 맞는 형태일 테고 말이다……."

"그렇군, 네 말이 맞아! 살색이 많이 드러난 이 모습이 아주 좋아!"

살색이 늘어난 희병의 모습은 모두 야해서 최고였다. 이것이야말로 내가 바란 희병들의 모습!

"이건 나도 몰랐던 거다만, 아무래도 마의공주인 나 자신이 굴복하지 않으면 희병들도 완전히 매료되지 않는 모양이더구나……. 아, 아니, 난 딱히 매료된 게 아니긴 하지만!"

아닌데요? 네 공략 난이도는 이미 0으로 떨어졌는데요?

참고로, 융커를 포함한 희병들 또한 모두 드디어 0으로 떨어져 있었다.

"하지만, 이제 그런 건 어찌 되든 상관없어……."

라크시알이 화살 하나를 꺼내 드높이 들어 올렸다.

"그런 모습을 남들에게 보이고 말았으니, 이제 죽을 수밖에…… 나는 이 이상 수치를 당하면서까지 살기 싫구나!"

"진정해, 진정! 그, 그건 그렇고―― 루, 이제 슬슬 어떻게 된 건지 설명 좀 해 줄래?"

"당신 모습도 남들이 다 본 건 마찬가진데 정말 태연하네. 나 참…….'

루는 어이없다는 듯이 말하면서 뒤에서 묶은 회색 머리카락을 잽싸게 풀었다.

그리고―― 그 긴 머리카락이 순식간에 새카만 색으로 변해 갔다.

"검은색 머리……? 아니, 그게 다가 아닌가……?"

루의 얼굴도 조금씩 변하고 있는 것 같다는 느낌이 드는데.

얼굴에 칠한 화장이 벗겨지고 있잖아?

머리색을 바꾸는 마법 포션쯤이야 어디에서든 구할 수 있다. 하지만 저 화장은―― 묘하게 입체적이라고나 할까, 얼굴 형태마저 바꾸는 화장은 태어나서 처음 봤다.

"아아, 드디어 이 화장을 지워도 되겠어. 우리 집안에 전해져 내려오는 비술이긴 하지만 피부엔 별로 안 좋거든. 이제야 좀 속이 시원하네."

"오오오……?"

거기에는―― 절세의 미소녀가 있었다.

앞머리가 한쪽 눈을 가리고 있는 게 그 미모와 요염함을 더 돋 보이게 해 주었다.

루는 원래 귀여웠지만, 지금은 너무 아름다워서 오히려 무서울 정도였다……!

"저 사람은…… 천희예요! 마스디니아의 황녀, 엘소피아 데 바스라고요!"

놀라움에 찬 목소리로 떨면서 외친 사람은 린이었다.

갑자기 어디에서 나타났는지 신경 쓰이긴 했지만, 지금은 그러고 있을 때가 아니었다.

루가 마스디니아의 황녀이자 마의공주인—— 천희라고?

설마 그런——.

린이 내 곁으로 후다닥 달려왔다.

그러고 나서 나를 검지로 쿡 찔렀다.

"그건 그렇고, 시드 님! 린을 깜빡 잊고 있었던 거 맞지! 내팽개친 거 맞지!"

"그건 나중에 얘기하자고, 린. 그나저나, 정말로—— 저 사람이 천희 맞아?"

"진지한 얼굴로 얼렁뚱땅 넘기고 있네…… 이쪽은 필사적으로 탈출해서 온 건데. 그래, 어쨌거나 저 사람은 진짜 천희가 맞아. 린이 예전에 마스디니아에 잠입했을 때 천희의 얼굴을 본 적 있었거든."

"하아, 폼 나게 자기소개 좀 하려고 했더니 뜻밖의 방해꾼이 끼어들고 말았네. 뭐, 어쨌거나 그 말이 맞아. 내가 바로——

이 몸이 바로 마스디니아 제국의 제6황녀이자 황위계승권 제1위, 엘소피아 루나 데바스다."

몸 안쪽 깊숙한 곳까지 울리는 듯한 목소리였다.

태어날 때부터 다른 사람에게 명령을 내릴 수 있는 자격을 가진 혈족으로 태어난 자──그 사명감의 무게가 그녀를 이렇게 만든 걸지도 모른다.

"……아니, 엄청 귀엽잖아! 루도 귀여웠는데 이건 그 이상이야!"

그렇구나. 이제야 알겠다!

이 요새에서 희병들을 한창 공략하던 도중에 보았던, 그 수수께끼의 공략 진행도.

조금 전에 라크시알에게 화살을 맞았을 때에도 표시되었던 그것은──.

그 수치는── 천희의 것이었단 말인가. 하긴, 나는 천희 또한 공략 대상으로 정해 두었으니까 말이다.

내가 희병들을 공략하던 와중에도 천희는 이미 모종의 수단으로 남몰래 요새로 접근하여, 깜짝 놀랄 만큼 가까운 곳에 있었던 걸 테지.

내 눈에는 보이지 않더라도, 진안^{서드 아이}은 천희의 존재를 탐지하고 있었다──.

즉, 천희의 공략은 나 자신도 모르는 곳에서 이미 시작되었던 것이다.

"그렇다는 말은──? 어, 뭐야, 천희도 내 품에 안으면 되는 거야?"

"될 리가 있느냐! 상황 파악 좀 해라, 상황 파악 좀! 희병대, 조준!"

나를 타박함과 동시에 라크시알이 지시를 내렸다.

"바람을 휘감고 최대출력으로 쏘도록! 마스디니아의 공주가 대체 무슨 생각으로 여기까지 온 건지는 모르겠다만, 어쨌든 지금 이 자리에서 끝장을 내 주마!"

라크시알과 마흔여덟 명의 희병대가 활을 겨누고── 바람이 으르렁거리는 소리를 내면서 화살을 휘감았다.

그리고, 굉음과 함께 화살이 내쏘아지고──.

"엘프의 마법이라── 생각했던 것보다 별로네. '마조상정(魔造箱庭)^{크래프트 박스}'──."

"⋯⋯⋯⋯윽!"

나는 똑똑히 보았다──.

루⋯⋯ 아니, 천희의 주변에 갑자기 '벽'이 구축되더니, 바람과 함께 날아온 화살들을 모조리 다 막아 내고 산산조각 냈다.

벽은 투명했고, 그 너머에 천희의 모습이 눈에 들어왔다.

"이것이, 내가 가진 마의의 능력── '마조상정^{크래프트 박스}'. 머릿속으로 그린 건축물을 순식간에 실체화시킬 수 있어. 그 건축물 내부는 일종의 이계에 해당하기 때문에 절대적인 방어진이 될 수도 있고 말이야. 이미 몸소 체험해 봤을 테니까 잘 알겠지, 시드?"

"여자애를 데리고 들어갈 수 있는 방을 언제든 만들 수 있단 말인가. 게다가 그 누구도 절대 방해할 수 없고 말이야."

"……역시나 시드답네. 이런 상황에서도 그런 바보 같은 소리 할 줄이야."

천희가 어이없다는 듯이 얼굴에 웃음을 지었다. 그런 얼굴조차 뭐라 말할 수 없을 만큼 귀여웠다.

"반대로, 바깥 면을 거울로 만들어 주변 풍경 속에 녹아들게 할 수도 있어. 아무리 엘프 요새라 할지라도 침입하는 것쯤이야 간단하지. 아핫, 역시 난 대단하다니깐."

"정말 편리한 능력이잖아……. 여자애한테 몰래 다가갈 수도 있는데다 그 방에 데리고 들어갈 수 있다니. 이거 참, 나도 갖고 싶어……!"

"시드, 이 바보! 당신은 물러나세요. 천희는 제가——!"

"알리샤?!"

갑자기 하늘에서 순백의 드레스를 입은 소녀—— 리샤가 내려왔다.

"기회는 지금밖에 없어요. 천희는 혼자뿐. ——이 자리에서 천희를 쓰러뜨린다면 아티나는 무사할 거예요!"

"그게 그렇게 간단한 얘기는 아니라고 생각하는데?"

검을 뽑은 리샤와 마조상정^{크래프트 박스}을 해제한 천희가 서로 검을 맞부딪쳤다.

격렬한 불꽃이 튀었다. 두 마의공주가 몇 합 주고받더니——.

"갑작스럽게 행차하셨네, 알리샤 공주. 대체 어디서 솟아난 거람?"

"당신한테 그런 소릴 듣긴 싫네요! 물론 시드를 찾고 있었죠!

린에게 맡기기는 했지만, 어떻게 된 게 며칠이나 지나도 좀처럼 돌아올 생각은 안 하니까……!"

리샤가 날 힐끗 노려보았다.

"이제 겨우 찾았나 싶더니—— 천희, 설마 당신까지 있을 줄은 몰랐네요!"

아주 시기적절하게 등장했는가 싶었지만, 아무래도 그건 우연이었던 모양이다.

리샤가 일부러 혼자 날 찾으러 와 준 게 한편으로는 기쁘기도 했고, 또 한편으로는 너무 무리하는 게 아닐까 싶기도 했다.

어쨌거나 나로서는 고마웠기 때문에 뭐라 할 수가 없었다.

아니, 잠깐만. 시기적절하게 등장했다고는 할 수 없겠군. 보다시피 상대는 그 최강의 마의공주——.

"아하하, 설마 날 토벌할 수 있는 절호의 기회라고 생각한 거니? 어리석긴. 어차피 당신은 별 능력도 없는, 불완전한 마의를 몸에 걸친 반푼이 마의공주에 불과한데 말이야!"

천희가 그렇게 외치자, 입고 있던 종업원 옷이 찢어졌다. 그리고 그 안에서——.

붉은색과 검은색으로 채색된, 왠지 모르게 흉흉한 느낌이 들면서도 아름다운 드레스를 몸에 걸친 천희의 모습이 나타났다.

그 드레스는 가슴 계곡이 제법 드러나 보일 정도로 트였고, 너울거리는 짧은 스커트에서는 매끈한 다리가 뻗어 나와 있었다.

저게 바로, 천희의 마의^{시 엘}인가——. 가슴도 허벅지도 엄청 야하잖아!

"이것이 바로 진정한 마의! 당신이 입은 그 불완전한 마의로는 결코 날 이길 수 없어!"

"꺄악······!"

천희가 기합과 함께 검을 휘두르자, 리샤는 그 공격을 미처 다막아 내지 못하고 뒤로 튕겨져 날아가 버리고 말았다.

"물러나라, 아티나의 마의공주! 여긴 우리 엘프가 지켜야 할 곳이다!"

라크시알이 리샤를 밀어내는 모양새로 앞으로 나와 활을 겨누었다.

아니, 잠깐. 사수가 적과의 거리를 좁히면 어쩌자는 거야──?!

"잊지 말도록. 나도 똑같이 진정한 마의를 걸치고 있으니까 말이다! 조건이 같다면, 과연 인간이 엘프에게 이길 수 있을까?!"

라크시알이 화살 여러 개를 동시에 겨누었다.

그러고는 천희를 향해 달려 나가면서 일제히 화살을 내쏘았다.

"제법 재주가 좋은걸?"

천희는 검을 재빠르게 휘둘러 근거리에서 날아온 화살 여러 개를 모조리 다 튕겨 냈다.

까앙, 까앙, 하는 요란한 소리가 울려 퍼지며, 검과 화살촉이 격렬한 불꽃을 튀겼다.

"미간에다 입, 목, 심장, 오른손, 허벅지까지! 용케도 이만한 곳들을 동시에 겨냥할 줄이야! 하지만 엘프의 화살 따위는 굳이 마의의 능력을 쓸 필요조차———."

"멋대로 떠들거라, 인간의 공주여! 그대는 엘프의 마궁을 조금도 모르는구나!"

"대체 무슨 짓을——— 쳇!"

천희가 문득 뒤를 돌아보더니, 재차 검을 휘둘렀다.

방금 천희가 튕겨 낸 화살이 급격하게 궤도를 틀며 천희에게 덮쳐든 것이다.

"큭……!"

기묘한 궤도를 그리며 날아온 화살이 천희의 왼쪽 어깨에 깊숙이 박혔다.

라크시알이 화살 여러 개를 동시에 쏘았을 때, 천희가 튕겨 낼 것까지 계산하고서 화살이 휘어져 날아갈 수 있도록 미리 회전을 걸어 두었단 말인가?

게다가 궤도를 변경할 때는 바람 마법도 사용했다…… 는 건가.

이걸 재주가 무척이나 좋다고 해야 할지, 믿을 수 없을 만큼 복잡한 기술을 구사한다고 해야 할지.

흔히 엘프는 활쏘기의 달인이라고 하는데, 아무래도 마의공주쯤 되면 차원이 다른 기술을 구사할 수 있는 모양이다.

"천희, 각오하세요!"

"이런, 이번에는 당신이야?"

천희에게 화살이 박힌 틈을 놓치지 않고 리샤가 검을 휘두르며 달려들었다.

"분명 제 마의는 불완전해요. 이유는 모르겠지만, 이 마의로 변화한 마신장은 절 완전히 인정해 주지 않는 것 같아요. 그 때문에 천 면적도 이상할 정도로 작고 말이에요……."

"그건 오히려 좋은 거 아니야?"

"시드는 좀 가만히 있어요! 때문에 능력도 없고 희병대도 보유할 수 없단 말이에요. 하지만, 그렇기 때문에── 검 실력이라면 당신한테도 지지 않아요!"

"…………읏!"

리샤의 검을 받아내면서 천희가 눈을 커다랗게 치떴다.

오오, 나 같은 문외한이라도 알아차릴 수 있을 만큼 리샤의 움직임이 현격하게 좋아졌다.

"하하, 그게 당신의 본 실력이야? 생각보다 제법인걸? 방금 기습할 때 그 실력으로 검을 휘둘렀으면 좋았을 텐데 말이야. 알리샤 공주, 당신의 결점은 마의가 불완전한 게 아니야. 너무 고지식한 게 탈인 거지!"

"저도 전적으로, 그렇게 생각해요!"

리샤가 날카롭게 검을 내리찍었고, 천희는 그 기세에 눌려 자세를 흩뜨리고 말았다.

그렇군. 리샤는 기습을 가할 때 전력을 다하지 않았단 말인가.

천희를 칠 절호의 기회였는데, 너무 고지식한 성격이 화가 된 건가…….

"힘이나 속도에서는 밀려도, 기술을 갈고 닦으면 얼마든지 강해질 수 있어요! 천희, 당신은 너무나도 강해요. 하지만 그렇기 때문에 허술한 부분이 있어요!"

"그렇구나, 덕분에 한 수 배웠어. 솔직히 말해서 검술 연습 같은 건 정말 싫었거든."

천희는 리샤의 기백에 압도되어 조금씩 뒷걸음질 쳤다.

"에이잇, 나도 잊지 말란 말이다앗! 그나저나 내가 나설 차렌데 방해하지 말라고, 알리샤 공주!"

뒤를 이어 라크시알도 쉴 새 없이 화살을 연속으로 쏴 댔다.

리샤와 천희가 뒤엉켜 있음에도 불구하고, 라크시알은 리샤를 피해 천희의 급소만을 절묘하게 노리는 것 같았다.

세 사람의 싸움이 너무나 빠른 속도로 전개되고 있는 탓에 나로서는 이제 더 이상 눈으로 쫓기 힘을 지경이었다.

즉흥적인 연계임에도 불구하고 리샤와 라크시알의 공격은 천희를 착실하게 몰아넣었다.

"흐응, 아무래도 난 당신들을 너무 얕보고 있었나 봐. 알리샤, 당신의 검 실력은 확실히 나보다 한 수 위야. 라크시알, 당신이 쏘는 화살 또한 내 예상을 아득하게 초월했어."

천희가 두 사람의 공격을 감당 못하고 있는 건 명백했다.

그럼에도—— 천희의 얼굴에서는 여유를 머금고 있는 웃음이 사라지지 않았다.

"하지만, 정말 어이가 없네! 검 실력? 똑같이 진정한 마의를 걸치고 있다고? 하, 겨우 그 정도로—— 나를 넘어 설 수 있을 거라 생각했던 거야?!"

"……………읏!"

"큭……!"

리샤와 라크시알이 동시에 반응하더니, 재빨리 천희와 거리를 벌렸다.

천희는 그런 두 사람의 행동에는 아랑곳 않은 채 아무렇게나 자신의 장검을 휘둘렀다.

"우웃?!"

나는 갑작스러운 충격을 받고 하마터면 넘어질 뻔했다.

천희가 휘두른 참격이 충격파가 되어 지면을 커다랗게 도려내고, 그 정면에 있던 요새 건물 하나를 산산조각 냈다. 심지어는 그것도 모자라, 그보다 더 멀리 있는 숲의 나무들마저 넘어뜨렸다.

"──뭐, 대충 이 정도겠지. 미리 말해 두겠지만, 나는 아직도 내 본 실력을 전부 다 발휘한 게 아니라고?"

천희는 여유 만만하게 웃으면서 왼쪽 어깨에 박혀 있던 화살을 뽑아냈다.

그리고 그와 동시에 상처가 순식간에 아물었다. 아무래도 마의에 치료 능력도 있는 모양이다.

"똑같이 진정한 마의를 걸치고 있어도, 거기 있는 엘프랑 나는 힘의 차원이 달라. 라크시알, 당신은 아직 마의의 힘을 전부 다 이끌어 내지 못했어."

"큭……!"

라크시알은 활을 겨누려고 하다가 그대로 바닥에 떨어뜨리고 말았다.

그녀의 자그마한 손은 부들부들 떨리고 있었다. 두려워하는 건가——.

"그리고, 알리샤. 아무리 당신의 검 실력이 좋다고 한들, 힘의 차이가 이만하다면 그 정도쯤은 간단히 뒤집을 수 있어. 오랫동안 검 실력을 갈고 닦느라 고생 많았지만 말이야."

"처, 천희, 당신은 대체……!"

간신히 검을 겨누고 있는 리샤였지만, 그 검끝도 희미하게 떨리고 있었다.

이건—— 안되겠군.

리샤도 라크시알도 분전했지만, 천희가 지닌 이 압도적인 힘에는—— 이길 수 없다.

방금 천희의 일격이 본 실력을 다한 게 아니라는 것도 결코 허세는 아닐 테지.

만약 천희가 전력을 다해 공격해 온다면, 그것은 대체 얼마만큼의 위력을 발휘할 것인가.

"엘프의 화살로도 마법으로도, 물론 저 반푼이 마의공주의 검으로도 날 이길 수는 없어."

천희는 검을 쥔 손을 축 늘어뜨린 채 무방비한 자세로 히죽 웃었다.

"우, 웃기지 마라! 우리의 숲에 발을 들인 이상, 살아서 돌아갈 수 있을 거라 생각하지 마라! 아무리 네놈의 힘이 강대하다고 한들, 그래봤자 겨우 한 사람뿐! 숲을 봉쇄하고 원군을 모으면——."

"그래 봤자 소용없어. 엘프의 마의공주."

천희가 킥킥 웃었다.

"보다시피 나는 지상 최강의 마의공주. 나는 자만하지도 방심하지도 않았어. 아무리 나라도 숲에 있는 엘프 전원을 상대로 혼자서 이길 수는 없을 테고 말이야."

천희가 천천히 검을 들어 올리더니——.

"이럴 수가……?!"

라크시알이 눈을 크게 치켜떴다. 엘프 희병들은 곧바로 경계 자세를 취했다.

천희의 뒤에서 수백—— 아니, 그보다 훨씬 더 많은 수의 병사들이 갑자기 나타났다.

"마스디니아 병사…… 아니, 이건 천희의 희병들인가!"

"이봐, 라크시알. 어째서 이만한 수의 병사들이 있었다는 걸 알아차리지 못했던 거야?"

설마 나랑 엘프 희병들을 엿보는 데 정신이 팔려서 그런 건 아니겠지?

라크시알의 파투만리가 이만한 수의 병사들을 못 보고 놓쳤다니——.

"아마도 천희가 방금 사용했던 그 결계의 축소판일테지. ——지금 놈들은 망토를 두르고 있는데…… 저건 모습을 감추는 데 특화된 장비다. 저번의 그 습격자들도 저것과 같은 망토를 걸치고 있었지."

"그 말이 맞아, 라크시알. 뭐, 모습을 감출 수 있다는 것 말고는 일반 병사와 별 차이는 없지만 말이야. 우리 병사들이 거기에 있는 엘프 희병들과 싸우면 아마 당해내지 못할걸?"

"……그건 1대1일 경우겠지. 수적인 차이가 너무 커. 그쪽은…… 족히 1만은 되어 보이는구나."

라크시알은 주먹을 꽉 움켜쥔 채 몸을 부들부들 떨었다.

1만―― 1만이라니!

너무나도 많아서 나로서는 그 수를 정확하게 헤아릴 수 없었지만, 아마도 라크시알은 파투만리를 통해 전체를 보고 있는 걸 테지.

희병대는 기껏해야 오십 명 정도라고 들었는데, 정말 천희는 격이 달라도 너무나 달랐다……!

"1만의 마스디니아 병사가 아티나와 엘프 연합의 국경지대에 있었을 줄이야. 그런 움직임은 조금도 감지 못했었는데……."

리샤 또한 망연자실한 표정이었다.

그야 그럴 테지. 자국의 영토에서 엎어지면 코 닿을 만한 곳에 최악의 적이 대부대로 나타났으니까 말이다.

"망토를 1만 개나 준비해야 했고, 잠입 훈련도 필요했으니까 이쪽도 참 큰일이었어. 뭐, 난 지시만 내렸을 뿐이지만 말이야. 정말 흥미롭지? 소수의 병사를 타국에 잠입시키는 건 어느 나라에서나 하는 일이지만, 그 수가 1만쯤 되면 차원이 다르거든. 뭐, 이번 잠입은 어디까지나 시험적으로 운용한 거였지만 말이야."

"……일반 정찰병과 동행하도록 한 적도 있었지?"

"그래, 그랬지. 전술을 여러모로 시험해 봐야 하니까 말이야."

나와 라크시알이 조우했던 정찰대 중에 자신의 모습을 감출 수 있는 병사가 있었던 건 그 때문이었군.

"엘프의 마의공주의 눈도 속였으니, 이 정도라면 각국 각지에 잠입시킬 수 있겠어."

"이럴…… 수가……!"

"설마 마스디니아가 그런 작전을 짜고 있었다니……."

라크시알과 리샤의 목소리가 떨렸다.

나처럼 전쟁에 문외한인 사람도 알 수 있었다.

1만의 병사를 적국 몰래 움직일 수 있다는 것이 무엇을 의미하는지 말이다.

만약 수도에 적국의 병사가 1만이나 나타났다면 대체 어떻게 될까.

왕을 살해하는 건 손쉬울 테고, 수도 그 자체를 괴멸시키는 것도 그리 어렵지는 않을 테지.

적어도 이 엘프 요새를 괴멸시키는 것쯤은 일도 아닐 것이다.

파멸이란 녀석은 갑자기, 그리고 깜짝 놀랄 만큼 쉽게 찾아오는 법이라고 한다──.

"뭐, 그렇게 된 거야. 그러니 저항해 봤자 소용없다는 걸 이제는 좀 알겠지?"

천희는 무척이나 즐거워 보였다.

혼자서도 지금 이곳을 압도할 수 있는 천희와, 그녀를 따르는 1만의 희병들.

이만한 우위를 점하고 있으니, 즐거워하는 것도 어쩌면 당연할 테지…….

리샤와 라크시알이 힘을 합쳐도 천희를 당해낼 순 없었다.

가령, 천희가 스스로 앞장서지 않았다 하더라도 아마 결과는 마찬가지였을 것이다.

마의공주 두 사람과 엘프 희병 마흔여덟 명, 그리고 닌자 한 사람을 포함한 전력으로도 상대가 1만이나 되는 대병력이라면 상대조차 되지 않을 테지.

리샤와 라크시알만이라면 탈출할 수 있을지도 모른다. —— 하지만 천희가 있는 이상, 그것도 녹록치 않을 테지.

"후후, 그럼 이제 모든 걸 끝내도록 할게. 알리샤까지 나타난 건 예상 밖이었지만, 그래도 귀찮은 일을 한꺼번에 처리할 수 있게 되어서 오히려 잘 됐어. 당신만 없으면—— 아티나 따윈 이미 멸망한 거나 마찬가지니까 말이야."

"큭……! 수, 순순히 당하고만 있지는 않겠어요!"

"말을 해도 그 정도밖에 못하는 거야? 지금 그 말이 마지막 말이 될지도 모르는데, 좀 더 멋진 말이라도 해 보는 게 어때?"

천희는 무척이나 여유로웠다——.

라크시알도 어떻게 움직여야 좋을지 모르는 모양이었다.

물론 엘프 희병들도 마찬가지였다.

이렇게 된 이상——.

"……어쩔 수 없지. 나 원, 난 대담한 짓은 잘 못하는데 말이지."

나는 천천히 걸어가 천희 앞에 섰다.

"무슨 일이야, 시드. 1만의 적을 눈앞에 두고도 겁먹지 않은 채 태연히 앞으로 나설 수 있는 그 용기는 가상하지만, 그런다고 당신이 뭘 할 수 있지?"

"글쎄. 하지만 알리샤랑 라크시알이 위기에 처했는데 그걸 잠자코 지켜보는 건 나 자신이 용납 못해서 말이야. 여자애가 상처받는 모습은 보기 싫거든."

"아하하하. 이 마당에 그런 소릴 하는 거야?! 역시 시드답네. 역시 그런 점이 재미있다니깐! 하지만, 당신의 힘으로는 이 마의공주들을 지킬 수 없어!"

천희가 대검끝을 나에게 내밀었다.

그녀가 마음만 먹으면 나 같은 건 순식간에 쳐 죽일 수 있을 터이다.

그렇다. 마음만 먹으면——.

하지만 천희는 그렇게 하지 않을 것이다.

"미안하지만, 난 싸울 생각은 조금도 없어. 애당초 싸울 수 있을 만한 힘도 없지만."

천희 입장에서 보자면, 나 같은 건 싸울 가치조차 없는 놈이다.

하지만 그렇게 생각해 주면 된다. 날 전력(戰力)으로 봐 주었으면 하는 생각은 추호도 없다.

"나에게는 마의공주 두 사람을 압도할 수 있는 힘이든 1만의 병력이든 아무래도 좋아. 적이니 아군이니, 그런 개념조차 없으니까 말이야."

"호오, 그럼 당신한텐 뭐가 있는데?"

"물론, 내 머릿속에는 귀여운 여자애밖에 없지! 나한테 중요한 건 그것뿐이라고!"

"…………윽, 이, 이 남자는 진짜……!"

천희가 진심으로 어이없다는 듯이 나를 쳐다보았다.

"상황이 이만큼이나 급박하게 돌아가는데도 그런 태평한 소리를 아무렇지 않게 할 줄이야."

"굳이 당황할 필욘 없잖아? 미소녀가 일부러 나를 만나러 와준 거니까, 오히려 나로서는 환영하고 싶을 따름이거든."

"……호오."

천희가 눈을 가늘게 뜨고——.

"어? 천희가 시드를 만나러 온 거라고요……?"

"우리를 섬멸하는 게 목적이 아니었단 말인가?"

리샤와 라크시알이 어안이 벙벙한 표정을 지었다.

그야 뭐, 천희의 목적이 적국의 마의공주가 아니라 나라는 얘기는 믿기 어려울 테지.

나도 조금 믿기는 어려웠지만—— 돌이켜 보면, 이유는 그것밖에 없다.

"후훗. 바보긴 하지만 바보는 아닌가 보네, 시드."

천희가 어깨를 살짝 움츠리며 웃었다.

"그래, 당신 말이 맞아. 알리샤와 라크시알을 쓰러뜨릴 거면, 서로 군을 이끌고 싸워 국가끼리 결판을 내는 게 더 좋거든. 아티나나 엘프 병사들이 보는 앞에서 마의공주를 쓰러뜨리면, 그들도 자신들이 패배했다는 걸 확실하게 깨달을 수 있잖아?"

"그렇겠지. 그게 바로 전쟁이고, 또 국가 간의 항쟁이라는 것쯤은 나도 알거든."

그렇기 때문에, 천희가 이곳에 있는 이유는 엘프들을 쓰러뜨리기 위함도 아니거니와, 갑자기 나타난 리샤를 쓰러뜨리기 위함도 물론 아니다.

"거들먹거릴 생각은 없지만, 목적이 라크시알이나 그 희병들도 아니고 알리샤도 아니라면, 남은 건 나밖에 없지 않겠어?"

"후훗."

기분 탓인지 천희가 조금 기뻐하는 것처럼 보였다.

"당신을 좀 더 풀어 놓고 감시할 생각이었는데 말이지. 그나저나, 시드. 당신은 자신의 중요성을 좀 더 자각하는 게 좋을걸? 나나 저 둘뿐만 아니라 거의 대부분의 마의공주들이 당신을 노리고 있으니까 말이야."

"그거 기대되는군."

아직 만나 보지 못한 마의공주들도 다들 미소녀, 미녀들일 테니 얼른 만나 보고 싶었다.

"역시나 반응하는 게 남다르네……. 나도 이름 없는 영웅의 자손이 아티나로 향했다는 정보를 듣고 거기에 숨어든 거거든. 그러니까 나 또한 당신을 노리는 마의공주 중 하나였단 얘기지."

"……그러고 보니, 그 유명한 천희가 변두리 술집에서 종업원 일을 했었지 참."

"그건 또 그거대로 신선하고 재미있는 경험이었어. 당신도 충분히 관찰할 수 있었고 말이야."

"왠지 최근에 남한테 주목받을 일이 참 많은 것 같네."

물론, 미소녀에게 관찰당하는 것도 별 상관은 없지만.

그러고 보니, 리샤도 라크시알도 요 반 년 동안 천희의 모습이 눈에 띄지 않는다고 했던가.

그 두 사람도 설마 천희가 변장한 채 술집에서 일하고 있었을 거라고는 꿈에도 몰랐을 테지만 말이다.

"최종적으로는 시드를 확보할 생각이었지만……. 그나저나 알리샤 공주가 마의공주로서는 불완전하다고 해도, 눈치는 보통이 아닌데다 행동력도 상당하던걸? 왕녀의 몸으로 시드를 그렇게나 간단히 받아들일 줄은 몰랐어."

"……아, 알고 있었나요……!"

리샤가 귀까지 새빨개진 채 부끄러워했다.

나와 리샤의 비밀을 라크시알뿐만 아니라 천희도 알고 있었단 말인가.

그 눈과 귀가 어디에 있었을지 짐작조차 할 수 없군.

"그리고 엘프의 마의공주 또한 꽤나 대담한 방법으로 시드를 차지했던걸? 설마 자기 부하들의 정조를 모조리 다 바칠 줄은 몰랐어.”

“따, 딱히 내가 차지한 건…….”

라크시알은 횡설수설했고, 그 부하들은 항의했다.

적어도, 희병들에게는 자신이 라크시알에게 이용당했다는 생각은 없는 듯했다.

“나, 나는 나 나름대로 상황을 타파하고자 했을 뿐이니라! 그리고, 기분 좋은 걸 하고 싶다는 생각은 추호도 하지 않았다!”

꼭 이렇게 쓸데없는 소릴 한 마디씩 덧붙인다니까…….

“알리샤 공주도 그렇고 라크시알도 그렇고, 둘 다 정말 순진한 공주에다 순진한 엘프야.”

“누가 순진한 공주란 말인가요!” “누가 순진한 엘프란 말이냐!”

두 마의공주가 동시에 항의했다.

둘 다 미안하긴 한데, 너희가 순진하다는 건 도저히 부정을 못 하겠어…….

“에휴, 진짜……. 시드는 내가 손에 넣을 생각이었는데! 완전히 선수를 빼앗겼잖아! 당신들이 이렇게까지 할 줄은 생각지도 못했어! 내가 너무 대수롭지 않게 여기긴 했지만!”

“천희, 당신도 시드의 능력을 이용하기 위해……?”

리샤가 조용히 물었다.

“물론이지. 처음엔 이름 없는 영웅의 피를 이은 자가 누구인지 궁금했을 뿐이었지만, 지금은 아니야. 이제 더 이상 그런 건 상관없어. 이런 나 자신이 살짝 놀랍기도 하지만 말이야.”

천희는 희미하게 웃으면서 어깨를 움츠렸다.

"마의공주 두 사람을 이렇게나 간단히 포섭할 줄이야. 알리샤 공주는 실질적인 지도자, 라크시알과 그 희병대는 엘프 전력의 중심. 이 두 사람과 희병들을 자신의 것으로 만들었다는 얘기는, 아티나와 엘프 연합을 자신의 수중에 넣은 거나 마찬가지야."

"그, 그렇게까지 시드에게 모든 걸 맡긴 건…… 아니에요."

"내, 내가 포섭되었다고 해서, 엘프가 시드 공의 소유물이 된 건 아니다!"

알리샤와 라크시알이 그렇게 말하기는 했지만, 깔끔하게 부정하지는 못했다.

그런가. 나는 어느샌가 두 나라의 왕 같은 존재가 되었단 말인가.

뭐, 딱히 기쁘지는 않지만 말이다. 내가 바라는 건 나라가 아니다. 미소녀와 미녀다.

"시드의 힘을 얕볼 수 없다는 건 잘 알겠어. 하지만, 나한테는 이미 힘이 있거든. 마의공주 두 사람을 압도할 수 있는 힘과, 언제든 다른 나라를 멸망시킬 수 있는 병사들을 갖고 있지. 그러니 이름 없는 영웅의 힘 같은 건 빌릴 필요가 전혀 없어."

"끄으…… 반박을 못 하겠구나……."

이번에는 라크시알이 분하다는 듯이 신음했다.

"그러니, 시드의 능력을 전쟁에 쓸 생각은 전혀 없어. 그보다도…… 나는, 시드를 갖고 싶어."

"그 말은 그러니까, 날 좋아한다는 얘기야?"

"그걸 대놓고 물어보면 어떡해! 하지만, 그 말이 맞아. 좋아해!"

"너도 솔직하잖아!"

아아, 도대체 누가 바보 같은 건지 알 수가 없네.

"자, 잠깐만요! 시드는 쓰레기 같은 남자예요. 그 점이 좋── 아니, 그 유명한 천희인 당신이 시드에게 호의를 느낀 이유가 대체 뭔가요?"

"그, 그 말이 맞다. 아주 별난 성적 취향을 가진 여자라도 아닌 한, 이런 남자를 사랑하기란 불가능할 터!"

리샤와 라크시알, 너희 지금 내 욕하는 것 맞지?

"그건, 지금으로부터 반 년 전── 시드와 만난 지 아직 얼마 되지 않았을 무렵이야."

갑자기 천희가 황홀한 표정을 지으며 허공을 쳐다보았다.

"방금도 말했듯이, 나는 시드를 관찰, 감시하기 위해 한 발 먼저 아티나의 거리로 잠입해 들어왔어. 그래서 그 술집에서 일을 시작했던 건데──."

도저히 대국의 공주님이라 볼 수 없는 엄청난 행동력이로군.

술과 음식을 나르거나, 취객을 상대하거나, 외상을 떼어먹는 진상에게 혼쭐을 내거나, 그런 일을 황녀 전하가 직접 했다는 말인가.

"그러던 어느 날, 질 나쁜 용병들이 나에게 치근덕거린 적이 있었어. 뭐, 술집에서는 흔한 일이지만 말이야. 바로 그때였어.

내 엉덩이를 만지려고 하던 용병을 시드가 적당히 구슬려서 내쫓아 주었지. 그래서 좋아하게 된 거야."

"순진한 건 당신이잖아요!" "순진한 건 그대가 아닌가!"

"아니, 날 좋아하게 된 이유가 그게 다야?!"

아무리 나라도 한마디 안 할 수가 없었다……!

그런 적이 있었던 것 같기도 하지만, 기억도 잘 안 나는 걸 보니 분명 사소한 사건이었을 테지.

"술집에서 소동을 일으킬 수도 없어서 곤란하던 참이었어. 시드에게 의심을 받았다간 애써 잠입한 게 허사가 될 테니까 어떻게 해야 할지 고민했었거든……. 나는 말이야. 어릴 적부터 어른이건 남자건 내 상대가 되지 못했어. 그래서 그들로부터 보호를 받은 적도 없었지. 그런데 그런 나를 처음으로 지켜 준 남자가 시드였어. 그래서 좋아하게 된 거야."

"마지막으로 한 말이 아까 했던 말이랑 똑같잖아!"

리샤처럼 순진한 애를 수없이 보아 왔던 나라도 좀처럼 믿기 힘든 얘기였지만──.

"그리고, 말이야."

천희는 뺨을 붉게 물들인 채 나를 똑바로 쳐다보았다.

"좋아하게 된 계기는 그거였지만, 내 눈에 틀림은 없었어. 1만의 군대를 눈앞에 두었는데도 여자애밖에 생각 안 해. 바로 그거야. 그게 좋은 거라고. 나는 그런, 터무니없는 바보가 좋아."

"……내가 말하는 것도 좀 그렇긴 한데, 너도 취향 한번 참 별나네."

쓰레기 같은 남자를 좋아하고, 엿보는 취미를 가졌으며, 게다가 이번에는 바보를 좋아한다니——.

마의공주는 죄다 별난 취향을 가진 여자애밖에 없는 건가?

하지만 지금 천희가 농담하는 것 같아 보이지는 않았다. 조금도, 그렇게 보이지 않았다.

"그러니까, 시드. 당신은 내가 가질 거야! 알리샤, 라크시알, 당신들 두 사람은 방해밖에 안 돼! 그러니 지금 이 자리에서 사라져 줘야겠어!"

"아니, 그 말은 틀렸어, 천희. 바로 내가—— 널 내 걸로 삼을 거야!"

그렇다. 그 방법밖에 없다.

아니, 내 바람도—— 그것뿐이다.

"천희를 내 걸로 삼겠어. 알리샤든 라크시알이든 손끝 하나 못 건드리게 할 거야. 그게 내가 고른 선택이야!"

"…………웃!"

나는 거침없이 앞으로 나아가 천희와 입술을 겹쳤다.

"……웃, 자, 잠깐. 갑자기 그렇게……!"

"방금 말했잖아. 내 걸로 삼겠다고. 이 키스는 그 맹세의 증거라고."

"요, 용케 겁도 없이 나의—— 대륙 최강의 제국을 지배하는 나의, 첫 키스를 빼앗을 줄이야."

"거 운이 좋군."

아마도 그럴 것이라 생각은 했지만, 역시나 천희는 이번이 처음이었다.

진안, 발동. 천희의 공략 난이도는——.

서드 아이

"…………!"

0과——99. 그러한 수치가 번갈아 가며 표시되었다. 이렇게까지 변동 폭이 큰 수치가 나온 건 지금까지 본 적도 없었다.

공략이 가능한 건지 불가능한 건지, 나를 좋아하는 건지 싫어하는 건지.

어느 쪽인지도 알 수 없었다——.

"그래, 좋아……. 날 굴복시킬 자신 있으면 어디 한번 해 봐. 미리 말해두겠지만, 난 내가 갖고 싶은 건 반드시 손에 넣는 주의거든!"

"이거 우연인데? 나도 그래. 난 모든 걸 내 손에 넣고 말 거야!"

"아주 좋아!"

천희가 기쁘다는 듯이 소리치며 나를 꼭 끌어안았다.

그리고, 또다시—— 주위가 새하얗게 물들었다.

역시나, 라고 해야 할까.

크래프트 박스

나는 마조상정으로 만든 공간 안에 있었다.

방금 라크시알과 함께 갇혔었던 공간보다 훨씬 넓었다.

왠지 모르게 리샤의 방과 비슷한 것 같다는 느낌이 드는데…… 다만 아티나 왕녀의 방보다 가구 같은 게 훨씬 더 호화

로웠다. 돈을 엄청나게 들인 게 아닐까 싶었다.

덩그러니 놓여 있는 침대에도 캐노피가 달려 있었다. 왠지 공주님이 잠들어 있을 것만 같았다.

"마스디니아 황궁에 있는 내 방을 재현한 거야. 내가 가장 완벽하게 상상할 수 있는 곳이 여기거든. 다음엔 진짜 내 방에도 한번 데려가 줄게."

"……여자애의 방으로 초대를 받다니, 이거 황송한데? 그럼, 천희── 아니, 루라고 부르는 게 좋을까?"

"내 진명은 루피아. 뭐, 루가 더 친숙하다면 그렇게 불러도 돼."

"아, 벌서 자기 진명을 가르쳐 줄 줄이야……. 그럼, 기꺼이 진명으로 부르도록 할게."

"그럼 그렇게 해. 내 진명을 안 것만으로는 나를 지배할 수 없으니까 말이야. 딱히 문제될 건 없어."

여전히 천희── 루피아의 난이도는 0 아니면 99였다.

진명으로 부르면 이 불가사의한 상태를 바꿀 수 있지 않을까 싶었지만, 아무래도 효과는 없는 모양이었다.

"그런 거야 어찌 됐든 상관없어. 날 굴복시키고 싶잖아? 정말 그렇게 할 수 있어? 아니, 정말로 나를 품에 안을 생각이야?"

"너도 그럴 생각이니까 나를 이 방으로 초대한 거잖아?"

"그건…… 그런 걸 한다고 하면…… 그, 아무래도 긴장되기도 하고…… 나에게 익숙한 이 방이라면 긴장도 조금이나마 풀릴 거라 생각해서……."

"…………."

급속도로 성장한 대국, 마스디니아의 실질적인 지도자.

세상 사람들이 악마처럼 두려워하는 소녀였지만—— 어린애 같은 면모도 있고, 다른 사람들처럼 긴장도 하는 건가.

"미리 말해 두겠는데, 나는 이번이 처음이란 말이야. 술집 여자라고 이상한 오해는 하지 마!"

"아니, 술집 여자가 아니라 황녀 전하잖아!"

"어느 쪽이든 진짜 나라고! 에잇, 이런 건 기세가 중요해! 전쟁이랑 똑같아! 시드, 정말정말 좋아해!"

"우웃……!"

루피아가 달려들더니 그대로 나를 침대 위에 넘어뜨렸다. 오오, 역시 대국의 공주님이 쓰는 침대답군. 마치 내 몸을 감싸는 게 아닐까 싶을 정도로 부드럽잖아.

게다가, 루피아의 가슴은 그 이상으로 부드러웠다……!

루피아는 침대 위에 드러누운 내 몸 위에 올라타더니, 자신의 가슴을 있는 힘껏 내 쪽으로 눌렀다.

"아아, 드디어 이 순간이 찾아왔어……! 솔직히 말해서, 지금의 나는 마의공주도 전쟁도 나라도 어찌 되든 상관없어. 하지만 마신장들이 이름 없는 영웅에게—— 사랑에 빠지게 된 건 이해할 수 있어. 사랑에 빠지게 되면 다른 게 어찌 되든 더 이상 눈에 들어오지 않게 되니까 말이야……!"

"……전쟁도 나라도 어찌 되든 상관없다는 말은, 아티나나 엘프 연합과의 전쟁도 단념하겠다는 뜻이야?"

"그건 별개야. 당신을 손에 넣고 난 뒤에 아티나와 엘프는 물론 멸망시켜 버릴 거거든. 이 이후에 전란의 씨앗이 절대로 싹트지 못하게끔 철저하고 가차 없이 말이야."

"결국 그건 할 거란 말인가!"

"물론이야. 나는 그 무엇도 포기하지 않아――."

큰일이군. 이건 진심이었다……. 그녀는 여기서 나를 겁탈한 뒤에 아티나와 엘프 연합을 쓸어버릴 생각이다.

그것만큼은 무슨 수를 써서라도 막아야 한다……. 나도 나라가 어찌 되든 상관은 없지만, 리샤와 라크시일한테는 그렇지 않으니까 말이다.

하지만 마성환혹이 루피아에게 통할 리 없었다.

공략 난이도는 여전히 0 아니면 99, 공략 루트 진행도는…… 한없이 끝자락에 가까워져 있었지만, 지금은 숫자가 조금도 바뀌질 않았다.

사태가 진행되고 있음에도 불구하고 수치에 아무런 변화가 없다는 건 이상한데.

끝자락에 가까워졌으니까 문제는 없다고도 할 수 있지만…….

하지만, 그것만으로는 의미가 없다……!

현재 조건은 라크시알을 공략했을 때보다도 훨씬 좋지 않았다.

내가 루피아를 굴복시키지 못하면 리샤나 라크시알의 목숨이 위태로워질 테니까 말이다.

"웃, 쪽, 으응, 쪽, 쪼옥."

루피아는 내 몸 위에 올라탄 채 뺨과 이마에다 몇 번이고 입술을 맞추었다.

살짝 간지럽긴 했지만, 이렇게 알콩달콩한 느낌도 나쁘지 않군……!

"으응, 으읍, 응…… 키스, 좋아해……. 시드, 더 많이 뽀뽀해 보자……!"

이번에는 입술을 겹쳤다. 마치 쪽쪽거리며 쪼아대듯이 키스하면서, 부드럽고 뜨거운 혀가 내 입 안으로 들이닥쳤다.

우오오, 굉장히 적극적이잖아. 불과 조금 전에 퍼스트 키스를 나눴을 뿐인데, 대체 어느 틈에 이렇게나 농후한 키스를 익힌 거지?!

"어라? 아앙, 시드의 여기가…… 벌써 단단해졌네? 방금 전까지 엘프의 마의공주랑 실컷 했던 주제에…… 회복이 너무 빠르잖아. 대체 여긴 어떻게 된 거람……."

"오옷……."

루피아가 내 하반신 쪽으로 이동하여 바지에서 내 물건을 꺼내더니── 단단하게 발기한 그것을 손으로 문지르기 시작했다.

"아응, 원래 이렇게 단단해……? 우와, 이렇게나 커지다니…… 움찔움찔거리고 있어…… 후와아."

루피아가 내 물건을 격렬하게 문질러 댔다. 손놀림은 살짝 어설펐지만, 그게 또 오히려 기분 좋았다……!

"시드, 엄청 기뻐하는 것 같네. 그럼 이번엔……."

루피아가 드레스 앞섶을 천천히 풀어 헤쳤다. 리샤와 거의 맞먹을 만큼 거대한 두 덩어리가 출렁거리며 튀어 나왔다.

우오오오, 왠지 살짝 뾰족한 것처럼도 보이는 아름다운 형태의 가슴이 아닌가!

그 끝은 연분홍색이었는데, 완전히 흥분한 모양인지 이미 단단하게 우뚝 솟아 있었다.

"이런 건…… 어때? 읏, 으응……."

"으읏……!"

루피아가 그 살짝 뾰족한 형태의 가슴 사이에다 내 물건을 끼우고 문지르기 시작했다.

그 출렁거리는 가슴이 내 물건을 완전히 감싸고 말았는데…… 이거 엄청 기분 좋잖아!

"그리고…… 이런 것도, 좋지? 으, 으으응…… 읏, 쪼옥……."

심지어 루피아는 내 물건을 가슴에 끼운 상태에서 그 끝을 입으로 물기까지 했다. 가슴으로 문지르면서 펠라티오까지 해 주다니! 내 물건이 입 안에서 느껴지는 따뜻함과 혀, 가슴의 감촉으로 감싸이게 되자──.

"읏, 으으음…… 읏, 후아…… 또 커지기 시작했잖아……. 읏, 으응……!"

루피아도 마찬가지로 흥분한 모양인지── 정신없이 내 물건을 문지르면서 쪽쪽거리는 소리를 내며 빨아올리기 시작했다.

큰일 났군. 이런 걸…… 견딜 수 있을 리 없잖아! 루피아의 가습도 입도 너무 야한 거 아니야?!

"루피아…… 큭, 더는 안 돼……!"

"아웅……!"

나는 더 이상 견딜 수 없었다. 루피아의 입과 가슴으로 감싸인 내 물건에서 힘차게 정액이 뿜어져 나왔다.

아아…… 이 세상에 이만한 쾌감이 있을 줄이야……!

"웃, 으응, 으으음……!"

루피아는 내 물건을 단단히 끼운 채, 흘러넘치기 시작한 정액을 빨아 댔다.

이쪽에서는 따로 해 달라고 말하지도 않았는데 알아서 뒤처리까지 해 주는 건가…….

"잔뜩 나왔네……. 근데도 여전히 단단하잖아? 내 안에다…… 넣고 싶니?"

루피아가 마치 악마처럼 웃으면서 내 물건에다 살짝 입맞춤을 해 주었다.

오오, 왠지 가슴이 두근거리잖아…….

하지만, 하지만 말이다──.

나는 그 쾌락에 빠질 뻔한 나 자신을 필사적으로 추슬렀다.

그냥 이대로 루피아에게 범해지면서 애무를 받는 것도 기분 좋을 것 같았다. ……하지만 그게 끝나면 리샤와 라크시알이 위험에 처하게 된다.

마의공주 세 사람이 싸우는 모습은 더 이상 보기 싫었다. 싸우지 말았으면 싶었다.

"…………."

서드 아이
진안—— 루피아의 난이도는 여전히 99와 0을 오갔지만, 조금 전부터는 99가 현저하게 더 많이 표시되었다.

아아, 그런가. 그런 거였단 말인가.

그렇다면 희망이 보인다. ——희망은 아직 있다. 누구한테나 희망은 있다.

나에게도 리샤에게도 라크시알에게도, 그리고 루피아에게도 말이다.

지금의 루피아에게는 마의공주도 전쟁도 니라도 어찌 되든 상관없다.

그렇다면—— 그, '지금'을 계속해 볼까.

지금의 루피아는 나와 이런 식으로 몸을 겹치는 것에만 온 신경이 집중되어 있었다.

이대로—— 루피아가 나랑 섹스하는 것밖에 생각하지 못하도록 해 주겠다……!

참으로 터무니없는 이야기였다. 하지만 나는 괜히 똑똑한 척하다가 망하기보다는 바보 같은 짓을 해서 도움이 되는 길을 선택하겠어!

내가 도와줄 수 있는 사람들은 리샤나 라크시알, 에리스, 린, 근위기사, 엘프 희병들.

그녀들을 위해서라면 그 어떤 바보 같은 짓도 해 주리라.

루피아가 나밖에 생각 못 하도록 나에게 흠뻑 빠져들게 만들고 싶었다.

내가 남한테 애무를 받는 것도 나쁘진 않지만, 나는 내가 남한 테 해 주는 걸── 더 좋아하거든.

"엇……?"

내가 몸을 일으켜 루피아를 살며시 끌어안자, 그녀는 어리둥 절한 표정을 지었다.

"지, 지금 뭐 하는 거야? 시드?"

부드럽게 끌어안아 주니까 루피아는 당혹스러워하는 것 같았 다.

하지만 그건 나도 마찬가지였다. 이만큼이나 흥분했는데도, 루피아의 안에다 박아 넣고 싶은 마음으로 가득한데도, 그런데 도 용케 참고 있는 나 자신이 당혹스러웠다.

"그래, 난 너랑 하고 싶어서 더 이상은 못 참겠어. 하지만 이건 좀 아니잖아. 처음인데도 불구하고 네가 무리하고 있다는 것쯤 은 나도 알 수 있다고."

"무, 무슨 소릴……."

"나를 공략할 필요는 없어. 무리하지 않아도 돼."

그렇다. 난이도가 99를 나타내고 있는 건 루피아가 나를 공략 하고자 하기 때문이다.

내가 루피아를 공략할 수 있는 가능성이 한없이 낮아진 것 또 한 아마도 그게 원인일 테지.

진안으로 보이는 수치가 이상했던 건── 루피아의 기묘한 심리상태 때문이었다.

0이라는 건── 나를 좋아한다고 말해 주었던, 무리를 하지 않은 루피아의 본심이 불쑥 고개를 내밀었을 때 표시된 게 아닐까.

"아무리 네가 귀엽고 가슴이 크다 해도, 나는 그것만으로는 만족 못 하겠거든."

나는 몸을 떼고 나서 루피아의 뺨을 살짝 어루만지며——.

"술집 여자 루도 아닌, 최강의 마의공주이자 제국의 정점에 선 천희도 아닌—— 한 명의 여자애로서 루피아를 내 품에 안고 싶어."

"이, 이 바보…………!"

루피아는 얼굴을 새빨갛게 물들이면서 이마를 내 가슴팍에다 문지르기 시작했다.

아아, 역시 0이 되었을 때의 여자애는 귀엽단 말이지. 그 중에서도 루피아는 특히나——.

"냐앗, 왜 자꾸만 내 가슴을 두근거리게 만드는 건데. 아앙, 진짜, 우냐앗."

"…………."

냐아, 거리면서 엄청 귀여운 목소리로 으르렁거리고 있잖아……. 생각해 보니까, 루피아는 박력이 있긴 해도 경험이 미숙한 여자애란 말이지.

"그럼…… 좀 더 두근거리게 만들어 줄까?"

"　?!"

나는 루피아를 침대 위로 넘어뜨리고, 그 두 다리를 높이 들어 올리게 했다.

하늘거리는 스커트가 젖혀지자, 그 안에서 의외로 귀여운 물색 팬티가 드러났다.

"이게…… 이게 바로 최강제국 공주님이 입고 있는 팬티인가!"

"바보 아냐?!"

"아, 그런데 조금 젖었네."

"꺄앗."

검지로 음부 언저리를 쿡 찔렀다. 거기에는 확실하게 물 자국이 남아 있었다.

그러고 나서 부드러운 음부 언저리를 팬티 너머로 몇 번이고 찌르자──.

"에잇, 더는 못 참겠군!"

이런 미적지근한 애무는 역시 내 성에 차지 않았다.

나는 루피아가 입고 있는 팬티를 아래로 쑤욱 내렸다.

"우냐앗?! 자, 잠깐. 거, 거긴 아직 마음의 준비가 필요하단 말이야!"

"오오, 엄청 예쁜데? 이게 바로 최강제국 공주님의……!"

"일일이 최강제국 붙이지 마! 방금 전에 날 한 명의 여자애로서 품겠다고 하지 않았어?!"

"그건 그거고 이건 이거야. 내가 하는 말은 그냥 일종의 놀이라고 생각하면 돼."

"당신은── 아아앙!"

나는 곧바로 그 균열에 입술을 대고 혀로 할짝할짝 핥기 시작했다. 오오, 벌써부터 끈적하게 흘러나오고 있잖아.

흘러나오기 시작한 애액을 혀로 핥으면서 입을 대고 빨아올렸다. 그러고는 다시 혀를 대고—— 그 위에 있는 돌기도 입에 넣고 빨아 댔다.

"앗, 아, 거길…… 하, 핥다니…… 아, 아직 누구한테도 보여 준 적, 없었는데…… 아아아앙!"

역시나 거기를 애무하는 건 자극이 강한 모양인지, 루피아는 온몸을 비틀며 격렬한 반응을 보여 주었다.

나는 집요하리만큼 루피아의 성기를 혀로 핥아 댄 뒤——.

"뭐, 이 정도면 되겠지. 그럼 이제 슬슬 천희의 처녀를 접수해 볼까?"

"당신, 날 괴롭히면서 즐거워하는 것 같은데?!"

"그야 뭐, 최강의 천희를 내 것으로 삼기 위해서는 조금 격하게 나가야 되지 않겠어?"

"으읏, 이 바보…… 조금은 무슨……. 그런 델 혀로 할짝할짝 핥다니…… 그거 때문에 계속 흘러나오고 있잖아……."

그렇게 말하는 루피아도 느닷없이 내 물건을 혀로 핥았던 것 같은데 말이지……. 뭐, 그건 됐고.

나는 루피아의 다리를 높이 들어 올린 채, 이미 흥분하여 우뚝 솟아오른 내 물건을 그 음부에다 바짝 대고——.

"이, 이런 부끄러운 모습으로…… 아응!"

위에서 내리치는 모양새로 삽입해 나갔다.

곧바로 어떤 저항에 맞닥뜨렸지만, 나는 그것조차 단번에 꿰뚫고 안쪽까지 나아갔다——.

"앗, 아아, 아파, 아, 아파아, 앗, 아, 아아아아아아아아아
앙!"

움찔, 움찔, 루피아의 몸이 격렬하게 떨리기 시작하다가 이내
힘이 축 빠져 나갔다.

아무래도 삽입한 것만으로—— 처녀를 상실한 것만으로 절정
에 달한 모양이었다.

그곳에서 처녀 상실로 인해 생긴 피가 끈적하게 흘러나왔다.

"루피아의 처녀는, 내가 확실하게 접수했어."

"그, 그러니까 그런 소리하지 말라니까 진짜아…… 이 바보
바보!"

루피아는 아픔 탓인지 눈시울을 적신 채 나를 노려보았다. 귀
여웠다.

"어, 어쨌거나…… 더 기분 좋게 해 줘. 나를 더 두근거리게
해 줘. 그걸 할 수 있는 사람은, 이 세상에서—— 당신밖에 없단
말이야."

"…………"

나는 말없이 고개를 끄덕이고 나서 허리를 움직이기 시작
했다.

위에서 가차 없이 마구 박아 대고 휘저으면서 루피아의 질 안
을 맛보았다.

"아앗, 앗, 아앙, 정말 격하게…… 아웃, 아…… 그래도, 가슴
이 두근거려……. 머, 멈추지 마…… 계속 해 줘…… 더 안쪽까

지 박아 줘……!"

루피아가 무척이나 귀엽고 야한 소리를 입에 담았다. 덕분에 내 흥분감은 끊임없이 치솟았다.

아아, 이건…… 정말로 궁합이 괜찮네. 질 안쪽에서 무언가가 내 물건을 휘감고 물고 늘어지더니 조금도 놓을 생각을 안 하잖아?

이렇게나 기분 좋은 몸은 처음일지도 모르겠는걸……. 앗, 또 꽉 조여 대기 시작했어.

내가 박아 넣음과 동시에 조이고 있었다……. 대체 루피아의 질 안쪽은 어떤 구조로 되어 있는 걸까.

그 내부는 흘러넘치기 시작한 애액으로 축축해져 있었기 때문에, 그 삽입감이 빡빡함에도 불구하고 손쉽게 넣었다 뺄 수 있었다.

"아웃, 앙…… 아앗, 가슴도…… 아아앙!"

나는 양손을 뻗어, 출렁거리며 흔들리는 루피아의 가슴을 한껏 움켜쥔 채 주물렀다. 때로는 몸을 웅크려 서로 입을 맞추기도 했다.

"웃, 으으읍…… 웃, 쪼옥, 쪽, 쪽…….'

루피아도 적극적으로 입을 맞추었다.

아아, 허리를 흔들면서 즐기는 키스는 너무나도 기분 좋아서 머릿속이 새하얘질 것만 같잖아……!

"후앗, 앙, 냐앙, 아응, 아, 아앗……! 안쪽까지 울리고 있어, 아응, 내 안쪽을, 휘저으면서, 가장 안쪽 깊숙한 곳까지……닿고 있어!"

루피아는 그 긴 검은색 머리를 마구 흩뜨리면서 음란하고 귀여운 목소리를 내질렀다──.

"큭…… 루피아, 간닷……!"

"으, 응…… 와 줘. 내 안쪽 깊숙한 곳에다 전부…… 전부 사정해 줘!"

내가 깊숙이 박아 넣자, 루피아는 두 다리를 내 허리에 휘감으며 단단히 달라붙었다.

우오옷, 이제 더는 못 참겠어……!

"아──────────응!"

루피아의 새된 목소리와 함께 나는 정액을 안쪽에다 단번에 방출했다.

콸콸 흘러넘치는 정액이 루피아의 안쪽으로 쏟아져 들어갔다 ──.

"앗, 아앙…… 내 처음을, 빼앗겨 버렸어……. 게, 게다가 안에다 사정하다니…… 당신, 정말 칠칠치 못하네……."

"술집에서 일하는 루라면 내가 칠칠치 못한 놈이란 것쯤은 잘 알고 있잖아?"

"천희 엘소피아도, 마의공주 두 사람을 포섭한 이름 없는 영웅의 손자를 잘 알고 있어. 하지만…… 당신을 가장 잘 알고 있는 사람은, '평범한 루피아'야."

"……그래."

나는 고개를 끄덕이며 내 물건을 뽑아냈다. 그러자 곧바로 거기에서 희멀건 액체가 방울져 흘러 떨어졌다.

"난 그 평범한 루피아를 좀 더 알고 싶거든."

"냐앗?"

나는 위를 보고 드러누워 있는 루피아의 몸을 빙글 뒤집었다.

내 쪽을 향해 쑥 내밀어진 그 포동포동한 엉덩이를 가볍게 어루만지면서 붙잡고, 허리를 들어 올린 뒤—— 또다시 내 물건을 박아 넣었다.

"앗……! 자, 잠깐…… 이제 막 절정에 달해서 거긴 아직 민감하단 말이야……. 앗, 아아앙!"

루피아의 항의는 한 귀로 듣고 한 귀로 흘리면서 나는 내 물건을 뒤에서 실컷 박아 넣었다.

이제 막 처녀를 잃은 질 안은 역시나 빡빡했다. 하지만 그럼에도 내 물건을 저항 없이 받아들여 주고 절묘한 세기로 조여 주었다.

"읏, 앗, 시드, 내 얘기 똑바로 안 들었지……. 아앙, 갑자기 그런 안쪽 깊은 곳까지…… 아웃, 앗, 아아앙!"

나는 루피아의 양 손목을 붙잡은 채 상반신을 일으켜 세운 뒤, 보다 힘차게 허리를 꿰뚫어 나갔다.

아아, 내 물건을 휘감으려 드는 이 질 조임은 정말이지 최고야……!

살짝 움직이기만 했는데도 정수리가 저리는 듯한 쾌감이 퍼져 나갔다.

루피아가 입고 있는 마의는 등 부분이 크게 트여 있어서, 그 새

하얀 등줄기가 고스란히 눈에 들어왔다. 살짝 몸을 기울이면, 격렬하게 흔들거리는 가슴도 볼 수 있어서 더욱 흥분되었다.

뭐지, 이 마의공주는…… 존재 자체가 너무 야하잖아!

그리고 그 극상의 야한 존재를 현재 실시간으로 굴복시키는 게 바로 나……!

나는 치밀어 오르는 흥분감을 억누르지 못한 채 오로지 루피아의 질 안을 뒤에서 마구 박아 댔다——.

"우왓, 아응, 냐앗, 아앙, 아, 그렇게나 격렬하게…… 앗, 아아아앙!"

그리고 나는 거칠게 날뛰는 그 욕망을 루피아의 질 안쪽에다 그대로 토해 냈다.

"또, 또 안에다 사정하고 있잖아…… 아앗, 냐아아……."

루피아는 몸을 빙글 돌려 위를 보고 드러누웠고, 그 음부에서는 두 번째 사정에 의한 정액이 흘러나왔다.

이런, 이거 도무지 자제가 안 되는걸……. 어쩌면 리샤나 라크시알과 했을 때보다도 훨씬 더 흥분한 걸지도 모르겠군…….

"어, 앗…… 읏, 으읍…… 으읏, 아직도 커다래…… 으읏……."

나는 내 물건을 루피아의 입에다 박아 넣고 살짝 물도록 했다.

아아, 이제 막 듬뿍 사정한 내 물건을 입 안의 따뜻한 온기가 감싸니까 기분 좋아……!

"……좋아. 그럼 이제 세 번째로 넘어가 볼까."

"어, 어휴 진짜…… 원하는 만큼 사정해도 좋긴 하지만……

조, 조금 쉬었다가······."

"원하는 만큼이라고?! 그럼 기꺼이!"

"자기가 듣고 싶은 말만 쏙 골라서 듣지 말란 말이야!"

루피아의 불만은 한 귀로 듣고 한 귀로 흘린 뒤, 나는 그녀를 안아 올렸다.

그러고는 대면좌위 자세를 취하고 내 물건을 쑤욱 박아 넣었다. 한손으로 가슴을 밑에서 떠받치듯 마구 주물렀다. 소리가 날 만큼 유두를 힘껏 빨고 이로 살짝 깨물었다.

"웃, 아앗, 아앙····· 웃, 아까부터 나, 절정이 계속 끊이지를 않는데····· 아웃, 웃, 으으응."

루피아가 내 눈앞에서 박힐 때마다 그 몸이 요동쳤다. 끈질기게 유두를 빨고 살짝 깨물며, 혀로 맛보고—— 그 등에다 팔을 두르고 끌어안았다.

"꺄앙, 앗, 냐앗, 냐아앙, 아, 아앗, 아아앙, 아까부터 가슴 너무 빠는 거 아니야·····?! 몸이 저리는 것만 같아. 이상해·····!"

"하지만 맛있어. 네 가슴은 달달하고 맛있어서 정말이지 참을 수가 없다고······."

"이, 이 바보가 진짜····· 그래, 좋아. 가슴도 당신이 원하는 만큼 실컷 빨아도 돼······."

"그럼 정말로 내가 원하는 만큼 할게. 자, 다섯 발 정도 더 간닷!"

"다섯 발?! 자, 잠깐만 기다려 봐. 지금 내 말을 은근슬쩍 이상한 쪽으로 몰아가고 있잖아! 아니, 난 남자는 많아 봤자 두 번 아니면 세 번 정도가 한계라고 들었는데?!"

나는 내 물건을 질 안쪽 끝까지 몇 번이고 박아 넣으면서 허리를 휘저었다——.

"술집을 어슬렁거리는 어중이떠중이들이야 겨우 그 정도겠지. 하지만 나는 그 이름 없는 영웅의 자손…… 이라는 모양이더라고. 마신장을 굴복시키기 위해서는 상당한 정력도 필요했던 거 아닐까?"

"그, 그럴 수가아…… 냐앗, 앗, 아이앙, 나앙……! 나, 굴복해 버릴 것만 같아…… 아웃, 아앙, 이렇게 격렬한 걸 받으면, 정말로……!"

나는 허리를 쳐 올리는 동작으로 끊임없이 루피아의 질 안에다 박아 댔다. 그러고는 내 물건 끝을 질 안쪽에 댄 채—— 치밀어 오르는 그것을 단숨에 방출했다.

"아아아앙……! 냐, 냐아아…… 또…… 나오고 있어…… 내 안에 세 번씩이나 끈적하게 사정하다니……."

여전히 불끈불끈한 내 물건은 잦아들 기미도 없이 루피아의 안에다 요란하게 사정하고 말았다.

아아, 이거 굉장하군……. 마치 정액 모두를 빨아들이려는 것처럼 루피아의 질이 내 물건을 세게 조여 대기 시작하잖아?

엄청 기분 좋았다……. 루피아의 신음 소리도 점점 귀여워지기 시작한데다 유두도 맛있었다.

"이걸로 세 번째 질내 사정인가…… 앞으로 여섯 번은 다 할 수 있겠어.”

“아까보다 더 늘었잖아?! 잠깐, 앗, 으으읍! 응, 츄르릅, 으으응……!”

어쨌든 간에, 나와 루피아는 서로 농후한 입맞춤을 나누고 나서——.

침대 위에서 엄청나게 몸을 섞었다.

서로 몸을 딱 붙인 채 체위를 몇 번이고 바꾸면서, 질 안에다, 입 안에다 희멀건 정액을 토해 냈다——.

“앗, 냐아아앙……! 어, 냐앗? 바, 바깥에다 사정을……?”

나는 또다시 정상위로 루피아의 질 안을 실컷 맛보다가, 가장 최후의 순간에 내 물건을 뽑아내 그녀의 커다란 두 열매에다 희멀건 액체를 방출했다.

푸슈웃, 하고 격렬하게 나온 정액이 루피아의 그 거유에 뿌려졌다.

후우…… 질 안에다 사정하는 것도 입 안에다 사정하는 것도 좋지만, 이 커다란 가슴을 더럽히는 것도 제법 괜찮았다.

“가, 가슴에다 사정하다니…… 으웃, 하앗, 끈적끈적하잖아……. 이렇게나 찐득한 정액을 대체 몇 번이나 내 안에다 사정한 거람……?”

루피아는 자신의 가슴을 어루만지면서 거기에 묻은 정액을 손가락으로 떠냈다.

“이, 이미 최소 여섯 발 이상은…… 사정한 거 맞지……?”

“지금 그게 열한 번쯤 되나……? 으음, 하지만 아직 부족해…….”

나는 아직도 정액이 흘러 떨어지고 있는 내 물건을 루피아의 귀여운 연분홍색 유두에다 문지르면서 그렇게 말했다.

유두에다 문지르는 것도 제법 괜찮군. 하지만 이것만으로는 자극이 다소 부족한 것 같단 말이지.

"루피아, 앞으로…… 세 번 정도 더 해도 될까?"

"또, 또 할 거야?! 도대체 얼마나 내 몸이 마음에 들었기에 이러는 거람?! 알고 보면 우리 마의공주보다 당신이 훨씬 더 괴물인 거 아니야……?!"

"그건 부정을 못 하겠네. 아, 이번에는 뒤에서 해 보고 싶은데."

"지, 진짜로 더 하려고?! 이, 이 바보바보바보……!"

말은 그렇게 하면서도 루피아는 내 물건을 손으로 쥔 채, 살짝 수그러들었던 그것을 끊임없이 문지르면서 다시 기운을 북돋아 주고자 했다.

대체 얼마나 귀여운 거냐, 이 생물은. 또 흥분할 것 같잖아.

"……그, 그건 그렇고, 시드. 열두 번째를 하기 전에 확인하고 싶은 게 있는데 말이야."

"응?"

"당신, 알리샤 공주랑…… 그, 이런 걸 했었지……? 라크시알하고도 말이야."

"아, 그야 뭐……."

아무리 나에게 바람을 피운다는 개념이 없다 한들, 눈앞에서 대놓고 추궁당하니까 살짝 뒤가 켕겼다.

"보니까 엘프 마흔여덟 명하고도 했었고…… 그래서, 어땠는데……?"

"어땠냐니……?"

"진짜 눈치 없네! 그 애들보다도…… 내, 내가 더 좋았냐는 말이야!"

"그, 그야 너랑 할 때는 기분 좋았지. 그러니까 열한 번이나 했던 거고 말이야…….."

나는 루피아의 커다란 가슴을 손으로 주물럭거리면서 그렇게 대답했다.

"내가 좋다는 건 이미 잘 알고 있네! 하지만 내 말은 그 뜻이 아니라, 마의공주나 엘프들보다도 더 좋냐는 거야!"

"웃……."

아무리 나라도 그 질문은 딱 잘라 대답할 수 없었다.

물론 정답이야 알고 있지만, 그걸 말한다고 해서 루피아가 믿어 줄지는 미지수였다.

애당초 속궁합 같은 걸 비교하는 것 자체가 골치 아픈 문제기도 하고 말이다…….

아아, 이런 걸로 고민하다니, 역시 나란 놈은 진짜 쓰레기 같다니깐……!

"…… '마조상정'^{크래프트 박스} —— 해체^{스크랩}, 이어서 재구축^{빌 드}."

루피아가 갑자기 그렇게 중얼거리더니, 그와 동시에 또다시 주변이 새하얗게——.

"아아앗, 시드! 갑자기 사라지면 어떡해요. 그…… 곤란하단 말이에요!"

"시드 공, 대체 그 여자랑 무엇을 했던 거냐! 트, 틀림없이…… 아아아아."

천희의 방을 본뜬 그 방이 사라지는가 싶더니 다시 똑같은 방이—— 아니, 방금 있었던 그 방보다 면적이 몇 배는 더 확연하게 넓어져 있었다.

그리고 그곳에는—— 리샤와 라크시알, 엘프 희병들의 모습도 있었다.

"……네 부하들은 어쩌고?"

"그 애들은 바깥에서 대기하라고 했어. 볼일이 있는 건 알리샤 공주와 엘프들뿐이니까 말이야."

상대가 마의공주 두 사람과 엘프 희병들뿐이라면, 굳이 부하들의 힘을 빌릴 필요 없이 자기 혼자서 충분히 상대할 수 있다는 거겠지.

실제로도 그럴 테지만 말이다…….

"……두, 둘이서 그걸 한 건 확실한가 보네요……! 대, 대체 얼마나 한 건가요……!"

리샤가 나를 찌릿 노려보았다.

뭐, 루피아가 입고 있던 마의는 풀어 헤쳐져 사실상 알몸이나 다름없는데다 정액으로 범벅이 되어 있으니, 그야 딱 보면 한눈에 알 수 있을 테지.

"……그나저나, 이게 대체 어떻게 된 거야, 루피아?"

일단 마조상정을 해제한 뒤, 리샤와 엘프들을 끌어들인 채 방을 다시 구축한 것 같아 보이는데 말이다.

"난 내 눈으로 직접 확인하지 않으면 성이 차질 않아. 사실 나는 지기 싫어하는 성격이라서 매사에 흑백을 확실하게 가리고 싶어 하거든. 그러니, 내가 더 좋다는 걸 증명해야만 직성이 풀릴 것 같아."

"지기 싫어하는 성격이란 건 충분히 잘 알겠는데, 그래서 어떻게 할 거야?"

"그야 비교해 보면 돼. 당신에게 몸을 허락하는 것쯤이야 얘네 모두 별 문제없을 테니까 충분히 가능할 것 같은데?"

"얘가 진짜 터무니없는 소릴 하고 있네……."

나는 그렇게 말하면서 리샤의 손목을 붙잡고 내 쪽으로 끌어당겼다.

"꺄악……! 이, 이게 무슨 짓인가요, 시드……?!"

나는 곧바로 리샤의 마의를 풀어 헤친 뒤, 출렁거리며 튀어나온 거유를 손으로 꽉 움켜잡았다. 그러는 김에 스커트 안에다 손을 찔러 넣어 팬티도 아래로 쑤욱 내렸다.

"웃, 아얏! 가, 갑자기 이게 무슨 짓인가요……. 아웃, 잠깐……?!"

"터무니없는 짓을 하고 있는 건 바로 당신이잖아! 어떻게 말 끝나기가 무섭게 바로 시작하는 거람!"

먼저 말을 꺼낸 루피아가 오히려 불만을 표출했다. 그것도 그냥 흘려듣도록 하자.

나는 가슴의 부드러운 감촉을 손으로 실컷 맛본 뒤, 음부를 손끝으로 만지작거리며 자극했다. 그러고는 그 구멍 안에다 손을 푹 찔러 넣고 질 안쪽을 살짝 풀어 주었다.

"웃, 아앗, 왜 제가 성교해야 하는 건데요……?!"

그 뒤, 나는 내 물건을 푹 박아 넣고 곧바로 허리를 격렬하게 흔들며 리샤의 질 안쪽을 맛보았다.

오오, 리샤의 질 안쪽은 오랜만에 맛보는군……! 역시 내 물건에 익숙한 모양인지, 곧바로 내 물건을 절묘한 힘으로 조여 대기 시작했다.

질 안쪽은 **뻑뻑**했지만, 그러면서도 푹신푹신하고 끈적끈적했다.

표현이 좀 이상하긴 했지만, 어쨌든 간에 실제로 그런 깊은 맛이 느껴졌으니까 그렇게밖에 표현할 수 없었다.

나는 너무나도 기분이 좋아서 허리를 멈출 수 없었다. 리샤의 질 안쪽을 더더욱 맛보고 싶었다!

"아앙, 앗, 아응, 영문을 모르겠는데…… 어째서 이렇게 기분 좋은 걸까요. 아아응."

선 채로 섹스하는 것도 제법 괜찮았다. 리샤는 그 거유를 바르르 흔들면서 신음 소리를 내질렀다.

아무래도 주변에 다른 사람들도 많이 있다는 걸 까맣게 잊은 듯했다……. 아니, 그렇다기보다는 갑자기 박히는 바람에 미처 그런 것까지는 신경을 못 쓴 걸 테지.

나 또한 즐거워서 어쩔 줄을 몰랐다. 너무나도 기분 좋았다.

때문에 벌써 한계에——.

"크윽……!"

"아아아아아앙!"

푸슛, 하고 뿜어져 나온 정액이 리샤의 질 안쪽을 더럽혀 나갔다.

너무 빨리 나오기는 했지만, 그래도 이 이상 참는 건 무리였다. 역시 리샤의 질 안쪽은 너무나도 기분 좋단 말이지.

"미안해, 알리샤. 너무 빨리 사정하긴 했지만…… 그래도 이제 겨우 한 번밖에 안 했으니까 이번에는 좀더 천천히——."

"잠깐 기다려, 시드! 비교하는 거라면 한 번으로 충분하잖아?! 대체 뭐가 그렇게 신이 나서—— 아응!"

나는 루피아의 허리를 붙잡고 끌어안았다. 그러고는 그 가슴 전체를 입으로 머금고 빨았다.

"자, 잠깐! 이게 무슨 짓이야……!"

"비교할 거면 가슴도 해 봐야 하지 않겠어? 일단은 루피아의 가슴을 맛보고 나서 다른 애들 것도 확인해 봐야겠지."

"당신, 지금 이 상황을 최대한 이용하고 있는 거 맞지?!"

남들이 뭐라 하건 간에 결국에는 욕망이 이끄는 대로 움직이는 쓰레기, 그게 바로 나다.

축 늘어져 있는 리샤를 납죽 엎드리게 만든 뒤, 이번에는 뒤에서 박아 넣었다.

"아으응…… 잘은 모르겠지만, 또 쓰레기 같은 짓거리를 하고 있는 남자에게 안기게 되었네요……! 아아앙, 안쪽까지 휘젓다니……! 더, 더 세게 해 주세요……!"

나를 헐뜯는 리샤였지만, 이미 그녀는 쾌락에 몸을 맡긴 뒤였다. 스스로 허리를 움직이며 내 물건을 탐했다.

"불만을 표하고 싶은 건 바로 나다! 그대들, 날 무시하지 말란 말이야! 애당초 이곳은 엘프의 영역이니라! 그러니 지금 이 자리에서는 내가 첫 번—— 으읏?!"

나는 루피아의 유두에서 입을 떼고, 살짝 뾰족하고 커다란 형태의 그 가슴을 손으로 어루만지듯 만지작거리면서, 이번에는 라크시알의 가슴에다 입을 댔다.

"으윽, 으읏, 읏, 으응…… 시드 공, 대, 대체 무슨 짓을…… 으읍……."

나는 입술을 거칠게 맞부딪치면서 혀를 집어넣고 라크시알의 입 안을 마구 휘저었다.

물론 그러는 동안에도 루피아의 가슴을 마구 주무르면서 리샤의 안쪽 깊숙한 곳까지 내 물건을 박아 댔다.

마의공주 세 사람과 동시에 하다니—— 세상에 이런 낙원이 또 있을까!

"아응, 뭘 하고 있는 건가요, 시드……! 아읏, 앗, 아아앙…… 아응, 이렇게 안쪽 깊숙한 데까지…… 앗, 아윽, 앗, 아아앙……!"

"이, 이 바보…… 가슴만 그렇게 주무르면 어떡해……. 그렇게나 실컷 주무르고 끼워 댔으면서, 당신은 아직도 부족해……?!"

"끄읍, 으으읍…… 수, 숨을 쉴 수가 없어…… 읏, 아읍, 으응!"

나는 마의공주들의 질 안쪽, 가슴, 입술을 동시에 즐겼다. 그리고——.

"아아아아아아아아앙! 또, 또 제 안에다 사정을…… 아아아……."

나는 리샤에게 두 번째 사정을 끝낸 뒤에 내 물건을 스윽 빼냈다. 곧바로 리샤의 음부에서 끈적한 정액이 흘러나오기 시작했다.

리샤는 엉덩이를 쑥 내민 자세로 음부에서 희멀건 액체를 내뿜고 있었다——. 이건 이거대로 또 무척이나 야한 광경이었다.

아아, 또 불끈거리기 시작하는군.

"아, 아아아…… 마, 마의공주 세 사람 모두 시드 공에게……."

주변에는 멍하니 우리를 바라보고 있는 엘프 희병들도 있었다.

그녀들은 모두 부끄럽다는 듯이 얼굴을 새빨갛게 물들였지만, 그럼에도 젖은 눈으로 우리의 부끄러운 모습들을 똑바로 쳐다보고 있었다.

이제 슬슬 저 애들하고도 한번 비교해 봐야 할 것 같은데 말이지.

뭐, 누가 으뜸인지는 애당초 정할 수도 없고, 정할 생각조차 없었지만——.

바깥 세계와 차단된 이 세계에서, 나는 지금 수많은 미소녀들과 마음껏 즐길 수 있는 상황에 놓여 있다.

그렇다면 할 수밖에 없지 않겠는가! 마의공주 셋, 엘프 희병

마흔여덟 명과 함께 말이다!

진안으로 보이는 루피아의 공략 루트 수치는 확실하게 진전을
보였으며, 급속도로 종착점을 향해 나아가고 있었다.

그리고 루피아 자신의 공략 난이도 또한 그 수치가 점점 0을
향해 내려가고 있었다.

그렇기에, 지금 내가 하고 있는 이 행동은—— 정답인 것이
다.

마조상정에서 보내는 생활에 불편함이라고는 눈곱만큼도 없
었다.

어떻게 된 건지 식량도 충분했고, 조리시설까지 갖춰져 있
었다.

뭐, 그렇게까지 준비하지 않았다면 루피아가 마조상정에 틀
어박힌 채 엘프 요새를 지속적으로 관찰하기란 어려웠을 테지.

뭐, 어쨌든 간에 …… 여길 나가지 않은 채 계속 즐길 수 있다
는 건 최고였다!

"시드의 그것이…… 또 들어왔어……. 웃, 안에서 또 사정하
고 있잖아……. 대, 대체 이번이 몇 번째야……! 대체 당신의
정액이 내 안에 몇 번이나…… 아앗, 아아아아앙!"

정상위 자세로 박히고 있던 루피아가 나를 꼭 끌어안은 채 내
가 방출한 정액을 받아 주었다.

이게 몇 번째 사정인지 일일이 헤아리는 건 이미 그만둔 지 오

래였다.

모두가 이 방에 들어오기 전에 이미 루피아하고 열한 번이나 했었는데, 어쩌면 벌써 스무 번 이상은 한 게 아닐까……?

"저, 저도 천희 따위에게 질 수야 없죠! 이 남자는 쓰레기가 맞지만, 그렇다고 당신한테 넘겨 줄 수는 없어요!"

"이, 이 반푼이 마의공주가…… 감히 나랑 맞서겠다는 거야? 그래, 좋아!"

"그 반푼이에게 선수를 빼앗긴 건 대체 어느 나라 공주님인가요?!"

"나 원, 인간 놈들이 추악한 싸움을 벌이기 시작했구나……. 아름다움으로 엘프를 이길 자는 없으니 순순히 단념하면 될 것을."

──이런 식으로 마의공주 세 사람이 서로 순서를 다투며 몇 번이고 내 품에 안겼다.

물론 마흔여덟 엘프 희병들을 품에 안는 것도 잊지 않았다.

이번에도 융커랑 실컷 하고 있었는데, 그것을 알아차린 루피아가 한층 더 화를 냈다.

"……잠깐, 시드! 내가 잠시 한눈 판 사이에 또 그 엘프랑 하고 있잖아!"

뭐, 이런 식으로 말이다.

화를 내는 루피아와 융커에게 부탁해서 그 뒤에 더블 파이즈리를 즐겼지만 말이다.

루피아의 뾰족한 가슴과 융커의 포동포동한 가슴. 이 네 개의 부드러운 열매 사이에 내 물건을 끼우고 비비도록 시킨 뒤, 두 사람의 얼굴에다 희멀건 액체를 방출한 순간에 맛본 그 쾌감은 정말 이루 말할 수 없었다……!

"응?"

나는 문득 알아차렸다. 소파 위에서—— 무릎을 벌리고 팬티에 손을 찔러 넣은 채 스스로를 위로하고 있는 애가 있다는 걸 말이다.

모두 함께 이 방에 온 뒤로, 나랑 아직 단 한 번도 하지 않은 애들도 제법 되니까 말이지. 아무래도 계속 기다리기만 하다가 더는 참지 못한 모양이었다.

하지만 자기 혼자 하는 건 안쓰러웠다. 그렇다면 내가——.

"그럼, 잘 먹겠습니다."

"후에?"

나는 그녀의 손을 붙잡은 채 팬티를 옆으로 살짝 젖힌 뒤—— 내 물건을 단번에 삽입했다.

"으으읏…… 아, 아야……! 자, 잠깐 잠깐!"

"응?"

뭐지? 내 물건 끝이 무언가에 걸린 것 같은 느낌이 드는데…… 설마 처녀는 아니겠지……?

엘프 희병들 중에 이제 더 이상 처녀는 없을 테니까 말이다.

"시, 시드 님! 당신, 린이 있는 줄도 몰랐지?! 그리고 린의 거기밖에 눈에 안 들어온 거 맞지?!"

"아, 린이었나……."

정상위로 처녀막을 꿰뚫는 모양새가 되었는데, 그 상대는 닌자 여자애였다.

그러고 보니 이 녀석을 까맣게 잊고 있었다. 린도 이 결계 안에 휩쓸려 들어왔단 말인가.

"네 처녀는 내가 기꺼이 잘 접수했으니까, 이제 움직여도 되겠지? 웃차."

"앗, 앗, 아아앗…… 아직 허락하지 않았…… 앗, 아아앙!"

"하지만 자기 혼자 하는 것보단 낫잖아? 그건 그렇고 아주 흠뻑 젖었잖아, 린."

"그, 그게, 거기가 젖을 만한 광경에 계속 노출되다 보니까…… 웃, 아앗, 아앙, 아웅!"

린의 음부에서 흘러나온 피가 내 물건에 달라붙었다.

이걸로 나는 확실하게 린의 처녀를 접수했다. 분위기에 휩쓸린 바람에 홧김에 저지른 감도 없지 않았기에 살짝 미안한 마음이 들기는 했지만 말이다.

"하지만 이렇겐 많은 사람들이 보는 앞에서 첫 경험을 맞이하게 되니까…… 엄청 흥분 돼!"

"…………."

딱히 미안해하지 않아도 될 것 같다.

린은 무척이나 기뻐했다. 끈적끈적하게 흠뻑 젖은 린의 질이 내 물건을 단단히 조여 대기 시작했다.

나는 무언가에 씌인 것처럼 허리를 마구 흔들어 대면서 린의 질 안쪽을 내 물건 끝으로 찔러 댔다――.

으읏, 역시 이 자리에 있는 유일한 첫 경험자답군……! 이 질 조임은 견디기 힘들겠어!

"큭…… 린, 안에다 쌀게……!"

"아앗, 하앙, 모두의 시선을 받으면서 처녀를 빼앗기고 질내 사정까지 당하게 되다니……!"

엄청난 기세로 정액을 토해 내자, 린은 등줄기를 크게 젖힌 채 소파 위에 힘없이 축 늘어졌다.

이 자리에서 처녀를 접수하게 되다니, 뜻밖의 행운이었다.

방금 전에 했던 더블 파이즈리에 뒤지지 않을 만큼 기분 좋았다…….

그 뒤에는 한 사람만 상대하지 않고 돌아가면서 희병들을 차례차례 내 품에 안았다.

뭐, 한 사람당 두 발씩은 사정했지만 말이다.

하얀 리본과 땋은 머리 애, 신입 희병, 눈에 익은 애들은 특히나 더 신경 써서 귀여워 해 주──.

"핫, 아앙…… 이번이 세 발 째…… 웃, 시드 공…… 더 많이 해 주세요……."

"아앙, 더 해 줘…… 내 질 안이 당신의 정액으로 가득해졌잖아……."

무척이나 귀여운 목소리로 졸라 댈 때면 나도 모르게 그만 세 번, 네 번씩 하기도 했다.

마조상정에 창문은 달려 있지만, 창밖으로는 아무것도 보이지 않았기에 바깥 사정은 조금도 알 수 없었다.

점차 시간 감각이 사라져 갔다. 하지만 이대로 영원히 섹스를 계속하고 싶다는 생각이 들기도 했다.

　나는 마의공주 세 사람과 마흔여덟 명의 엘프 희병, 닌자 한 사람. 모두 합쳐 쉰두 명과 오로지 섹스만 계속 해 나갔다──.

　"하아, 하아……."

　아, 아무리 나라도 조금 지친 걸까.

　나는 방 중앙 근처 바닥에 주저앉은 채 숨을 고르던 참이었다.

　내 주위에는, 원래부터 노출이 과도한 옷을 음란하게 풀어 헤치고 음부에서 정액을 뚝뚝 떨어뜨리고 있는 엘프들이 얼굴에 만족스러운 미소를 지은 채 아무렇게나 드러누워 있었다.

　시간이 하루 이틀 경과한 건 아닐 테지만, 어쨌든 이걸로 모두를 내 품에 안은 셈이 되었다. ……그렇다면.

　"시, 시드……."

　"시드 공……."

　"하아, 하아…… 나, 더 이상은……."

　마의공주 세 사람이 어째선지 나란히 몸을 벽에 기대고 있었다.

　그 시선은 나를 똑바로 쳐다보고 있었다──.

　"그럼, 마지막엔 세 사람을 한꺼번에 안아 볼까?"

　마의공주 세 사람은 깜짝 놀라워하면서도 고개를 끄덕였다.

　나는 세 사람을 일으켜 세워 주었다. 리샤와 라크시알은 나에게 등을 돌린 채 벽에다 손을 짚고 엉덩이를 쭉 내미는 자세를 취했다.

정중앙에 선 루피아는 정면을 향해 서 있었다.

"시드…… 좋아해, 좋아해……."

루피아는 눈물을 머금은 채 나에게 안겨들었다.

"이제 더 이상 비교해 달라는 말은 안 할 테니까…… 내, 내가 첫 번째가 아니어도 괜찮으니까…… 아, 안아…… 줬으면 좋겠어……."

"…………."

설마 루피아가 이런 말까지 다 할 줄이야…….

그동안 몇 번이고 몇 번이고 루피아를 품에 안은 덕분에, 천희라든지 마의공주라든지—— 그녀가 걸치고 있던 허물이 벗겨진 건가.

고귀한 천희도 귀여웠지만, '솔직해진 여자애'가 나는 더 좋단 말이지.

"알았어, 루피아. 그럼, 간다."

"으, 응……."

루피아가 나에게 안겨들었다. 짓눌리면서 뭉개진 가슴의 부드러움과 뾰족하게 솟은 유두의 감촉이 전해져 오자, 내 물건은 또다시 크고 단단하게 솟아올랐다.

"아아, 커다래졌어…… 이걸, 이걸 갖고 싶어…… 시드의 그것이 좋아…… 시드를 갖고 싶어…… 우냐앗, 웃, 아아아아……!"

루피아는 정면에서 나에게 안긴 채 내 물건을 자신의 질 안쪽으로 이끌었다.

"아아…… 드디어, 또다시 하나가 되었어…… 시드, 사랑해…… 사랑해…… 당신만을 사랑해…… 하지만, 꼭 나만을 사랑해 주지는 않아도 돼…….”

“………….”

나한테 유리해도 너무 유리한 말이었다. 그런 소릴 저렇게까지 해도 되나 모르겠네.

뭐, 어쨌거나 나는 루피아를 끌어안은 채 허리를 천천히 부드럽게 움직였다.

“후앗, 냣, 웃, 냐앗, 아앗, 후아아아아……!”

루피아는 살짝 몸을 떨면서 황홀한 신음 소리를 내질렀다.

“시, 시드, 저도……!”

“그, 그게…… 아직도 몸이 욱신거려서 가만히 있질 못하겠느니라……!”

나는 일단 내 물건을 루피아의 질 안에서 **빼낸** 뒤, 리샤와 라크시알의 부탁을 들어주기로 했다.

그러고는 이쪽을 향해 쑥 내밀어진 새하얀 엉덩이를 움켜쥐고서 일단은 리샤에게 먼저 삽입해 주었다.

“으웃, 하, 아앗, 들어왔어요……. 웃, 아앗, 으아앙, 시드의 커다란 그것이 제 안쪽까지 들어왔어요!”

“하웃, 으응…… 아, 이번에는 내 안에다…… 아아앙!”

그리고 나서 라크시알의 질 안에도 삽입해 주고는 허리를 실컷 흔들었다.

나와 라크시알의 살이 팡팡 거리는 소리를 내며 서로 맞부딪쳤다——.

"꺄아앙, 자, 잠깐…… 갑자기 이쪽에다…… 앗, 아아앙!"

그리고 이번에는 또 루피아의 질 안에도 삽입해 주었다. 가차 없이 안쪽 끝까지 박아 넣고 질 내부를 휘저었다.

마의공주 세 사람의 질 안을 내 물건이 삽입되었다 빠지기를 반복했다. ──아아, 이 얼마나 사치스러운 쾌감이란 말인가……!

"나, 나한테 더 많이…… 아응, 박아 줘, 더 많이 박아 줘……! 날 더더욱 범해 줘!"

필사적으로 애원하는 루피아에게 내 물건을 힘껏 박아 넣고
──.

흘러넘치는 애액으로 흠뻑 젖은 리샤와 라크시알의 음부에 손가락을 박아 넣고 그 따뜻한 질 내부를 찔꺽찔꺽 휘저으면서, 내 물건으로 루피아의 질 안을 맛보았다.

마의공주 세 사람과 동시에 하다니── 아아, 나도 이 이상은, 안 되겠군!

"앗, 아앙, 기분 좋아. 박히고 있어. 시드에게 범해지고 있어…… 냐아앗, 좀 더, 범해 줘…… 좋아해, 사랑해, 당신도, 당신의 그 자지도 사랑해!"

"…………읏!"

루피아는 속된 표현까지 아는 모양이었다.

최강제국의 공주님께서── 그런 저속하고 천박한 단어를 입에 담으실 줄이야.

하지만, 덕분에 엄청나게 흥분되었다.

나는 천천히 움직이면서, 안쪽 깊숙한 곳까지 억지로 밀어 넣

는 식으로 내 물건을 삽입해 나갔다——.

"웃, 앗, 아, 아아앙…… 냣, 냐아앙……!"

몸을 젖힌 루피아가 그 가슴을 출렁 흔들면서 귀여운 신음 소리를 내질렀고—— 나는 가장 안쪽에 내 물건을 박아 넣음과 동시에 격렬하게 사정했다.

""아아아아아아아아아아아아아아앙!""

그리고 그와 동시에 리샤와 라크시알 또한 절정에 달했다. 애액이 힘차게 내뿜어져 나왔다.

"우오오, 이제 더 이상 못 참겠어……. 모조리 다 쏟아 넣어줄게……."

이만한 수의 여자애들을 상대해 왔음에도 불구하고 이때까지 했던 사정 중에서 가장 많은 양의 정액이 흘러나왔다. 나는 그걸 루피아의 안쪽에다 모조리 쏟아부어 주었다.

마지막 한 방울까지 쥐어짜 내듯이 질내 사정을 한 뒤——.

"웃, 냐, 냐아, 엄청나게 나오고 있어…… 아아…… 내가 첫 번째가 아니어도 괜찮으니까…… 기분 좋았어? 나, 좋았어……?"

"그래, 정말 최고였어, 루피아."

나는 루피아와 이어진 채 그녀의 머리를 탁탁 두드려 주었다.

물론 거짓말 하나 섞여 있지 않은, 내 본심에서 나온 말이었다.

"……왠지 욱하는 기분이 들긴 하지만…… 일단 지금은 화낼 기력조차 없네요……."

"나, 나도…… 더는 안 되겠어……. 대체 몇 번이나 절정에 달했는지 모르겠구나……."

리샤와 라크시알이 힘없이 나에게 몸을 기댔다.

"나도 살짝 열 받기는 하지만…… 이제 됐어. 아무리 남들이 천희라고 불러준들, 나는 그냥 평범한 여자애니까 말이야…… 좋아하는 남자의 품에 안기는 게 가장 행복해……."

루피아 또한 나에게 쓰러지듯 몸을 기댔다.

나는 그 루피아를 끌어안고── 그녀의 공략 난이도가 0으로 떨어졌다는 것과 루피아의 공략 루트가 확실하게 완료되었음을 확인했다.

지금 내 눈앞에 있는 여자애는 이제 더 이상 천희 엘소피아가 아닌, 내가 좋아하는 한 사람의 여자애, 루피아가 되었다──.

에필로그

아티나 왕국, 엘프 연합, 마스디니아 제국——.

이 세 나라들의 긴장감이 최대치로 고조된 상황에서 사람들은 마스디니아가 이제 곧 침공을 시작할 것이라 여겼었다. 하지만 상황이 갑자기 바뀌었다.

세 나라의 국경에 걸쳐 있는 초원에 '약속의 별궁'이라 불리는 건물이 축조되었다.

그리고 마의공주 세 사람이 그곳에 모여 회담—— 화친에 관한 논의를 시작했다.

별궁은 천희의 능력에 의해 창조되었다. 그곳은 마의공주 세 사람과 그 측근인 여성들 외에는 출입이 엄격하게 금지되었다.

심지어 아티나나 마스디니아의 중신, 엘프의 장로조차 발을 들일 수 없었다.

세 나라의 운명은 전적으로 그 마의공주들의 손에 달리게 된 것이다——.

——다들 그렇게 생각했다. 하지만 실제로는 그 세 사람이 별궁에 모이자마자 곧바로 화친이 성립되었다.

전쟁에 가장 적극적이었던 천희가 화친을 승인했기 때문이다.

하지만 화친이 성립되고 나서 며칠이 지났는데도 불구하고
── 마의공주들은 별궁에서 단 한 발짝도 나오지 않았다.

　그 세 사람이 속한 모국에서는 저마다 마의공주들의 회담이
어서 끝나기를 긴장된 분위기 속에서 기다렸으나, 곧바로는 결
론이 나오지 않을 것이라 미리 예측하고 있었기 때문에 아직 동
요하는 기색은 없었다.

　그러한 사정들은 유일하게 별궁을 출입하고 있는 닌자 린이
정보를 수집하여 마의공주들에게 전달해 주었다.

　"후우……."

　시드는 창밖으로 아침 해를 바라보면서 자그맣게 숨을 내쉬
었다.

　별궁에서 가장 큰 방에 놓여 있는, 몇 명이나 되는 사람들이 한
꺼번에 누울 수 있는 거대한 침대.

　엘프가 목재를 제공하고, 아티나가 디자인을 정했으며, 마스
디니아의 장인들이 만들어 낸 그것은 이 세상에 둘도 없는, 사
치의 극치를 다한 침대였다.

　그 침대 위에는 마의공주 세 사람이 저마다 마의를 풀어 헤친
채, 온몸이 정액으로 끈적끈적하게 더럽혀진 모습으로 잠들어
있었다.

　이미 이곳은 시드와, 시드가 사랑하는 자들의 보금자리가 되
어 있었다.

　물론, 린뿐만 아니라 리샤의 근위부대와 엘프 희병들도 있
었다.

그녀들은 주인을 따름과 동시에 사랑하는 남자의 총애를 받기 위해 따라온 것이었다.

시드와 마의공주들의 침실에는 그 외에도 다른 침대와 소파가 여럿 놓여 있었는데, 현재 여러 명의 소녀들이 자그마한 숨소리를 내며 잠들어 있었다.

그 근위기사대와 엘프 희병들 또한 대부분이 어젯밤 시드의 잠자리 시중을 들었다.

아무리 시드라도 몇 십 명이서 벌이는 대난교는 그리 쉽게 할 수 없었다. 때문에 매일 밤 여러 명이 교대하여 침실로 오게 되었다.

현재 마스디니아의 희병들은 별궁을 호위하고 있기 때문에, 시드로서는 아직 그들 중 단 한 사람도 품에 안지 못한 것이 아쉬울 따름이었지만 말이다.

"어머…… 시드, 벌써 일어났네요……."

리샤가 자리에서 벌떡 일어나 시드의 뺨에다 입을 맞추었다. 그 답례로 시드는 리샤의 유두에다 입을 맞추었다.

"아응, 장난은 이제 그만하세요……."

리샤는 쓴웃음을 지으면서 시드의 목에다 팔을 두르고 그에게 안겼다.

"그건 그렇고…… 일이 이상하게 됐네요. 그 엘프 요새에 계속 있을 수는 없었지만, 마찬가지로 여기 또한 이렇게 계속 있을 수만은 없어요……."

"알고 있어. 하지만 당분간은 괜찮을 거야. 전쟁을 피한다는 큰일을 이제 막 완수한 참이니까 말이야."

"네…… 당신한테는 몇 번이나 감사해도 모자랄 지경이에
요."

쪽, 하고 리샤가 이번에는 시드의 입술에다 키스해 주었다.

"설마 진짜로 삼국 화친이 성립될 거라고는 꿈에도 몰랐지
만…… 루피아는 동맹 체결까지 고려하고 있는 것 같아요. 물
론, 당신이 있어야 가능한 일이지만요……."

"일단은 화친부터 시작해서 조금씩 나아가야 할 거야. 루피아
는 지금가시 전쟁 준비를 해 왔기 때문에 갑자기 그만둔다고 하
면 다른 사람들이 이상하게 여길 거거든."

화친만 해도 깜짝 놀라고도 남을 만한 일이었기에 그 부분은
어쩔 수 없었다. 뭐, 그래 봤자 마의공주들 중에서 전쟁을 생각
하는 사람은 아무도 없지만 말이다.

참고로 마의공주 세 사람은 서로에게 자신의 진명까지 가르
쳐 주었기 때문에, 지금은 시드도 리샤도 루피아를 진명으로
불렀다.

"하지만, 아직 끝난 게 아니에요. 마의공주는── 아직 마흔
아홉 명이나 더 있으니까 말이에요. 호전적인 자들만 있는 건
아닐 테지만, 그렇다고 방심은…… 금물이겠죠."

"그것도 잘 알고 있어. 하지만…… 뭐, 괜찮을 거야."

"…………?"

리샤가 귀여운 동작으로 고개를 갸우뚱거렸다.

"지금 당신은 나라 세 개를 손에 넣은 거나 마찬가지예요. 하

지만, 그것만으로는……."

"나라는 상관없어. 얼마 전에 루피아의 마조상정으로―― 다 함께 질펀하게 했었잖아?"

"지, 질펀하게…… 말 좀 가려서 하세요! 정말 품위라고는 없 다니깐……! 그런데, 그게 무슨 관계라도 있나요?"

"그때 그 자리에 있었던 사람은, 리샤와 라크시알과 루피아, 린, 그리고 엘프 희병들. 모두 합쳐 쉰두 명이었어. 아마도 우연 일 테지만, 마의공주와 같은 숫자였지."

"아, 네에…… 그래서요?"

"나라면 그 쉰두 명의 마의공주들을 모두 한꺼번에 품에 안을 수 있단 얘기야. 이야, 이거 기대되는 걸?"

"다, 당신은 마의공주 전원을―― 자신의 것으로 삼으려는 건가요!"

"그야 물론이지. 내 조상님은 쉰두 명의 마신장을 굴복시켰잖 아. 그러니 나도 할 수 있겠지. 이 세상에서 전란도 없어질 거고 말이야. 내―― 사랑만 있으면!"

"저, 정말로…… 바보네요. 당신은 바보예요."

"그대는 바보가 맞다. 나 원, 대체 언제까지 이런 바보 같은 짓 을 계속할 셈이냐?"

"……당신은 정말 답도 없는 바보야. 그렇다면, 내 힘이 필요 하겠지?"

라크시알과 루피아도 자리에서 일어나 시드에게 몸을 기대 왔다.

시드는 마의공주 세 사람을 꼭 끌어안으며, 그녀들의 피부에서 온기를 느꼈다.

치밀어 오르는 애정과 욕망이 시드의 가슴속을 가득 채워 나갔다——.

후기

처음 뵙겠습니다. 어쩌면 오랜만에 뵐지도 모르겠네요. 카가미 유입니다.

전작은 비교적 하드한 내용이었습니다만, 이번에는 싹 바꿔서—— 그렇다기보다는 너무 바뀐 게 아닐까 싶을 만큼 바뀐 바람에 제법 과격한 이야기가 되고 말았습니다.

노벨 제로는 어른 취향의 엔터테인먼트를 지향하기 때문에, 이런 방향성도 완전 OK라는 점은 정말 감사하게 여기고 있습니다.

그동안 라이트 노벨에서 우연에 의해 발생하는 서비스 신을 제법 많이 써 왔습니다만, 소설에서 이렇게까지 많이 쓴 건 이번이 처음이네요.

원래 저는 19금 게임 시나리오도 써 왔기 때문에 이런 이야기도 즐겁게 썼습니다. 다만, 좀 너무 즐거웠던 바람에 원래 생각했던 것보다 훨씬 더 야하게 되었지만 말이죠.

다양한 형태의 성인물이 넘쳐 나오는 오늘날에 소설매체로 얼마나 독자들의 이목을 끌 수 있을까, 캐릭터도 스토리도 깊게 파고들지 않으면 엔터테인먼트 소설이 될 수 없는 게 아닐까, 등등 여러모로 고민을 했습니다.

뭐, 저의 그런 고민을 완전히 박살 낼 기세로 주인공이 실컷 날 뛰었지만 말이죠.

지금까지 써 왔던 시나리오의 그렇고 그런 장면들은 "괜찮아? 어디 다친 데는 없어?" "그래, 괜찮아……." 라는 느낌의 차분한 분위기였습니다만, 이번 주인공은 그런 차분함을 배제하였기에 신선한 타입의 에로 스토리를 쓸 수 있었습니다.

솔직히 말해서 후반은 원래 플롯과는 상당히 다른 이야기가 되고 말았네요. 물론, 플롯 내용보다 더 재미있어진 것 같다고 생각합니다.

주인공이 활약하면 이야기에 활력이 생기거든요. 혹시나 싶어서 덧붙이자면, 물론 그 활력만으로 이 글을 쓴 건 아닙니다.

일러스트를 담당해 주신 시오콘부 선생님, 제가 상상했던 것 이상으로 훨씬 귀엽고 야한 그림이 완성되었습니다. 진심으로 감사의 말씀을 드립니다.

담당 편집자님, 원고가 늦어지거나 야한 내용이 너무 늘어나는 등, 여러모로 폐를 끼치고 말았습니다.

이 책의 제작 및 판매에 관여해 주신 여러분, 감사합니다.

그리고 무엇보다 독자 여러분들께 가장 큰 감사의 말씀 올리겠습니다.

그럼, 다음에 또 뵐 수 있으면 좋겠습니다.

카가미 유

SEX FANTASY 1

2022년 02월 15일 제1판 인쇄
2022년 02월 25일 제1판 발행

지음 카가미 유 | **일러스트** 시오콘부

옮김 ruleeZ

발행 영상출판미디어(주)
등록번호 제 2002-000003호
주소 21315 인천광역시 부평구 부평대로 283 A동 702호
전화 032-505-2973(代) | **FAX** 032-505-2982

ISBN 979-11-380-1060-3
ISBN 979-11-380-1059-7 (세트)

※ 잘못된 책은 구입처에서 교환하여 드립니다.

나이트노벨(NIGHT NOVEL)은 영상출판미디어(주)의 남성향 라이트노벨 및 관련서적 브랜드입니다.